GOM GOM
GOM BEAR
Vol.13

Contents

곰곰곰 베어 13

저자 쿠마나노
일러스트 029
옮긴이 김보라

스킬

▶이세계 언어
이세계의 언어가 일본어로 들린다.
이야기를 하면 이세계의 언어로 상대방에게 전달된다.

▶이세계 문자
이세계의 문자를 읽을 수 있다.
글자를 쓰면 이세계 문자가 된다.

▶곰의 이차원 박스
흰 곰의 입은 무한으로 벌어지는 공간이다.
어떤 물건이라도 넣을(먹을) 수 있다.
단, 살아 있는 것을 넣는(먹는) 건 안 됨.
들어가 있는 동안에는 시간이 멈춘다.
이차원 박스에 넣은 물건은 언제든 꺼낼 수 있다.

▶곰 관찰안
검은 흰 곰 옷의 후드에 달려있는 곰 눈을 통해서 무기나 도구의 효과를 볼 수 있다.
후드를 쓰지 않으면 효과는 발동되지 않는다.

▶곰 탐지
곰의 야생의 힘으로 마물이나 사람을 탐지할 수 있다.

▶곰 소환수
곰 장갑에서 곰이 소환된다.
검은 곰 장갑에서는 검은 곰이 소환된다.
흰 곰 장갑에서는 흰 곰이 소환된다.
소환수 꼬맹이화 : 소환수인 곰을 꼬맹이화 할 수 있다.

▶곰 지도 ver.2.0
곰의 눈이 본 장소를 지도로 만들 수 있다.

▶곰 이동문
문을 설치하여 서로의 문을 왔다 갔다 할 수 있게 된다.
3개 이상의 문을 설치할 경우는 행선지를 상상하는 것으로 이동할 곳을 정할 수 있다.
이 문은 곰 장갑을 사용하지 않으면 열리지 않는다.

▶곰 폰
먼 곳에 있는 사람과 대화할 수 있다.
곰 폰을 만든 후, 술자가 없앨 때까지 존재한다. 물리적으로 망가뜨릴 수 없다.
곰 폰을 건넨 상대를 상상하면 연결된다.
곰의 울음소리로 착신을 알린다. 소지자가 마력을 보내는 것으로 껐다 켤 수 있게 되어 통화가 가능하다.

▶곰 수상 보행
물 위를 이동하는 것이 가능해진다.
소환수는 물 위를 이동하는 것이 가능해진다.

▶곰 염화
떨어져 있는 소환수를 불러들일 수 있다.

마법

▶곰 라이트
곰 장갑에 모은 마력으로 곰 형태의 빛을 생성한다.

▶곰 신체 강화
곰 장비에 마력을 보내는 것으로 신체강화를 실시할 수 있다.

▶곰 불 속성 마법
곰 장갑에 모은 마력으로 불 속성의 마법을 사용할 수 있다.
위력은 마력, 상상에 비례한다.
곰을 상상하면 위력이 더욱 올라간다.

▶곰 물 속성 마법
곰 장갑에 모은 마력으로 물 속성의 마법을 사용할 수 있다.
위력은 마력, 상상에 비례한다.
곰을 상상하면 위력이 더욱 올라간다.

▶곰 바람 속성 마법
곰 장갑에 모은 마력으로 바람 속성의 마법을 사용할 수 있다.
위력은 마력, 상상에 비례한다.
곰을 상상하면 위력이 더욱 올라간다.

▶곰 땅 속성 마법
곰 장갑에 모은 마력으로 땅 속성의 마법을 사용할 수 있다.
위력은 마력, 상상에 비례한다.
곰을 상상하면 위력이 더욱 올라간다.

▶곰 전격 마법
곰 장갑에 모은 마력으로 전격 마법을 사용할 수 있게 된다.
위력은 마력, 상상에 비례한다.
곰을 상상하면 위력이 더욱 올라간다.

▶곰 치유 마법
곰의 상냥한 마음에 의해 치료가 가능해진다.

▶ 유나'S STATUS_

이름 : 유나
연령 : 15세
성별 : 여자

CHARACTERS_Vol. 13

데젤트 마을

카리나
영주 바리마의 딸. 10살. 예의 바르고 책임감이 강한 아이지만, 자신이 저지른 실수로 인해 중대한 고민을 안고 있다.

바리마 이슈리트
사막에 있는 중립적인 마을, 데젤트를 다스리며 자식을 생각하는 다정한 영주. 엘파니카 국왕에게 물의 마석의 공급을 의뢰하여 유나가 사막을 방문하는 계기를 만든다.

리스틸
바리마의 아내로 너글너글한 성격.
셋째를 임신한 상태이다.

노리스
조금 낯을 가리는 아직 어린 카리나의 남동생.

라사
영주 가문의 메이드.
유나가 몹시 탐내는 요리를 만든다?!

제이드 파티

제이드
골렘 퇴치 등, 유나와 어쩐지 연이 있는 4인조 모험가 파티를 책임지는 리더. 사막에서도 유나와 행동을 같이하게 된다.

멜
성격이 밝고 항상 미소를 짓고 있는 여자 마법사 .
학원제 때 제이드와 함께 유나와 재회했다.

토우야
경박하며 익살맞은 남자 검사.
놀림을 당하는 입장이며, 파티의 무드 메이커.

세니아
쿨한 성격의 나이프를 사용하는 여자.
항상 토우야를 놀린다.

319 곰 씨, 데젤트 마을을 향해 출발하다

국왕의 부탁으로 사막 마을, 데젤트로 향하게 된 나는, 바로 전 마을인 카르스에서 미릴러에서 신세를 졌던 로사 씨 일행과 오랜만에 만났다.

로사 씨에게 데젤트 마을로 가는 방법을 들은 나는 카르스에서 출발했다.

카르스 마을을 나온 나는, 여기를 중간 지점으로 삼아 곰 이동문을 설치하기로 했다.

지금 상황에서 올 예정은 없지만 곰 이동문 설치 수에는 제한이 없으니까 만들어도 낭비될 일은 없다.

나는 곰돌이를 탄 채로 이리저리 주변을 둘러봤다.

아직 이 부근에는 바위가 많다. 곰 이동문을 설치한다면 바위산 중간에 만들어 놓는 게 좋을 것 같다.

나무를 숨기려면 숲속에, 바위산을 숨기려면 바위산 속에…….

나는 흙 마법으로 안이 비어 있고 외관은 주변과 닮은 바위산을 만들었다. 그리고 그 바위산 안에 곰 이동문을 설치했다. 마지막으로 입구를 막으면 누가 봐도 주위의 바위산과 다를 바 없다.

곰 이동문을 설치한 나는 데젤트 마을을 향해 곰돌이를 타고 달렸다. 시간이 조금 흐르자 멀리 가느다란 봉 같은 물체가 보였다.

저게 로사 씨 일행이 말했던 표시와 휴식처를 겸하는 기둥인가?

여기서 봤을 때는 가느다란 봉으로밖에 보이지 않는다. 하지만 이렇게 멀리에서도 보인다는 건 꽤 클 것이다.

나는 기둥을 향해 나아갔다. 봉처럼 가늘게 보였던 기둥도 점점 두껍게 보이기 시작했고 기둥으로 인식할 수 있을 정도의 크기가 되었다. 기둥에 다가가면 다가갈수록 바위산이 점점 줄어들고 땅은 점점 모래로 바뀌어 간다.

곰돌이는 순조롭게 달려서 기둥에 도착했다.

여기부터가 본격적인 사막인 모양이다.

기둥은 커다란 나무 같은 느낌으로 사람 네다섯 명 정도가 팔을 맞잡아야 비슷할 정도의 두께였다. 높이도 꽤 높아서 올려다보면 목이 아프다.

기둥을 만져봤다. 주변에 있는 모래를 사용해서 흙 마법으로 만들었는지 돌처럼 단단하게 만들어져 있었다.

같은 걸 만드는 것에 도전해보고 싶지만 다른 사람을 놀라게 만들어도 곤란하니 자중하기로 했다.

그리고 진행 방향을 보니 멀리 두 번째 기둥이 보였다. 응, 알기 쉽네. 아무리 곰 지도 스킬이 있다고 해도 목적지를 알지 못하면 미아가 된다. 이번에는 미아가 되지 않고 목적지에 도착할 수 있을 것 같다. 나는 곰돌이의 등에 뛰어 올라탔다.

"곰돌아, 저 기둥을 향해서 가는 거야."

곰돌이는「크~응」하고 대답하더니 달리기 시작했다.

"곰돌아, 다리는 괜찮아? 뛰기 힘들지 않아? 뜨겁지는 않고?"

"크~응."

곰돌이는「괜찮아」라고 대답하는 것처럼 울고는 속도를 올렸다.

곰돌이의 발을 보자 모래에 묻히는 일 없이 보통의 땅을 달리는 것처럼 뛰었다.

역시 곰돌이다. 빨리 달릴 수 있고 체력도 강하다. 물 위에서도 달릴 수 있는데 똑같이 모래 위에서도 문제없다. 거기에 덧붙여 폭신폭신하다. 최고의 짝꿍이다.

물론 곰순이도 마찬가지다.

나는 흰 곰 장갑으로 시선을 옮겼다.

그 후 순조롭게 두 번째 기둥을 통과했다.

사막은 처음 보지만 의외로 괜찮은 풍경이었다.

아마 그렇게 생각되는 것은 내열 곰 장비가 있고 곰돌이와 곰순이가 있기 때문이겠지. 곰 장비가 없었다면 죽음의 땅으로 느껴져 도망쳤을지도 모른다.

그 정도일 만큼 사막에는 아무것도 없었다. 보이는 것이라고는 모래밖에 없다. 어디를 봐도 모래, 모래, 모래뿐이다. 모래로 만들어진 언덕 정도만 존재한다.

그게 예쁘기도 하고 무섭기도 하다.

위를 보면 햇빛도 눈이 부시고 강하다. 아마 곰 인형 옷을 벗으면 견딜 수 없을 정도로 더울 거다. 정말로 곰 인형 옷에 감사함을 느낀다.

"곰돌아, 혹시 더우면 말해줘."

"크~응."

곰돌이는 대답하더니 속력을 올렸다. 아무래도 문제없음을 어필하고 있는 모양이다.

광대한 사막 위를 검은 곰이 달려가는 그림.

상상해봤는데 위화감이 굉장하네.

원래의 세계에서도 판타지 세계에서도 사막을 곰이 달리는 건 처음일지도 모른다. 카메라가 있었다면 기념으로 사진을 찍고 싶다. 풍경도 좋고, 사막과 곰이라니 재미있는 조합이다.

그런 사막을 곰돌이는 경쾌하게 달렸다.

잠시 시간이 흐르고 세 번째 기둥에 도착하여 휴식에 들어갔다. 그리고 진행 방향에는 네 번째 기둥이 보였다. 분명 기둥을 목표로 이동하면 미아가 되지 않고 도착할 것 같다.

하지만 블리츠가 말한 대로 사막의 이동은 단조로웠다. 다른 곳이라면 근처 숲을 구경하거나 멀리 있는 산을 보면서 이동을 할 수 있지만 이곳에는 모래밖에 없었다. 모래언덕의 모양이 조금 다른 정도다. 그 외에는 똑같은 풍경이 담담하게 이어진다. 곰돌이와 곰순이에게 맡기고 잠이라도 잘까?

다음 기둥으로 향하기 전에 나는 곰돌이에서 곰순이로 교대했다.

"곰돌아, 고마워."

곰돌이에게 감사의 마음을 담아 머리를 쓰다듬은 후 송환했다. 그리고 대신해서 곰순이를 소환했다.

사막에 있는 검은 곰도 위화감이 들지만 사막과 하얀 곰은 더욱 위화감투성이네. 아무래도 검은 곰은 산 속, 흰 곰은 얼음 위라는 이미지가 있다.

"곰순아, 괜찮아?"

어쩌면 곰돌이와 곰순이의 내성이 다를 가능성도 있어서 물어봤다.

곰순이는「크~응」하고 활기차게 울더니 바싹 다가왔다. 괜찮은 것 같다.

순간 곰돌이는 더위에 강하고 곰순이는 추위에 강할지도 모른다고 생각했지만 딱히 그렇지는 않은 모양이다.

뭐, 곰돌이는 설산을 아무렇지 않게 달렸으니 곰돌이와 곰순이에게 차이는 없나 보다.

그런데, 그렇게 더운가?

잠깐 시험을 해보려고 곰 후드를 벗었다. 그 순간 열풍이 얼굴을 덮쳤다.

"뜨, 뜨거워."

곧바로 곰 후드를 뒤집어썼다.

"뭐야? 이 더위는? 사람이 있을 수 없는 곳이잖아. 곰순아, 정말로 괜찮은 거야?"

걱정이 되어서 곰순이를 바라봤다.

하지만 곰순이는 괴로워하는 표정도, 더워 보이는 표정도 짓지 않았다. 평소와 같은 사랑스러운 얼굴을 하고 있다. 「왜?」라는 느낌으로 나를 바라보는 걸 보면 정말로 괜찮은 모양이다.

이런 곳을 왕래하는 사람들을 존경한다.

신님, 곰 장비 고맙습니다, 라는 생각이 마음속에서부터 우러나오려 했다.

그런 생각을 가져버리면 신님의 생각대로 되는 느낌이라서 곰 장비에 대한 감사는 반만 하고 곰돌이와 곰순이를 준 것에 대해서는 진심으로 감사했다.

"그럼, 곰순아, 덥지만 잘 부탁해."

나는 곰순이의 턱 아래를 쓰다듬고 등에 올라탔다.

곰순이는 다음 기둥을 향해 광대한 사막을 달리기 시작했다.

순조롭게 나아가고 있는데 풍경에 질려서 차가운 음료를 곰 박스에서 꺼내 마셨다. 물론 곰순이에게도 먹여줬다. 그리고 음료를 손에 든 채 그대로 있었더니 음료가 순식간에 따뜻해졌다.

그래서 마시면 바로 곰 박스에 담기로 했다. 곰 박스가 있음에 고마움을 느낀다. 곰 하우스 같은 큰 것이 들어가고, 용량도 무한

이고, 차가운 것도 보관할 수 있다. 정말로 곰 박스는 편리하다.

사막을 달리고 있는데 곰순이가 「크~응」 하고 울며 속도를 늦췄다.

마물인가 싶어 전방을 주시하자 멀리서 도마뱀을 타고 이동하는 사람들이 있었다. 이 도마뱀은 라가르트라고 했던가?

곰순이와 나를 발견하고 난리를 피워도 피곤하니 발견하지 못하도록 추월하고 싶었다.

나는 사막을 이용해서 알아차리지 못하도록 추월했다.

꽤 크게 돈 탓인지 모래언덕 너머에 울프로 보이는 그림자가 보였다.

저게 로사 씨네 일행에게 들은 샌드 울프인가?

탐지 스킬을 사용했다. 아무래도 샌드 울프가 틀림없는 모양이다. 샌드 울프가 주위에 10마리 정도 흩어져 있었다. 탐지 스킬을 보고 있는데 샌드 울프가 천천히 우리 쪽으로 움직였다.

어쩐지 우리를 먹이로 인식한 것 같다.

곰순이라면 도망치는 것도 가능하지만 공격을 해온다면 피나에게 줄 기념품으로 쓰기로 했다.

샌드 울프는 붉은 갈색의 털이 나 있었다.

일반적인 울프가 회색, 스노우 울프가 흰색, 샌드 울프는 붉은 갈색이다.

나는 언제든지 싸울 수 있도록 곰순이에게서 내렸다.

무방비하게 사막에 서 있자 샌드 울프는 나와 곰순이를 천천히 둘러싸기 시작했다. 10마리 정도로 나와 곰순이를 쓰러뜨릴 수 있을 거라 생각한 모양이다.

샌드 울프 중 한 마리가 짖자 일제히 우리에게 달려들었다.

나는 공격을 가해오는 샌드 울프를 피하고 곰 펀치를 몸에 꽂아 넣었다. 곰순이는 카운터를 날리듯 곰 펀치를 날렸다. 더블 곰 펀치가 작렬한다.

이어서 공격해오는 샌드 울프의 머리에 얼음 화살을 발사했다. 곰순이의 날카로운 발톱이 샌드 울프를 공격한다. 그리고 전투가 시작하고 몇 초 만에 모든 샌드 울프가 모래 위에 쓰러졌다.

약육강식이다. 공격해오지 않았다면 나도 쓰러뜨릴 생각은 없었다. 이번에는 공격해온 샌드 울프가 잘못한 거다.

우선, 피나에게 줄 기념품을 손에 넣었다.

320 곰 씨, 사막에서 지인을 만나다

샌드 울프를 무찌른 나는 다음 기둥으로 향했다.

아무것도 없는 모래의 땅이기 때문에 시야를 가로막는 것은 없어 다소 떨어져 있어도 기둥을 못 보고 놓치는 일은 없었다.

그 후에도 샌드 울프를 발견했지만 공격을 해오지 않아서 순조롭게 나아갔다.

시간이 지나 해가 저물어가고 사막은 빨갛게 물들었는데 그 광경은 매우 아름다웠다. 마음이 여유로우니 예쁘게 보이는 거겠지.

모험 영화의 장면에서도 화면 너머로 보이는 사막은 예쁘지만 등장인물에게는 절망적일 수 있다.

하지만 나에게는 그런 절망은 없으므로 눈앞에 펼쳐지는 풍경을 진심으로 즐겼다.

"곰순아, 예쁘지?"

"크~응."

가만히 서서 곰순이와 저물어 가는 태양을 바라봤다.

그리고 태양이 완전히 저문 뒤 주변이 어두워졌다.

오늘은 이곳에서 묵기로 했다.

상인이나 모험가들이 기온이 떨어진 밤에 이동할 가능성을 고려하여 기둥에서 떨어진 곳에 곰 하우스를 설치했다. 하지만 이곳은 아무것도 가로막는 것이 없어서 곰 하우스에서 흘러나오는 빛 때문에 발각이 될 수 있으니 사방에 흙벽을 만들어 둘러쌌다.

벽은 마물 퇴치와 곰 하우스가 모래에 덮이지 않도록 하는 역할도 있다. 아침에 일어났더니 곰 하우스가 묻혀 있으면 곤란하지 않은가.

흙벽으로 둘러싸인 곰 하우스 안으로 들어서자 그 뒤를 곰순이가 따라왔다.

"잠깐, 곰순이, 스톱, 스톱."

내 말에 곰순이는 「왜 그래?」라는 표정으로 고개를 갸웃거렸다.

곰순이의 발을 보니 모래가 털 사이에 끼어있었다. 이대로 들어가면 온 집안에 모래가 떨어질 거다.

나는 곰순이를 한 번 송환하고 다시 소환했다. 한 번 송환한 후에 소환하면 깨끗해진다는 비장의 수였다.

그리고 곰돌이도 함께 소환했다.

응, 소환된 곰돌이도 모래 하나 없는 깨끗한 상태였다. 이것으로 방 안에 들어와도 괜찮다.

참고로 곰돌이와 곰순이는 꼬맹이화 되어 있었다.

"오늘은 둘 다 고마워."

곰돌이와 곰순이의 머리를 쓰다듬으며 감사의 마음을 전했다.

그리고 저녁을 먹은 뒤 곰돌이와 곰순이를 데리고 욕실로 향했다. 사막에서의 뜨거운 목욕. 모순되는 조합이다.

하지만 하루의 끝에는 욕조에 몸을 담가야지. 어제는 하지 못했으니까.

그리고 오늘은 더워도 아무렇지 않아 했지만, 곰돌이와 곰순이가 열심히 달려줬기 때문에 감사의 마음을 담아 몸을 씻겨줬다.

"오늘은 곰순이부터."

항상 곰돌이가 먼저 씻으면 곰순이가 가여우니 오늘은 곰순이부터 씻겨주기로 했다.

곰순이가 뒤뚱뒤뚱 내 앞으로 다가와서 턱 하고 앉았다. 그 후 곰순이에게 비누칠을 해서 쓱싹쓱싹 깨끗이 닦아줬다. 송환하고 다시 소환해서 깨끗하지만 마음의 문제이다.

씻겨주니 곰순이도 눈을 가늘게 뜨고 기분 좋은 것 같았다. 머리부터 발, 둥근 꼬리까지 다 씻기고 마지막으로 머리부터 따뜻한 물을 끼얹으면 종료.

"끝났어."

곰순이는「크~응」하고 운 뒤 욕조로 향했다. 작은 몸으로 욕조에 올라 안으로 들어간 다음, 욕조에 머리를 기대고 기분 좋아했다.

곰돌이가 곰순이와 교대해서 내 앞으로 다가왔다. 그리고 등을 보이며 언제든지 씻길 수 있도록 자세를 취했다.

꼼꼼하게 닦아줄게.

우선은 따뜻한 물을 끼얹고 새까만 곰돌이를 쓱싹쓱싹 닦았다. 검지만 당연히 더러운 건 아니다. 말끔한 검정이다. 그리고 곰돌이도 다 씻기자 곰순이와 똑같이 욕조로 가서 곰순이 옆으로 들어갔다.

곰돌이와 곰순이가 욕조에 머리를 기댄 채 기분 좋게 있었다. 얼굴이 누그러져 있는 걸 보면 그만큼 기분이 좋다는 뜻이겠지.

그런 곰돌이와 곰순이를 보면서 나도 자신의 몸을 닦고 욕조에 몸을 담갔다.

으~응, 기분 좋아. 등을 펴서 몸을 풀었다.

이곳이 사막이라는 생각이 전혀 들지 않네.

밖은 모래밖에 없는 세계. 식물은 없고 마물만 있었다. 그런 곳에서 느긋하게 목욕을 하고 있다니 보통이라면 불가능한 일이겠지.

나는 욕조에 몸을 깊게 담근 후 오늘 하루의 피로를 풀었다.

목욕을 마친 나는 내 머리를 말리고 곰돌이와 곰순이도 드라이어로 말려준 뒤 빗질을 해줬다. 이것으로 오늘의 일은 끝이다.

나는 방으로 돌아가 이불에 몸을 넣었다.

그리고 곰돌이와 곰순이에게는 언제나처럼 무슨 일이 있을 때 깨워달라고 부탁을 했다.

이불에 들어간 나는 이곳이 사막이라는 것을 잊고 기분 좋게 꿈속으로 빠져들었다.

다음 날 아침, 언제나처럼 곰돌이와 곰순이에 의해 깨워진 나는 일출과 동시에 출발했다.

곰 하우스는 모래에 파묻히지 않아서 무사히 밖으로 나올 수 있었다.

이 세계의 일출은 몇 번인가 본 적이 있지만 사막에서 보는 일출은 각별하게 예뻤다.

오늘도 곰돌이와 곰순이를 교대하면서 사막을 나아갔다.

많이 왔는데 아직 멀었나?

기둥의 수도 몇 개째인지 잊어버렸다. 애초에 곰돌이와 곰순이에게 맡기고 등에서 자고 있어서 세지 않았다고 하는 편이 맞다.

그리고 나는 지금도 곰돌이의 등에서 자고 있다. 마물에게 공격을 당하는 일도 없이 나아갔다.

내가 곰돌이 등에서 기분 좋게 자고 있는데 곰돌이가 멈춰 섰다. 그리고 등에 타고 있는 나를 흔들어 깨웠다.

"곰돌아, 왜 그래? 설마 도착한 거야?"

눈을 비비며 앞을 바라봤다.

아직 거리가 있지만 앞쪽에서 검을 휘두르고 있는 모험가처럼 보이는 사람들이 있었다.

저건 작은 웜?

모래 속에서 울프 정도의 크기로 보이는 웜이 몇 마리 달려들고 있었다. 그리고 모험가로 보이는 사람들이 그것과 싸우고 있었다.

싸우고 있는 사람 뒤에는 상인으로 보이는 사람들이 있었다.

조금 전부터 「~로 보이는 사람」이라고 말하는 이유는, 전원이 망토 같은 후드를 덮어쓰고 있어서 겉모습만으로는 구별이 되지 않기 때문이다.

으음~ 도움이 필요한가?

안 필요하다면 눈에 띄고 싶지는 않다. 곰돌이에 관해 설명하는 것도 귀찮아서 얽히고 싶지 않았다.

하지만 이 위치에서는 자세한 상황을 알 수 없으니 조금 다가가서 탐지 스킬을 사용했다.

마물의 이름은 샌드 웜.

모험가들은 후드를 덮어쓰고 샌드 웜과 싸우고 있었다.

내가 싸웠던 웜보다는 작지만 수가 많다. 그러나 이미 모래 위에는 모험가들에 의해 쓰러진 샌드 웜이 널브러져 있었다.

아무래도 모험가들 쪽이 우세한 모양이다. 이러면 도움은 필요 없을까. 싸우는 모습을 보고 있는데 모험가 중 한 명이 어디선가 본 적이 있는 움직임을 보였다.

양손으로 나이프를 들고 재빠른 동작으로 싸우는 모습.

적확하게 동료들에게 지시를 내리고 검을 휘두르는 검사.

마물에게 공격을 할 때마다 소리치는 검사.

세 명의 후방에서 도움을 주며 마법을 날리는 마법사.

"세니아, 앞으로 너무 나갔어. 멜은 호위 대상에서 너무 떨어졌고. 토우야, 오른쪽을 부탁할게. 멜은 기회가 있으면 공격해."

싸우고 있는 건 미스릴 나이프를 만들 때 광산 골렘 건으로 신세를 졌던 제이드 씨 파티였다.

다들 제이드 씨의 적확한 지시대로 샌드 웜을 무찔렀다.

역시, 애를 먹고 있으면 도와줄까 싶었는데, 제이드 씨 일행은 순조롭게 샌드 웜의 수를 줄여갔다.

"수가 많아!"

확실히 계속해서 샌드 웜이 나타났다. 나는 확인을 위해 탐지 스킬을 사용해 봤다. 이런, 가볍게 보기만 했는데도 근처에 20마리 정도 있다. 심지어 모래 안을 움직이면서 돌고 있었다. 제이드 씨 일행은 들이닥치는 샌드 웜을 차례차례 쓰러뜨리고 있지만 수가 많았다.

이대로 놔둬도 전부 쓰러뜨릴 수 있겠지만 도와주는 편이 나으려나?

나는 곰돌이를 달리게 했다.

"제이드 씨, 뒤에서 곰이 옵니다!"

상인 중 한 명이 나를 발견하고 외쳤다.

금세 상인들이 곰돌이와 나에게서 도망가려고 했다.

상인의 목소리를 듣고 뒤를 돌아본 제이드 씨와 내 시선이 마주쳤다.

"유나?"

상인들은 제이드 씨의 반응에 당황했다.

나도 상인들에게 설명하는 것이 귀찮아서 무시했다.

"유나?"

"아가씨?"

"유나야?"

세니아 씨와 나머지 분들도 싸우면서 시선을 내게로 보냈다.

"도와드릴까요?"

이곳을 무시하고 떠나갈 수는 없어서 물어봤다.

"그렇게 해주면 도움이 될 거야. 수가 좀 많아."

제이드 씨는 망설임 없이 즉시 답했다.

"알았어요."

나에 관해 알고 있으면 이야기가 빨라서 좋다.

나는 탐지 스킬로 모래에 숨어들어 있는 샌드 웜이 있는 곳을 확인했다.

"제이드 씨, 모래에서 샌드 웜을 꺼낼 테니까 뒤처리를 부탁해도 될까요?"

그러는 편이 빠를 것 같다.

"괜찮지만, 그런 게 가능하니?"

그 말에 나는 고개를 끄덕였다.

"멜은 뒤에서 상인들을 호위해. 토우야, 세니아는 유나가 샌드 웜을 모래에서 빼낼 거니까 나와 같이 토벌하자."

나는 곰돌이에서 내린 뒤 멜 씨와 함께 있으라고 했다.

곰돌이는「크~응」하고 울고는 멜 씨 쪽으로 향했다.

"그럼, 갑니다."

나는 달리기 시작했다. 그리고 탐지 스킬로 모래 안에 숨어들어 있는 샌드 웜을 향해 공기탄을 쏘아댔다.

그러자 바다에서 생선이 튀어 오르는 것처럼 샌드 웜이 날아올랐다.

"토우야!"

"알고 있어."

나는 모래 안으로 차례차례로 공기탄을 발사했다.

샌드 웜들은 공중으로 날아오르더니 지면에 떨어진 후 꿈틀거렸다.

응, 기분 나빠.

그리고 다시 모래 안으로 들어가려 했지만 토우야와 제이드 씨가 놓치지 않고 검으로 찔렀다.

"세니아!"

"……."

세니아 씨는 공중에 날아오른 샌드 웜이 떨어지기 전에 잘게 잘라냈다.

"어이, 아가씨, 속도가 너무 빠르잖아."

"토우야 입을 움직이기 전에 검을 움직여."

나는 차례대로 샌드 웜을 모래 속에서 건져 올렸다.

"유나! 모래가 너무 튀어."

그런 말을 해도 곤란하다. 거기까지는 생각하지 않았다. 하지만 그때 공중으로 날아오른 모래를 바람이 불어 날려버렸다.

아무래도 멜 씨가 마법으로 모래를 제거해준 모양이다.

시야가 깨끗해진 제이드 씨 쪽은 계속 샌드 웜을 쓰러뜨렸다.

"그럼, 마지막이에요!"

나는 모래 속으로 마지막 공기탄을 발사했다. 샌드 웜이 모래에서 나왔다. 그 샌드 웜을 향해 토우야가 달렸다.

"마지막 마무리는 내가……."

토우야가 검을 휘두르려고 한 찰나, 뒤에서부터 무수한 나이프가 날아들어 샌드 웜의 급소를 찔렀다.

"마지막은 나."

세니아 씨가 무표정으로 나이프를 쥐고 있는 모습이 보였다.

미스릴 나이프 이외에도 가지고 있었구나.

토우야는 쓰러진 샌드 웜을 보고 분해한다.

"내 쪽이 가까웠잖아."

"발이 느렸잖아."

"느리지 않았어."

"내가 틀렸네, 다리가 짧았던 건가?"

세니아 씨가 꽂혀 있는 나이프를 빼내면서 농담 섞인 대답을 했다.
"내 다리는 짧지도, 느리지도 않아. 나이프가 빠른 것뿐이지."
"다음은 나이프보다 빠르게 움직이면 되겠네."
아니, 그건 무리지.
그건 그렇고 세니아 씨와 토우야는 여전하다.

321 곰 씨, 제이드 씨와 재회하다

나는 탐지 스킬로 마물이 없다는 것을 확인하고 곰돌이가 있는 곳으로 돌아갔다.

그곳에는 떨고 있는 상인들과 곰돌이를 쓰다듬고 있는 멜 씨가 있었다.

"유나, 오랜만이야. 이 아이가 소문으로 듣던 유나의 곰이구나."

그러고 보니 제이드 씨 일행 앞에서는 한 번도 곰돌이를 소환한 적이 없었다. 그런데 멜 씨는 무서워하지 않고 곰돌이의 몸을 쓰다듬고 있었다.

"소문은 사실이었네."

멜 씨에 이어서 세니아 씨도 곰돌이에게 다가가 쓰다듬는다.

상인들은 무서워하고 있지만 두 사람이 무서워하는 낌새는 없다. 이게 모험가와 상인의 차이일지도 모른다.

곰돌이가 곤란해 하고 있어서 도우러 가려고 하는데 제이드 씨가 손을 들며 다가왔다.

"유나, 고마워. 덕분에 살았어."

뭐, 내가 도와주지 않았어도 제이드 씨 일행이라면 피해를 보지 않고 무찌를 수 있었을 거다. 내가 도와서 시간이 단축된 정도겠지.

"그런데, 어째서 유나가 이곳에 있는 거지?"

그건 내 쪽이 묻고 싶은데요. 제이드 씨 일행은 왕도를 거점으로 두고 일하고 있다. 골렘 사건 때도 학생 과외 훈련의 호위 때도 학원 축제 때도 왕도에서 일하고 있었다.

가끔 다른 곳으로 가서 일한다고 들었지만 브리츠 일행도 있는 걸 보면 사막에서 일하는 게 유행인가?

"저는 일 때문에요. 이 앞에 있는 데젤트 마을에 전달할 물건이 있어서 가는 중이었어요."

"그럼, 우리랑 같구나. 우리도 그 마을에 가는 중이었어."

뭐, 옆 나라에 간다고 해도 데젤트 마을을 경유해야 하니 기둥을 이용해서 이동하는 거라면 목적지는 같을 수밖에 없다.

"저기, 제이드 씨, 그쪽의 곰 옷차림을 한 여자아이와 곰은?"

나와 제이드 씨가 대화를 나누고 있는데 상인 중 한 명이 무서워하면서 물었다.

곰돌이는 무섭지 않은데.

"조금 전 전투를 봐도 알 수 있듯 이런 복장을 하고 있지만, 어엿한 모험가입니다. 그 곰도 위해를 가하지 않는다면 공격해오는 일은 없어요."

제이드 씨가 나 대신 설명을 해줬다.

하지만 이런 복장이라고 설명하다니……. 마음에 안 들지만 그 부분은 반론할 수 없으니 어쩔 수 없다.

상인들은 제이드 씨의 설명을 듣고 의아한 듯 나를 쳐다봤지만 곰이 위험하지 않다는 것을 이해했는지 물러났다.

"그런데 제이드 씨도 곰돌이를 보는 건 처음이죠?"

"모험가 동료에게 검은 곰에 관한 이야기는 들었어. 게다가 크리모니아에 있으면 유나의 이야기는 멋대로 들려오거든."

"유나가 곰을 타고 마을에서 나갔다는 이야기는 자주 들었지."

그러고 보니 내가 고블린 킹과 블랙 바이퍼를 쓰러뜨렸던 것도 알고 있었지. 크라켄 소문도 알고 있는 것 같으니, 곰돌이와 곰순이에 관해 알아도 이상하지는 않다.

"어이, 다들! 수다 떨지 말고 도와줘. 나한테만 해체를 시킬 셈이야?"

우리가 이야기를 나누고 있는데 혼자서 웜을 해체하던 토우야가 소리쳤다.

"그 정도는 혼자서 할 수 있잖아."

"힘내라고."

"아니, 수가 많다니까. 도와줘."

확실히 수가 많다. 모래 위에는 20마리 정도의 샌드 웜이 널브러져 있었다.

"얼른 처리하지 않으면 다른 마물들이 접근할지도 모르잖아."

"어쩔 수 없군."

"토우야, 바보."

"아니, 난 잘못한 게 없잖아."

어쩔 수 없이 제이드 씨 일행도 해체를 돕게 되었다.

하지만 해체를 하는 모습을 보니 마석만을 회수하고 있는 모양이다.

"어이, 곰 아가씨도 도와줘."

"저요?"

예상하지 못했던 말이 토우야의 입에서 나왔다.

"그러는 편이 빨리 끝날 거 아냐. 게다가 마석은 균등하게 나눌 거야. 자신의 몫 정도는 해체해야지."

"저는 필요 없으니까 괜찮아요."

애초에 나는 해체를 하지 못한다. 가지고 돌아가서 피나에게 부탁하는 정도였다.

피나도 웜 같은 걸 해체하고 싶지는 않을 테니 가지고 돌아가지 않을 거다.

"그러면 안 되지."

"그렇지만, 저는 해체를 못 하는걸요?"

그렇게 말하자 네 사람은 놀란 표정을 지었다.

"해체를 못 한다고?"

"유나, 모험가잖아?"

"그렇게 강하면서……."

"농담이겠지."

이상하게 쳐다본다.

평범하다고 생각하는데. 연약한 15살 여자아이는 마물 해체 같은 건 못한다. 벌레 같은 웜은 더욱 무리다.

뭐, 이 세상에는 10살과 7살이면서 해체를 하는 여자아이가 있지만 말이다.

"토벌의 보수는 필요 없으니까 해체는 거절할게요."

"그러면 우리가 해체할 테니 샌드 웜을 불태워 줄래?"

제이드 씨는 강제로 해체를 시키지 않고 대안을 제시했다.

"태울 거예요? 웜은 일부 사람들에게는 진미라며 사랑받는다고 들었는데요."

"그건 보통의 웜일 때 그렇지. 샌드 웜은 맛이 없어서 먹을 수 없어."

아무래도 샌드 웜은 맛이 없나 보다.

혹시 크라켄 때 먹이로 사용한 웜은 맛있어서 크라켄을 낚을 수 있었던 건가?

"그렇다고 해서 마석만 채취한 뒤 내버려 두면 다른 마물이 사체를 먹으러 다가올 가능성이 있어. 그러니 불필요한 건 태워서 처리하는 게 모험가들의 규칙이지."

"나중에 이곳을 지나가는 사람에게 폐를 끼치게 되니까."

아아, 확실히 1만 마리의 마물을 토벌했을 때도 고블린의 시체를 처리하라고 사냐 씨가 이야기했던 것 같다.

이유를 알았으니 마석 회수가 끝난 웜을 멜 씨와 함께 마법으로 태웠다.

해체 작업은 4명이 진행해서 마석 회수도 샌드 웜 처리도 빨리 끝났다.

역시 해체 기술은 모험가에게는 필수 스킬인가?

익힐 마음은 없지만…….

제이드 씨는 상인들에게 이동하라고 지시를 내렸다. 상인들은 곧바로 이동할 수 있도록 라가르트에 올라탔다.

"유나는 어떻게 할 거야?"

"저는 먼저 갈게요."

같이 갈 필요는 없으므로 곰돌이를 타고 서둘러 가기로 했다.

곰돌이가 있는 쪽으로 가기 위해 시선을 옮겼다.

"……?!"

시선의 끝에는 곰돌이가 멜 씨와 세니아 씨에게 안겨져 있는 모습이 있었다.

"유나, 같이 가자."

"찬성, 등에 타고 싶어."

"안 돼, 내가 탈 거야."

아니, 그건 이상하잖아.

어째서 그렇게 되는 거야?

"저기, 두 사람 모두 곰돌이에게서 떨어져 줄래요?"

“유나, 하얀 곰은 없어?”

“검은 곰이랑 하얀 곰이 있다고 들었는데.”

사람의 이야기를 듣고 있나요? 안 듣고 있는 거죠?

하지만, 역시 곰순이도 알고 있구나.

“……있긴 하지만.”

“보고 싶어.”

“저기, 저는 서둘러 가야 해서요.”

“그렇구나, 그러면 이동하자.”

어쩐지 곰돌이를 타려고 하는 두 사람.

곰돌이가 곤란한 표정으로 나를 바라봤다.

“두 사람 모두 유나가 곤란해 하잖아. 이동할 거니까 얼른 라가르트에 타!”

두 사람의 모습을 보고 있던 제이드 씨가 주의를 줬다.

하지만 두 사람은 제이드 씨의 말에 싫은 표정을 지었다.

“나는 곰이 좋아.”

“나도.”

그러니까 곰돌이는 내 거라니까요.

“됐으니까, 얼른 움직여!”

“알았어.”

“제이드, 못 됐어.”

두 사람은 떨떠름해 하며 곰돌이에게서 떨어져 자신들의 라가르트로 이동했다.

“미안해, 두 사람을 용서해줘.”

제이드 씨는 사과했지만 덕분에 살았다.

“그래서, 우리는 다음 기둥에서 쉴 건데 유나도 같이 쉬는게 어때? 마석을 배분해야지.”

“아까도 말했지만, 저는 필요 없어요.”

“그건 안 돼. 모험가라면 받아. 나중에도 그런 점을 이용당할 수 있어. 딱히 많이 주려고 하는 게 아니야. 어디까지나 분배하는 거지.”

그런 말을 들으면 거절할 수 없으므로 다음 기둥까지 제이드 씨 일행과 함께 가게 되었다.

나는 곰돌이를 타고 가장 뒤를 달렸다.

제이드 씨가 호위하는 상인의 수는 4명. 모두 판매하는 물건이 다른 상인인 것 같다. 이 세계에서는 상인이 같은 방향으로 이동할 때 모여서 호위를 의뢰하는 경우가 많았다.

모험가 길드의 의뢰 내용에도『호위 대상 인원수 변동 있음』이라고 적힌 경우가 있다.

제이드 씨 일행은 이동할 때는 말이 없었다.

체력 소모를 줄이기 위함이라고 한다. 뭐, 더운 와중에 수다를 떠는 건 꽤 괴로우니까.

라가르트는 의외로 빠르게 사막을 달렸다. 역시 사막을 이동하는 수단으로 선택 받은 이유가 있다.

뭐, 그래도 곰돌이 쪽이 더 빠르지만…….

한동안 이동을 해서 기둥에 도착했다.

상인과 제이드 씨 일행은 라가르트에서 내려 휴식 준비에 들어갔다. 기둥의 그림자 쪽으로 들어가 라가르트에게 물을 줬는데, 물을 다 준 멜 씨와 세니아 씨가 이쪽으로 다가왔다.

"유나의 곰은 빠르네."

"곰이 사막을 달리는 모습은 이상해."

내 입장에서 봤을 때는 커다란 도마뱀의 존재가 더 이상하다. 뭐, 그 부분은 마물이 있는 이세계니까 받아들이고 있지만…….

"그래서 유나, 흰 곰은?"

역시 기억하고 있었군.

어차피 곰돌이와 교대할 생각이기도 해서 상관없었다.

나는 곰돌이에게 고맙다는 말을 하고 송환했다. 그것을 보고 있던 멜 씨와 세니아 씨는 놀랐다. 그리고 곰순이를 소환했다.

"정말로 소환수였구나."

"하얀 곰, 처음 봤어."

두 사람은 이번엔 곰순이를 만지기 시작한다.

"귀여워."

"새하얘서 깨끗해."

"너무 만지지 말아줘요."

그렇게 주의를 줬지만 두 사람은 신경 쓰지 않고 곰순이를 만졌다.

뒤를 보니 조금 떨어진 곳에 있는 상인들이 놀라고 있었다.

뭐, 검은 곰이 흰 곰으로 바뀌면 놀라겠지.

"유나, 네 몫인 마석이야."

제이드 씨가 다가와 샌드 웜 마석을 4개 줬다.

여기까지 와서 거절할 수도 없어서 감사한 마음으로 받아둔다.

"그건 그렇고, 소문대로 흰 곰도 있었구나."

제이드 씨는 곰순이를 만지는 두 사람의 모습을 바라봤다.

"그래서, 유나는 혼자서 가는 거야?"

"그럴 생각이에요."

"유나, 같이 가자."

"곰이랑 같이."

"그래, 혼자보다 같이 이동하는 편이 안전해."

"그래도 아가씨에게 우리가 필요할까? 이런 복장을 하고 있지만 강하잖아."

토우야의 말처럼 필요 없지 않을까.

게다가 손을 쓸 수 없는 마물이 나왔을 경우, 혼자인 편이 도망칠 수 있어서 오히려 안전하다.

"그래도 만약의 경우를 생각해보면 함께 있는 편이 좋을 거야."

"나도 그렇게 생각해."

쓰담쓰담, 폭신폭신.

쓰담쓰담, 폭신폭신.

"너희는 곰이랑 같이 있고 싶은 것뿐이잖아."

내가 마음속으로 생각하고 있던 것을 토우야가 대신 말해줬다.

322 곰 씨, 데젤트 마을에 도착하다

“그건 그렇고, 항상 같은 차림을 하고 있구나. 그런 복장을 하고 덥지도 않아?”

토우야가 내 복장을 보며 물었다.

역시 더운 사막에서 폭신폭신한 인형 옷차림을 보면 누구라도 그렇게 생각하겠지.

“더울 것 같아.”

세니아 씨가 다가와 내 인형 옷을 잡았다.

“그래도, 부드러워.”

다른 사람이 들으면 오해할 말은 하지 말아주길. 나는 몇 번째인지 모르겠지만 똑같은 설명을 했다.

“특별한 가공이 되어 있어서 덥지는 않아요.”

“일부러 그런 이상한 옷에 특별한 가공을 할 필요가 있어? 아가씨는 이상하단 말이지.”

내가 좋아서 곰 인형 옷에 가공한 게 아니다. 신님이 저지른 거다. 이상한 건 내가 아니라 신님이다.

“아, 그러고 보니, 학원 축제에서 제이드랑 멜을 만났다며?”

“네, 그때는 놀랐다니까요.”

두 사람과는 학원 축제에서 해체 시범을 보러 갔을 때 만났다.

"놀란 건 이쪽이야. 심지어 유나랑 같이 있던 어린 여자아이가 울프 해체까지 해서 놀랐다고. 그런데 유나는 해체를 못 한다고 하니까……."

"그 아이의 아버지가 모험가 길드에서 일하고 있어서 해체 기술을 배웠어요. 저는 **신입 모험가**라서 해체를 못 하는 건 어쩔 수 없죠."

나는 신입이라는 부분을 강조했다.

"신입이라고……."

"블랙 바이퍼랑 고블린 킹을 무찌를 수 있는 신입은 없어."

멜 씨와 세니아 씨가 어이없다는 듯 말한다.

"심지어 바볼드 파티가 쓰러뜨리지 못했던 골렘까지 혼자서 무찔렀잖아."

그런 일도 있었지. 그다지 예전 일은 아니지만 옛날이야기다.

그 뒷이야기를 물으니 광산에서 골렘이 나타나지 않게 되었다고 한다.

"그런데, 정말로 우리가 무찌른 거라고 해도 괜찮았던 거야?"

아무래도 내가 왕도로 돌아간 뒤 마을 주민들에게 고맙다는 말과 요리를 대접받았다고 한다.

바볼드는 우쭐대며 얼마나 고생해서 싸웠는지 나불거렸다고 했다.

싸웠던 사실은 거짓말이 아니라서 제이드 씨 일행도 저지하지 못했단다.

"딱히 상관없어요."

나로서도 소란스러워지는 건 좋아하지 않으니까 문제 없다.

"그래도 유나가 토벌했다는 건 모험가 길드에 제대로 보고해뒀으니까."

그 사실은 사냐 씨를 통해 들었다.

"그런데 그 어린 여자아이에게 해체 방법을 알려준 건, 무조건 유나라고 생각했었는데 아니었네."

"저는 해체는 못해서 마물을 토벌하면 길드나 피나에게 맡기고 있어요."

"스스로 하지 않으면 아무리 시간이 지나도 못 익힐 거야."

그건 알고 있다. 하지만 무리다. 사람에게는 할 수 있는 일과 할 수 없는 일이 있다.

"그러니까 우리는 토우야에게 맡기고 있는 거야."

"그래, 익히게 하려고."

"아니, 나는 이미 뭐든 해체할 수 있거든, 너희가 놀고 싶은 거잖아."

토우야의 말에 웃음이 일었다.

그리고 상인들과 이야기를 나누던 제이드 씨가 다가와 멜 씨 일행에게 말을 건넨다.

"아직 괜찮겠지만, 마석 교환하는 거 잊지 말고."

"앗, 잊고 있었다."

"나도."

"나는 교환했어."

무슨 교환이지?

멜 씨와 세니아 씨는 몸이 전부 가려지는 크기의, 후드가 달린 망토를 입고 있었다. 그걸 벗기 시작했다.

"더워."

"얼른 교환하자."

두 사람은 청색의 물의 마석을 꺼내 들고는 후드 안쪽에 달린 마석과 교환했다. 그리고 곧바로 후드가 달린 망토를 입었다.

마석 교환?

"아아, 시원해."

"……뭐하는 거예요?"

"마석 교환이야. 슬슬 교환하지 않으면 효과가 사라져버리니까."

"……?"

미안, 마석 교환을 하는 건 보면 알지만 그 이유를 모르겠어.

"설마, 유나 모르는 거야?"

응, 몰라.

두 사람이 무슨 말을 하는지 의미 불명이다. 그러니 순순히 고개를 끄덕였다.

"이 망토는 내열 가공이 되어 있어서 물의 마석으로 몸을 시원하게 해주는 거야."

멜 씨가 자신이 입고 있는 망토 앞을 펼쳐 내부를 보여줬다.

망토 내부에 파란 선이 옆으로 뻗어 있는 게 보인다. 이 파란 선은 뭐지? 물의 마석과 연결된 것 같은데.

멜 씨의 말에 의하면 망토에 물의 마석을 달아 마력의 실을 묶으면 물의 시원함이 마력의 실로 전달되어 체온을 내려준다고 했다. 조금 전에 보여준 파란 선이 마력의 실이었던 모양이다.

마석과 마석을 연결하는 마력선 같은 건가.

즉, 이 망토는 게임으로 말하자면 내열 방어구가 되는 것 같다.

과학이 아닌 방법으로 이런 대처가 가능하다니, 과연 이세계네.

하지만 얼음 마석을 사용하면 어떻게 되지?

더 차가워지나?

"그런 짓을 하면 몸이 얼 거야."

"게다가 이런 사막에서 사용하면 금방 소모되지."

얼음 마석은 안 되는군. 냉장고를 계속 열어놓는 것과 같은 이치인가?

그래도 좋은 걸 물어봤다.

요새 내 가게에 가면 땀을 닦으며 일하는 아이들의 모습이 보였다. 더우면 벗어도 된다고 말했지만 아이들은 곰 유니폼이 마음에 드는 모양인지 벗지 않았다.

곰 유니폼에 이 냉각 장치를 달아주는 것도 좋을지 모르겠다.

열사병으로 쓰러지면 큰일이니 크리모니아로 돌아가면 티루미

나 씨와 밀레느 씨에게 상담을 받아 보자.

"보통은 사막을 이동할 때는 무조건 필요한데 말이지."

멜 씨가 내 복장을 봤다. 곰입니다만, 문제라도?

하지만 브리츠 일행과 만났을 때는 알려주지 않았는데 몰랐던 건가?

그게 아니면 사막을 이동할 때의 상식이라서 알고 있을 거라고 생각했나?

뭐, 곰 인형 옷 이야기를 했을 때 덥지 않다고 말해서 알려주지 않았던 걸지도 모른다.

"그럼, 저는 슬슬 가볼게요."

"유나, 정말로 가는 거야?"

"조금 급해서요."

앞마을의 모습을 보면 아직 긴급 사태는 아니겠지만 국왕에게 서두르라는 말을 들었다.

곰돌이와 곰순이는 빠르기 때문에 꽤 시간을 단축했어도 되도록 빠른 편이 좋다. 늦어진다면 곤란하니까.

나는 곰순이의 등에 올라탔다.

"유나, 짐을 가져다주고 나면 여유는 있어?"

"당분간은 마을을 구경할 생각이니까 있을 거예요."

분명 다 같이 바다에 가는 날까지는 여유가 있다.

마을에 도착하면 피나에게 한 번 확인하는 편이 나을까. 뭣하면 곰 이동문을 설치해서 잠깐 돌아가는 것도 가능하다.

"그러면 같이 식사라도 하자."

"그렇지, 이번 일의 답례로 사줄게."

제이드 씨 일행에게 음식 대접을 받기로 약속했다. 우선 어떤 음식이 있을지 모르지만 웜은 식자재로 쓰이지 않는다는 것을 알게 된 것만으로도 안심이 된다. 하지만 이 세계에는 내가 모르는 음식도 있으니 먹을 때는 조심해야 한다.

"그때는 맛있는 걸로 부탁할게요."

제이드 씨 일행과 헤어진 나는 곰순이를 달리게 했다.

표지판 역할을 하는 기둥이 있어서 길을 잃지 않고 사막을 나아갔다. 가끔 맞은편에서 오는 상인과 모험가들이 있었다. 뭐, 마주친 경우에는 지나가는 것을 기다리기만 하면 되니까 추월하는 것보다 편했다.

그리고 도중에 1박을 하고 그다음 날 점심에는 마을이 보였다.

모래언덕 위에 있는 그 마을은 벽에 둘러싸여 있었고 중앙에는 오아시스와 같은 호수와 나무들이 보였다.

그리고 다른 방향에는 신경이 쓰이는 것이 보였다.

"저건 피라미드?"

마을에서 떨어진 위치에 피라미드 같은 물체가 보였다.

거리가 멀어서 확실하게는 모르겠지만, 저 모양은 피라미드라고 생각된다.

설마 이세계에서 피라미드를 볼 수 있을 거라고는 생각도 못 했다.

사막도 그렇고, 피라미드도 그렇고 원래의 세계에서 은둔형 외톨이었던 나는 이집트까지 피라미드를 보러 갈 생각은 하지 않았다.

크라켄의 마석을 건네주고 피라미드나 구경하러 갈까?

그런데 피라미드 안으로 들어갈 수 있나? 미라 같은 건 없겠지?

나는 데젤트 마을을 향해 곰돌이를 달리게 했다. 그리고 어떻게 마을 안으로 들어갈지 생각했다.

곰돌이를 타고 가면 틀림없이 놀랄 거다. 하지만 걸어서 갔을 경우 어떻게 여기까지 왔냐고 물어보면 대답할 수가 없다.

생각한 결과, 놀라더라도 곰돌이를 타고 가는 것이 설명이 편하므로 곰돌이를 탄 채 마을로 향했다. 그리고 마을 입구에 도착하자 예상대로 문지기들은 곰돌이를 탄 나를 보고 놀랐다.

"곰?!"

"아, 아가씨, 그 곰은 뭐지?!"

문지기 두 명은 뒤로 물러선다.

이게 곰을 처음 봤을 때의 일반적인 반응이지. 조금 안심이 되네. 멜 씨와 세니아 씨의 반응이 이상한 거야.

"제 곰이에요. 아무 짓도 안 하면 괜찮을 거예요."

"정말이냐?"

"소환수니까 없앨게요."

안심을 시키기 위해 곰돌이에서 내리고 송환한다.

"소환수라니, 처음 봤어."

"나는 본 적은 있지만, 곰은 처음이야."

놀라고 있지만 나는 서둘러 마을 안으로 들어가고 싶기 때문에 문을 통과하려고 했다.

"들어가도 돼요?"

"그래, 상관없어. 하지만 주민들이 놀랄 테니까 마을 안에서 곰은 꺼내지 말아줘."

그 정도는 이해하고 있으므로 승낙했다.

우선은 숙소 확보일까?

그 후에 영주인 바리마 씨가 있는 곳으로 가면 되겠지?

이전 마을과 똑같이 숙소 확보가 어려우면 곤란하니까.

"숙소는 어디에 있나요?"

아직 놀라고 있는 문지기에게 묻는다.

"아아, 숙소 말인가? 그렇지. 몇 군데 있는데 찾기 쉬운 건 이 큰길을 걸으면 나오는 곳에 있는 큰 숙소일 거야."

그런 뒤 영주의 집과 모험가 길드의 위치도 물어봤다.

영주의 집은 중앙 호수 근처에 있고 집도 커서 가면 알 거라고 했다. 모험가 길드는 숙소와 같은 도로에 있다고 알려줬다.

"아가씨가 뭐를 하러 이 마을에 왔는지 모르겠지만, 지금 이 마을에서는 문제가 일어나고 있으니까 서둘러 나가는 편이 좋을 거야."

혹시, 마석이 파괴된 걸 말하는 건가?

역시나 문제인 모양이네.

"네, 알고 있어요."

"그렇군. 그렇다면 괜찮지만. 그리고 아가씨, 한 가지 더 물어도 될까?"

"뭐죠?"

"그 옷차림은 뭐지?"

"곰이요."

그 외의 대답은 존재하지 않아서 그렇게 대답하고 마을 안으로 들어갔다.

323 곰 씨, 모험가 길드에 들르다

이 데젤트 마을은 중앙에 호수가 있고, 그 호수를 중심으로 건물이 세워져 있다. 사막에 있는 마을이라서 작은 마을이라고 생각했지만 생각보다 크고 사람도 많았다.

숙소에서 방을 확보하면 영주의 집으로 마석을 전달하러 가야지.

분명, 이 큰 도로를 걸어가면 커다란 숙소가 있다고 했는데 어디지? 나는 주위를 확인하면서 길을 걸었다. 「뭐야?」, 「곰?」, 「곰이 걷고 있어」, 「엄마, 저거 뭐야?」. 여느 때와 같은 일이지만 호기심이 담긴 눈초리를 받았다. 어린아이가 나를 향해 손가락을 가리키는 건 항상 있는 일이다.

우선 곰 후드를 깊게 눌러쓴다.

이리저리 주변을 보면서 걷다가 모험가 길드 간판을 발견했다.

잠시 생각했다. 조금, 안으로 들어가고 싶은 마음이 생겼다.

으음~ 잠깐이라면 둘러보는 것도 괜찮겠지? 잠깐 정도는 들려도 괜찮을 거야?

게임에서도 지역에 따라 나타나는 마물도 퀘스트도 다르다. 전 게이머로서 어떤 의뢰가 있을지 궁금하므로 어쩔 수 없다.

누군가에게 변명하는 것처럼 말하고는 눈에 띄지 않게 천천히 모험가 길드로 들어갔다.

조용하게 들어간 덕분에 나를 발견하는 사람은 없었다. 모험가의 수는 적었고 여유롭게 의자에 앉아 대화를 나누고 있었다.

나는 주위를 둘러보면서 의뢰가 붙은 게시판을 찾으려 한 순간, 여자아이의 목소리가 들려왔다.

"부탁할게요. 저를, ……에 데려가 주세요."

목소리가 난 곳을 찾자 피나와 노아 정도의 나이에 조금 붉은 머리카락을 가진 여자아이가 모험가에게 말을 걸고 있었다.

"부탁드릴게요."

여자아이는 모험가를 향해 머리를 깊게 숙였다.

"미안, 다른 사람 찾아봐."

모험가는 거절하더니 여자아이의 곁을 떠났다. 여자아이는 곧바로 다른 모험가가 있는 곳으로 가서 똑같이 부탁했다.

"부탁드릴게요."

"조금 더 랭크가 높은 모험가에게 부탁하는 편이 좋을 거야."

여자아이는 다른 모험가 쪽으로 향했다. 하지만 똑같이 거절당했다.

나는 여자아이가 신경이 쓰여서 그 아이를 걱정스럽게 바라보는 접수대 여자가 있는 곳으로 향했다.

"저 아이는 무슨 일 때문에 저래요?"

"……?!"

말을 건네자 접수대 아가씨는 나를 보고 놀랐다.

접수대 아가씨는 내가 길드 안으로 들어왔다는 걸 알아차리지 못했던 모양이다.

"저기, 곰 옷차림을 한 아가씨, 무슨 일이지? 의뢰 신청을 하러 온 거야?"

작은 키와 곰 옷차림을 한 탓에 자주 나이보다 어리게 보긴 하지만, 오랜만에 어린애 취급을 당했다.

"저, 모험가거든요."

"모험가?!"

접수대 여자는 눈을 크게 뜨고 나를 바라봤다.

아무래도 믿기지 않는 모양이다.

"그래서, 저 여자아이는 왜 저러는 거예요? 의뢰라면 평범하게 모험가 길드에 부탁하면 될 텐데 말이에요."

나는 놀라는 길드 아가씨를 무시하고 여자아이에 관해 물었다.

여자아이는 조금 전부터 차례차례로 부탁하고 있었다.

"의뢰는 신청했어. 그런데 아무도 의뢰를 받아주지 않아서 저렇게 한 명 한 명에게 부탁하는 거야."

"의뢰비가 적은가요?"

어린애가 의뢰하는 거면 의뢰비가 적을지도 모른다.

하지만 여자아이의 복장은 멀끔했다.

"아니, 금액의 문제가 아니야. 의뢰 내용이 어렵거든. 그래서 아무도 받아주지 않는 거야."

"부탁드릴게요."

내가 이야기를 듣고 있는 동안에도 여자아이가 열심히 부탁했지만 누구 하나 받으려 하지 않았다.

다른 모험가도 시선을 피하는 느낌이었다.

"그렇게 어려운 의뢰예요?"

"데젤트 피라미드 지하에 그녀를 데려가는 거야."

데젤트 피라미드라면 마을에 들어서기 전에 본 피라미드를 말하는 건가?

피라미드에 지하가 있는 거야?

무심코 피라미드는 올라가는 거라고 생각했었는데.

"그렇지 않아도 위험한 곳인데 여자아이를 호위하면서 가는 건 더 어려우니까 아무도 받으려 하지 않는 거야. 심지어 그녀의 입장을 생각하면 더더욱 그렇지."

"입장?"

"이 마을 영주님의 딸, 카리나 님이야."

"영주의 딸……."

그건, 지금부터 내가 만나러 갈 사람의 딸이라는 거잖아.

"그런데 어째서 여자아이가 그런 곳에?"

접수대 여자는 고개를 저었다.

"의뢰 내용은 피라미드 지하까지 가는 것 외에 듣지 않아서 이

유까지는…….”

여자아이는 얼굴을 숙인 채 작은 손을 강하게 쥐고 입술을 깨물었다. 당장에라도 울 것 같았다. 하지만 여자아이는 눈물을 참고 얼굴을 들어올렸다. 그 얼굴을 올린 시선 끝에 내가 있었다.

“곰?”

여자아이는 내 쪽을 가만히 바라봤다.

나는 여자아이가 궁금해져서 말을 걸었다.

“무슨 일 있니?”

“아뇨, 곰 씨에게 이야기할 만한 건 아니에요.”

여자아이는 확실하게 거절하고 얼굴을 숙이더니 다른 모험가 쪽으로 갔다.

“미안해, 나쁜 아이는 아니야.”

그건 안다. 나를 무시하는 태도가 아니었다. 정말로 나 같은 이상한 차림을 한 여자아이에게 부탁할 만한 게 아니었다고 생각한다.

내가 무의식적으로 여자아이에게 시선을 보내고 있는데 모험가 길드에 몇 명의 모험가가 들어왔다.

분명, 그들은 내가 마을로 오는 도중에 추월했던 모험가들이다.

“여기가 모험가 길드로군. 생각보다 크네.”

“당분간은 이곳에서 돈을 버는 것도 좋겠어.”

“마을도 크니까 말이야.”

대화로 봤을 때 이 마을의 모험가가 아닌 것 같았다.

“그런데, 이 마을은 지금 힘들다고 하던데요.”

“만약 위험해지면 떠나면 되지.”

그런 이야기를 나누는 모험가에게 조금 전의 여자아이가 뛰어서 다가갔다. 그리고 리더로 보이는 큰 검을 가진 남자에게 말을 걸었다.

“실례합니다. 부탁을 들어주시지 않겠나요?”

“갑자기 뭐지?”

“이야기를 들어주시겠어요?”

“나는 피곤해. 꼬맹이으 이야기를 듣고 있을 여유는 없어.”

리더 격의 남자는 다가온 여자아이를 가볍게 뿌리쳤다. 모험가에게 있어서는 가볍게 였지만 어린 여자아이에게는 세다. 여자아이는 바닥에 쓰러졌다.

“자, 잠깐만요.”

여자아이는 그런데도 곧바로 일어서서 모험가를 붙잡으려 했다.

모험가는 붙잡은 여자아이를 다시 뿌리치려 했고 그 순간 나는 움직이고 있었다.

“뭐야.”

나는 남자의 팔을 눌렀다.

곰 장갑의 입이 남자의 팔을 물고 있었다.

“곰?”

“곰?”

"거절했어도 뿌리칠 필요는 없잖아?"

나는 조금 노려보듯 남자를 바라봤다.

그 순간 같이 있던 모험가 중 한 명에게서 어떤 말이 흘러나왔다.

"브, 블러디 베어가 어째서 이곳에……."

남자가 놀란 듯 나를 바라봤다.

블러디 베어라는 건 틀림없이 나를 말하는 거잖아.

오랜만에 듣는 호칭이다.

나를 블러디 베어라고 말한 남자를 바라보자 남자는 한발 물러서서 다른 모험가의 뒤로 숨었다.

"그 곰에게서 떨어지는 편이 좋아."

"뭐야, 너. 이 이상한 복장을 입은 녀석을 아는 거야?"

리더 격의 남자는 그렇게 물으면서 곰 장갑이 물고 있는 팔에 힘을 넣었다.

하지만 내 팔은 전혀 움직이지 않았다.

"몰라."

남자는 시선을 피하고 대답했다.

아니, 어떻게 봐도 나에 대해 알고 있잖아. 블러디 베어라고 말했고. 이렇게 무서워하는 걸 보니 전에 때려눕힌 사람 중 한 명인가?

"그래서, 곰 아가씨는 언제까지 내 팔을 잡고 있을 생각이지?"

"그건 누군가가 힘을 뺄 때까지일까?"

내가 대답하자 남자는 더욱 힘을 줬다. 하지만 내가 평온하게 버티는 모습을 보고 남자의 얼굴에서 미소가 사라졌다. 내 뒤에 있는 여자아이는 어쩌면 좋을지 몰라 곤란해 하고 있었다.

"그 곰에게서 떨어지는 편이 좋아!"

조금 전에 『블러디 베어』라고 말했던 남자가 다시 똑같은 말을 했다.

"저 남자는 저렇게 말하는데, 어쩔래?"

남자는 마지막 힘을 쥐어짜 힘을 줬지만 팔은 움직이지 않았다. 오히려 내가 힘을 줘서 천천히 밀었다.

남자의 표정이 서서히 변했다.

"젠장! 가자, 의뢰 보고를 하고 술을 마시러 가자고."

남자는 내 손을 뿌리치고 보고를 하기 위해 접수대로 향했다.

나에 대해 알고 있다고 여겨지는 남자는 덜덜 떨면서 내 옆을 지나쳤다.

역시 예전에 나한테 당한 사람인가?

"저기……."

내 뒤에 있던 여자아이가 말을 걸어왔다.

"괜찮니? 다친 곳은 없어?"

"네, 괜찮아요. 고맙습니다."

다행이다. 아무래도 다친 곳은 없는 모양이다.

"의뢰를 부탁하려면 사람을 봐가면서 부탁하는 편이 좋아."

내가 여자아이에게 충고하자 여자아이는 나를 가만히 바라봤다.

"당신은?"

"이런 차림을 하고 있지만, 모험가야."

"모험가?"

믿어지지 않겠지.

여자아이가 나를 보고 생각을 하고 있는데 길드 아가씨가 여자아이에게 말을 걸었다.

"카리나 님, 오늘은 돌아가시는 게 좋겠어요. 의뢰를 받아주는 모험가가 나타나면 댁으로 연락드릴게요."

연락하겠다고 해도 아까는 아무도 받으려 하지 않는다고 했잖아.

으음~ 트러블이 일어나지 않게 쫓아내려는 것으로도 보인다.

하지만 어쩔 수 없나?

영주의 딸이 다치면 큰일이니까. 판단이 어려운 부분이다.

"알겠습니다. 부탁할게요."

여자아이는 조금 생각한 뒤 고개를 숙이고 모험가 길드에서 나가버렸다.

나는 처음 목적도 잊고 여자아이의 뒤를 따라갔다.

324 곰 씨, 여자아이의 뒤를 따라가다

나는 여자아이를 따라가려고 모험가 길드에서 나왔다. 여자아이는 땅에 고개를 숙인 채 걷고 있었다. 뒷모습에서부터 가여움이 뿜어져 나왔고 작은 몸이 괜스레 더욱 작게 보였다.

우선 어쩌면 좋을지 몰라서 뒤를 따라가기로 했다. 여자아이는 가끔 눈 쪽으로 손을 가져가는 행동을 취하는 듯 보인다. 어쩌면 울고 있을지도 모른다.

애석하게도 울고 있는 여자아이에게 말을 거는 스킬은 갖추고 있지 않다.

피나처럼 울면서도 말을 걸어줬다면 힘이 되어 줄 수 있지만 거부를 당하면 대처할 방법이 없다.

어떻게 말을 걸면 좋을지 고민하고 있는데 여자아이가 갑자기 뒤를 돌아봤다.

"어째서 따라오는 거예요?"

들켰다!

이 곰 신발은 발소리가 나지 않아서 들키지 않을 텐데?

설마, 기운을 느낀 건가?

여자아이의 눈은 조금이지만 빨갛게 보였다. 역시, 울고 있던 모양이다.

"내가 뒤에 있다는 걸 잘 알아차렸네."

"놀리시는 건가요? 주위에서 곰이, 곰이, 곰 님이 라는 말을 하는 게 들리면 누구라도 알아차릴 거예요."

나는 새삼 주위를 봤다.

확실히 지나치는 사람들은 나를 볼 때마다 『곰』이라는 단어를 중얼거리고 있다. 여자아이에게 정신이 팔려서 주위의 목소리가 들리지 않았다. 이러면 알아차리는 건 당연하다.

"그래서, 뭐죠? 어째서 제 뒤를 따라오는 거예요?"

"저기, ……그래. 너의 아버지를 만나러 온 거야."

순간적으로 머리에 떠오른 게 그 대답이었다.

하지만 틀린 건 아니다. 이 마을의 영주인 바리마 씨를 만나야 했다. 즉, 이 여자아이의 아버지이다.

"아버님 말씀이세요?"

수상하게 나를 바라봤다.

"일의 의뢰 때문에 바리마 씨에게 건네줄 게 있거든."

거짓말은 하지 않았다.

"정말인가요?"

여자아이는 의심스러운 눈으로 나를 바라봤다.

곰 인형 옷차림을 한 여자아이가 아버지를 만나러 왔다고 하면 수상할 거다.

정말로 외관은 중요하네.

"그걸 증명할 건 있나요?"

국왕 폐하의 편지를 보여주면 되려나?

문장을 보여줘도 모르겠다고 말하면 그걸로 끝일 텐데. 일단 증명하기 위해 국왕에게 받은 봉투를 여자아이에게 보여줬다.

봉투는 만화 같은 곳에서 나오는 귀족이 사용할 법한 방식으로 봉인되어 있었다. 봉인에는 엘파니카 왕국 문장의 각인이 찍혀 있다.

"그 문장은……."

여자아이는 봉투에 찍힌 엘파니카 왕국의 문장을 보고 놀랐다.

아무래도 문장에 대해 알고 있는 모양이라 다행이다.

"왕가의 문장을 위조하는 건 중죄예요."

"진짜야!"

갑자기 가짜 취급을 받았다.

"그게 진짜라고 해도 왕족이 당신 같은 곰 옷차림을 한 여자에게 일을 맡길 리가 없어요."

으으, 부정할 수가 없다.

일반적으로 생각했을 때 곰 인형 옷을 입고 있는 여자아이가 국왕의 사람이라고 믿기는 힘들다.

여자아이의 경계심을 키워버렸다. 이상하네, 곰 옷차림에 경계할 요소는 없을 텐데.

내가 만나온 아이 중에서 가장 똑 부러지는 걸지도…….

"어떻게 하면 믿어줄래?"

"그러면 길드 카드를 보여주세요. 조금 전에 모험가라고 했잖아요. 랭크가 높으면 믿을게요."

"저기, 참고로 높은 랭크라는 건 어느 정도?"

랭크 A는 무리다.

"B 이상이라고 말하고 싶지만, 랭크 C 이상이라면 믿을게요."

살았다.

나는 곰 박스에서 길드 카드를 꺼내 여자아이에게 보여줬다. 여자아이는 길드 카드를 봤다.

"직업 곰……."

어째서 거기를 보는 걸까.

"보는 곳이 틀렸거든."

여자아이는 다시 길드 카드를 봤다.

"모험가 랭크 C?!"

그래, 그 부분을 봐야지.

"길드 카드의 위조는……."

"하지 않았어."

내가 부정하자 여자아이는 처음으로 미소를 보여줬다.

"죄송해요, 농담이에요. 곰 씨가 모험가라는 건 믿어요. 그때 저를 구해줬죠. 상대 모험가가 힘을 주고 있는 걸 알고 있었어요. 그리고 뒤에 있던 저를 지켜줬던 것도요. 단지 곰 옷차림을 하고 있는 사람이 엘파니카 국왕의 사람이라는 게 믿기지 않아서—."

“그 부분은 아버지에게 이 편지 내용을 읽어달라고 하면 믿어 주실 거야. ……아마도.”

나는 편지 내용에 무슨 말이 적혀 있는지 알지 못했다. 그렇지만 국왕은 내가 상대를 만날 수 있도록 적었다고 했다. 그러니 괜찮을 거다.

“알겠어요. 곰 씨를 믿을게요.”

“고마워. 그런데 그 곰 씨라는 말은 관둬줄래. 유나라고 불러.”

“네, 유나 씨.”

다행이다. 고분고분한 여자아이라서. 가끔 부탁해도 곰 씨라고 부르는 사람이 있으니까 말이다.

그런 뒤 여자아이는 다시 한 번 자기소개를 했다.

“저에 대해서는 알고 계실 수도 있지만, 이 마을 영주의 딸인 카리나라고 해요. 조금 전에는 도와주셔서 고마웠어요.”

예의가 바르게 소개를 했다. 노아처럼 확실하게 교육을 받은 모양이다.

“나는 유나, 모험가야. 엘파니카 왕국의 국왕 폐하에게 부탁을 받아 너의 아버지를 만나러 왔어. 만나게 해주겠니?”

나는 재차 이름을 말하고 부탁했다.

“알겠어요. 나머지 판단은 아버지에게 맡길게요.”

어떻게든 나는 카리나의 아버지를 만날 수 있을 것 같다.

예정이 뒤바뀌었지만 숙소를 찾는 건 나중으로 미뤄야지.

우리는 걷기 시작했다.

"저기, 그래서 유나 씨는 어째서 그런 복장을 하고 있어요?"

역시, 궁금하겠지.

"직업이 곰이라서."

길드 카드에 적혀 있는 내용을 농담 섞어서 대답하자 카리나는 미소를 보여줬다.

"후후, 그런 직업이 정말로 있나요?"

"있지 않을까?"

그렇게 말해보지만 있을 리가 없다. 모험가 길드에 등록할 때 농담으로 종이에 기재했더니 헬렌 씨가 정말로 길드 카드에 등록해버렸던 거다. 그때 생각나는 대로 적은 내 머리를 때리고 싶다.

가끔 이것도 웃음거리가 되니까 수정을 부탁할까. 그래도 내 직업을 물어오면 여전히 대답할 수가 없다. 검사도 아니고, 마법사도 아니다. 굳이 말하자면 곰을 조종하는 사람. 지금과 그다지 변하지 않을 것 같다. 으음~ 당분간은 이대로 둬야지.

"그럼, 유나 씨는 왕도에서 온 거예요?"

"일단 그렇긴 한데, 사는 건 왕도에서 떨어진 크리모니아라는 마을이야."

"유나 씨는 그렇게 먼 곳에서 여기까지 온 거군요. 저보다 나이가 약간 많을 것 같은데 대단하네요."

약간 많다니 몇 살이라고 생각하는 거지.

신경 쓰이는 말이지만 무시했다.

"그렇지 않아."

곰 이동문으로 왕도까지 한순간이었고 그 뒤에는 곰돌이와 곰순이를 타고 왔을 뿐이다.

"유나 씨는 몇 살이세요?"

"15살이야."

"……?!"

그렇게 놀랄 일은 아닌데, 설마 어른처럼 보였던 건가?

"조금 더 아래라고 생각했어요."

그렇겠지~.

"카리나는?"

"저는 10살이에요."

역시, 피나와 노아와 같은 나이다.

학원에 다니게 된다면 노아와 같은 반이 될지도 모르겠네.

하지만 특정 나라에 속하지 않아서 다닐 수 없으려나?

"카리나는 똑 부러지네. 10살로는 안 보여."

"그런 말 자주 들어요."

뭐지, 이 가슴에 비수가 꽂히는 패배감은. 서로 겉모습과 실제 나이가 다르다는 대화를 나누고 있는데 진 기분이 든다.

일단은 유리 가슴이 깨지지 않도록 가다듬고 어른의 대응으로 웃어 보였다.

그리고 나는 마을의 풍경을 구경하며 카리나와 같이 저택 근처에 있는 호수로 갔다. 멀리에서는 알 수 없었지만 호수의 물이 적었다.

"물이 적죠."

내가 호수를 보고 있는 것을 알아차린 듯 카리나가 말을 건넨다.

"얼마 전까지는 물이 넘칠 정도로 커다란 호수였어요. 아이들이 노는 장소이기도 했죠. 저도 친구들과 자주 놀았어요. 그렇지만 그게 어느 순간을 경계로 물이 줄어들었고, 지금은 호수 안에 들어가는 게 금지되었죠."

"어째서 이렇게 된 거야?"

물의 마석이 깨졌다는 게 원인이겠지만 일단 물어봤다.

하지만 카리나는 입을 열지 않고 조용히 호수를 바라봤다.

그리고 천천히 입을 열었다.

"저 때문이에요."

생각했던 대답과는 다른 게 돌아왔다.

"무슨 말이야?"

"……."

내 물음에 카리나는 입을 열려고 하지 않았다.

다만 호수가 이렇게 된 건 카리나에게 원인이 있는 모양이다. 그래서 그렇게 모험가들에게 부탁했던 걸지도 모른다.

하지만 카리나 때문이라는 건 무슨 말일까?

마석이 깨졌다고 들었는데 아이의 힘으로 마석이 깨질 것 같진 않고, 떨어뜨린다고 해도 마석은 쉽게 깨지지 않는다.

게다가 마석이 깨진 것이 원인이라면 모험가를 고용해서 해결되진 않으리라.

으음~ 잘 모르겠네.

지금의 카리나에게 이유를 물어도 대답을 해줄 것 같지 않았다. 카리나의 아버지에게 물어보면 알려주려나?

"유나 씨, 얼른 집으로 가죠."

그런 뒤 말없이 카리나와 함께 저택으로 향했다.

호수 근처를 걷고 있는데 커다란 저택이 보였다.

"우리 집은 저쪽이에요. 아버님도 계세요."

저택의 모양은 왕도에 있는 것과 그다지 차이는 없었다.

저택 앞까지 다다르자 20살 전후의 갈색 피부를 한 여성이 이리저리 주위를 보고 있었다. 그리고 이쪽을 보더니 달려왔다.

"카리나 님!"

여자는 카리나의 이름을 부르더니 끌어안았다.

"라사."

"어디에 가셨던 거예요! 걱정했잖아요."

"미안해."

여성은 더욱더 강하게 카리나를 끌어안았다.

"다행이다. 혼자서 사막을 나간 줄 알고 걱정했어요."

"그렇게 막무가내는 아니야."

"카리나 님이라면 있을 수 있는 일이니까 하는 말이에요."

"모험가 길드에 갔던 것뿐이야."

"그래도 혼자 가시다니. 가려면 제가 대신 갈게요."

"이건 내 책임이잖아."

정말로 이 여성은 카리나를 걱정하고 있던 것 같다.

여성은 눈물을 훔치더니 내게로 시선을 보낸다.

"그런데, 여기 귀여운 복장을 한 여자아이는 누구죠?"

"아버님의 손님인데, 모험가 길드에서 만났어."

"모험가인 유나입니다."

곰 옷차림을 하고 있어서 나는 의심을 사지 않으려 정중하게 이름을 말했다.

"저기, 이 저택에서 일하고 있는 라사라고 합니다."

라사 씨는 머리에 『?』를 띄우면서도 이름을 말해줬다.

그런 뒤 카리나는 모험가 길드에서 만난 이야기, 내가 모험가이며 바리마 씨를 만나러 왔다는 것을 설명해줬다.

"모험가이자, 주인님의 손님이시라고요?"

의문투성이의 눈으로 바라봤다.

"라사, 정말이야. 길드 카드를 보여줬어. 그리고 아버님 앞으로 온 편지도 가지고 있으니까."

"아가씨가 그렇게 말씀하신다면—."

아무래도 카리나 덕분에 믿어준 모양이다.

국왕의 편지가 없었다면 간단하게는 만날 수 없었을지도 모른다.

"그러면 이곳에 있는 것도 조금 그러니 안으로 들어가시죠."

나는 저택 안으로 안내를 받았다.

325 곰 씨, 바리마 씨를 만나다

“그래서 라사, 아버님은 침실에 계셔?”

“그게, 집무실에서 일하고 계세요.”

“……?!”

카리나는 놀란 표정을 하고 라사를 추궁했다.

“말리지 않았어?”

“말렸는데, 이제 괜찮다고 말씀하셔서…….”

카리나는 라사의 말을 듣고 바로 달려갔다. 나는 달리는 카리나를 뒤따르기로 했다. 카리나는 계단을 뛰어올라 성큼성큼 나아가더니 어떤 방 앞에 도착한 후 노크도 하지 않고 문을 열어 안으로 들어갔다.

“아버님! 부상을 당하셨는데 뭘 하고 계신 거예요!”

“카리나, 방 안에 들어올 때는 노크를 해야지.”

방 안에서는 호리호리한 남자가 의자에 앉아 서류를 보고 있었다. 카리나가 아버님이라고 불렀다는 것은 이 남자가 바리마 씨인가?

“하지만, 아버님이 일하신다고 들어서.”

“이제 괜찮아. 이런 상황에서 자고 있을 수는 없지 않니.”

“그렇지만…….”

카리나는 걱정스럽게 바리마 씨 쪽으로 다가간다.

겉보기에는 다친 것처럼 보이지 않지만 옷으로 가려서 안 보이는 걸지도 모른다.

"그래서, 뒤에 있는 귀여운 옷차림을 한 아가씨는 누군지 내게 소개해주지 않겠니?"

바리마 씨가 카리나의 머리를 쓰다듬으면서 내 쪽으로 시선을 보낸다.

"모험가인 유나 씨예요. 엘파니카 왕국에서 아버님을 만나러 왔다고 해요."

"나를 말이냐?"

카리나의 말에 놀라 이상한 것을 보는 듯 나를 바라봤다.

"모험가 유나라고 합니다. 국왕 폐하의 명으로 왔습니다. 확인을 위해서인데, 데젤트 마을의 영주님인 바리마 씨이십니까?"

익숙하지 않은 말투로 인사를 했다.

"그렇습니다, 나는 이 마을의 영주인 바리마 이슈리트라고 합니다."

나는 국왕에게 받은 편지를 건넸다.

"국왕 폐하가 보내신 편지입니다."

말로 나에 관해 설명하는 것보다 편지를 보여주는 편이 빠르다. 무엇보다 내가 아무리 국왕에게 부탁을 받았다고 해도 믿어주지 않을 거다. 그건 과거의 경험과 카리나로 증명이 끝났다.

"이 편지는 엘파니카 왕국의……, 그렇다는 건, 정말로?"

편지에 찍힌 문양과 나를 번갈아 바라봤다.

하고 싶은 말은 안답니다. 곰 인형 옷차림을 한 여자아이가 엘파니카 왕국의 사람이라고 들어도 믿기지 않겠죠.

"자세한 이야기는 편지에 적혀 있을 겁니다."

적혀 있겠지?

적혀 있지 않으면 성에서 난리 피울 거야.

백지라던가, 그런 개그는 필요 없으니까.

바리마 씨는 봉투를 뜯어 편지를 꺼냈다.

그리고 편지와 나를 번갈아 봤다. 놀라고 있다는 것을 알 수 있었다.

제대로 용건은 적혀 있는 것 같다. 하지만 뭐가 적혀 있는지 엄~청 궁금한데 말이지.

"아버님, 무슨 말이 적혀 있나요?"

내가 묻고 싶은 질문을 카리나가 물어봐 줬다.

"그래, 그녀가 엘파니카 왕국 국왕의 사람이라는 건 틀림 없는 모양이야."

편지에 있는데 믿기지 않는 듯 바라봤다.

뭐, 곰이니까.

"그것과 파손된 물의 마석을 대체할 물건을 가지고 와줬다고 적혀 있구나."

"그게 정말인가요?!"

"확인시켜드려도 되겠습니까?"

나는 곰 박스에서 크라켄의 마석을 꺼내어 바리마 씨 책상 위에 뒀다.

“이것입니다.”

“크다…….”

“정말이군.”

바리마 씨는 크라켄의 마석을 들어 올린다.

“정말로 이 마석을 양도해 주는 것입니까?”

눈앞에 놓인 마석을 믿기지 않는 듯 바라봤다.

“편지에 적혀 있을 겁니다.”

안 적혀 있어?

“아니, 이렇게 큰 마석을 줄 거라고는 생각 못 해서 뭐라고 감사의 말을 해야 할지…….”

“감사 인사는 국왕 폐하께 부탁드리겠습니다.”

내 마석이지만 표면적으로는 국왕이 준비한 것으로 되어 있다.

“큰 힘이 되는군요…….”

크라켄의 마석을 건네줬는데 표정은 기뻐하는 것 같지 않았다.

역시 문제가 있는 건가?

“아버님…….”

카리나도 고개를 떨궈버렸다. 그런 카리나의 머리 위로 바리마 씨는 가볍게 손을 올렸다.

바리마 씨는 편지와 나를 번갈아 쳐다봤다. 그리고 결심한 표정으로 나에게 말을 건넸다.

"유나 씨라고 했습니까."

"네."

"국왕 폐하께서 혹시 곤란한 일이 있으면 이 봉투에 들어 있는 편지를 읽으라고 적어 두셨습니다."

바리마 씨는 봉투 안에서 또 하나의 봉투를 꺼냈다.

봉투가 2개?

국왕에게서 봉투가 하나 더 있다고는 듣지 못했다.

"만약 건네받은 마석으로 문제가 없다면 이 편지를 유나 씨에게 주고 국왕 폐하께 돌려드리도록 적혀 있습니다. 하지만 만약 곤란한 일이 있으면 이 편지를 읽어도 된다는 허락을 유나 씨에게 받으라고 적혀 있습니다만……."

"제 허락 말인가요?"

의미를 모르겠다.

국왕에게서는 아무런 말도 듣지 못했다.

"당신을 신용하기 위함이라고 적혀 있습니다."

그 말은 즉, 나에 관해 적혀 있다는 것이네. 이상한 게 적혀 있지는 않겠지. 거절하고 싶지만 바리마 씨는 곰의 손을 빌리고 싶을 만큼 곤란한 모양이다.

조금 곤란해진 정도라면 나 같은 이상한 차림을 한 여자아이에게 도움의 손길을 요청하지 않을 거다.

“그렇다는 건, 뭔가 곤란하다는 겁니까?”

“솔직하게 말하자면 곤란에 빠져 있습니다. 국왕 폐하가 어떠한 의미로 적으셨는지는 모르겠지만 말입니다.”

뭐, 보통은 모르겠지.

“그렇지만, 제가 알고 있는 국왕 폐하는 의미 없는 짓은 하지 않는 분입니다.”

그랬던가?

일하는 국왕의 모습을 본 적이 없어서 잘 이해가 되지 않는다. 남이 가지고 온 음식을 먹는 국왕 정도밖에 모른다.

앗, 그래도 처음 만났을 때는 국왕다웠을지도 모르겠네.

바리마 씨는 지푸라기라도 잡고 싶은 표정을 짓고 있었다. 도저히 거절할 수 없어서 허락했다.

“그럼, 읽겠습니다.”

내가 허가를 내리자 바리마 씨는 또 다른 봉투를 열어 안에서 편지를 꺼냈다.

그리고 편지를 읽기 시작하더니 놀란 표정으로 바뀌어 나를 몇 번이고 바라봤다.

“아버님, 그 편지에는 뭐가 적혀 있나요?”

바리마 씨는 편지를 숨기며 카리나에게 보이지 않도록 했다.

“아버님?”

“유나 씨, 이 편지에 적혀 있는 이야기는 사실입니까? 국왕 폐하가 거짓을 적을 것 같진 않지만……."

"저기, 그 편지를 봐도 될까요?"

바리마 씨는 편지를 내밀었다. 받아 든 나는 편지를 읽었다.

편지에는 내 경력 같은 것이 적혀 있었다. 물의 마석은 내가 크라켄을 혼자서 토벌하여 얻었다는 사실. 덧붙여서는 블랙 바이퍼와 블랙 타이거를 무찔렀던 사실. 마물 만 마리는 적혀 있지 않았지만 그와 가까운 사실이 적혀 있었다.

만약 눈앞에 있는 곰 옷차림을 한 여자아이를 믿을 수 있다면 힘을 빌려주겠다고 적혀 있었다. 믿기지 않는다면 조용히 나를 왕도로 돌려보내라고도 적혀 있었다.

그리고 의뢰비는 엘파니카 왕국이 지급하겠다는 내용도 적혀 있다.

마지막에는 이 편지의 내용을 가족에게도 발설하지 말아 달라고 적혀 있었다. 그래서 카리나가 편지를 훔쳐보려던 순간 숨겼던 거구나.

편지를 읽고 알게 된 건데, 겉모습에 관한 이야기가 많지 않아?

편지에는 그런 옷차림을 하고 있다는 둥, 장난스러운 옷차림이라는 둥, 겉모습에 속는다는 둥, 심한 말들 뿐이잖아. 그래도 마지막에는 실력 있는 모험가라고 적혀 있었다.

아마도 나에 관해 믿게 해주려고 적었겠지만 조금 너무하다.

"사실입니다. 라고 말하면 믿을 수 있나요?"

"혼란스럽다고 말하는 편이 맞을지도 모르겠네요. 보통의 편지라면「웃기지도 않는군」이라고 말한 뒤 찢어 버렸을 겁니다. 하지만 국왕 폐하는 귀중한 마석을 이곳까지 유나 씨 혼자서 운반하게 하셨습니다. 그건 국왕 폐하가 유나 씨의 실력을 믿고 있기 때문일 겁니다. 그렇지만 그와 동시에 실례되지만, 곰 옷차림을 한 소녀가…… 라는 기분이 드는 것도 사실이지요."

뭐, 보통은 믿을 수 없겠지.

그래도 신뢰하는 국왕 폐하의 편지에 그런 내용이 적혀 있어서 뇌가 대처를 다 하지 못하는 모양이다.

"길드 카드를 보여주시는 건 가능합니까?"

"길드 카드 말입니까?"

"네, 길드 카드에는 그 본인의 행동 기록이 남아 있을 겁니다. 토벌 기록, 어떤 의뢰를 해왔는지를 알 수가 있기 때문이지요. 유나 씨가 괜찮다면 길드 카드를 보고 싶습니다."

그건 미릴러 마을의 모험가 길드 마스터 아트라 씨에게 보여준 것과 같은 게 표시될 거다.

내가 확인할 수 있는 건 바깥 쪽 뿐이라 길드 카드에 내부에 등록된 내용을 보는 것은 불가능했다.

그래서 내 길드 카드 내부에 무엇이 적혀 있는지는 알지 못했다. 보이면 곤란한 사실이 적혀 있을지도 모른다.

"물론 누설은 하지 않겠습니다. 국왕 폐하의 편지에도, 보더라도 누설은 하지 말라고 적혀 있죠."

이야기를 받아들이지 않고 마을을 떠난다면 보여줄 필요는 없지만 카리나가 모험가 길드에 있었던 이유도 신경 쓰인다. 무엇보다 카리나는 울고 있었다. 그걸 묵인하고 못 본 척한 채 돌아갈 수는 없다.

바리마 씨가 나에게 일을 부탁할지 모르겠지만 길드 카드를 건넸다. 바리마 씨는 길드 카드를 받아 들더니 서랍에서 수정판을 꺼내 카드를 그 위에 올렸다.

그러자 내 길드 카드의 내용이 나왔다. 내 쪽에서는 보이지 않았다.

"고맙습니다."

바리마 씨는 길드 카드의 정보를 보더니 길드 카드를 돌려줬다.

"유나 씨, 부탁드리겠습니다. 저희에게, 손을 빌려주시겠습니까."

바리마 씨는 곰 옷차림을 한 나에게 고개를 숙였다.

즉, 나에 관해 믿게 되었다는 게 되나?

"저기, 제가 할 수 있는 일이라면 도울게요."

바리마 씨가 고개까지 숙이며 부탁해서 나는 거절할 수 없었다.

"고맙습니다. 그러면 자세한 이야기를 해야 합니다. 계속 서 있게 해드려 죄송합니다. 그쪽 의자에 앉아 주시죠."

내가 그 말에 따라 의자에 앉으려 한 순간, 방문이 열리고 여성이 들어왔다.

326 곰 씨, 피라미드 미궁의 이야기를 듣다 1

방으로 들어선 여성은 배가 불러 있어서 임신했다는 것을 곧바로 알아차렸다.

"어머님!"

카리나가 임신한 여성에게 걱정스럽게 서둘러 다가갔다.

어머님이라고 부르는 걸 보니 방에 들어온 사람은 카리나의 어머니인 모양이다.

젊네. 25살 정도로 보인다.

어쩌면 이 세계는 노화가 느린 건지도 모른다. 그래서 나도 어리게 보이는 거겠지. 분명 그럴 거다.

임신한 여성은 방을 둘러보다가 나를 보고 시선이 멈췄다.

"어머, 정말 곰이 있네."

카리나의 걱정과는 달리 여유로운 태도였다.

"리스틸, 어째서 여기에……. 쉬어야지."

"후후, 괜찮아요. 방에만 있어도 몸에 안 좋은걸. 게다가 이번으로 세 번째잖아요. 내 몸 상태 정도는 알아요."

"그렇다면, 괜찮지만."

"그리고 라사에게서 카리나가 귀여운 곰 옷차림을 한 여자아이를 데리고 왔다고 들으니, 보지 않고 참을 수 있어야죠."

나는 동물인 곰도, 구경거리도 아니다.

리스틸이라고 불린 여성은 나를 보고 미소를 머금었다.

"그런데, 정말 귀여운 곰이네."

"어머님, 우선 앉으세요."

"이런, 정말이지. 걱정이 많다니까."

카리나 엄마의 등장으로 애가 타던 방이 밝아졌다.

"그래서, 카리나의 친구인 거니?"

나에게 이런 연하의 친구는 없습니다, 라고는 말 못 했다.

피나와 노아가 있다.

"저에게 곰 옷차림을 한 친구는 없어요."

나도 방금 그렇게 생각했지만 상대방에게 들으니 가슴에 비수가 꽂히는 느낌이 들었다.

이제 막 만났으니 친구가 아니라는 건 맞아도 바로 앞에서 들으면 마음이 아프다.

"저는 모험가인 유나라고 합니다. 오늘은 엘파니카 왕국 국왕 폐하의 명령으로 찾아왔습니다."

"국왕 폐하의?"

"유나 씨가 이런 커다란 물의 마석을 가지고 와줬어요."

"그게 정말이에요?"

"그래, 사실이야. 그녀가 혼자서 엘파니카 왕국에서 가지고 와줬어. 이거라면 부서진 마석 대신 쓸 수 있을 거야."

"곰이……."

믿기지 않는 듯 나를 봤다.

확실히 일반적으로 생각한다면 멀기도 하고, 곰 옷차림을 한 여자아이가 사막을 혼자서 넘어왔다고는 생각되지 않을 거다.

나도 피나가 눈앞에 나타나 혼자서 여기까지 왔다고 하면 틀림없이 믿지 않을 거다. 「누구랑 왔니?」라고 물어보겠지.

바리마 씨는 마석을 들고 일어서려던 순간 얼굴을 일그러뜨렸다.

"아버님!"

"여보!"

"괜찮아, 조금 아팠을 뿐이야."

그렇게 말한 후 마석을 들고 여성이 있는 곳까지 다가갔다. 그리고 눈앞 테이블에 크라켄의 마석을 뒀다.

역시, 어딘가 다친 모양이다.

"당신, 괜찮아요?"

"그래, 걱정 안 해도 돼."

바리마 씨는 여성 옆의 의자에 앉았다.

앉을 때도 얼굴을 살짝 일그러뜨리며 아파하는 것 같았다.

"그녀는 폴오트 님이 신뢰하는 모험가야. 겉모습과는 달리 일류 모험가지."

겉모습과는 달리…… 곰이라서 반론을 할 수 없다.

"폴오트 님의 편지도 그녀의 길드 카드도 확인했어. 어쩌면 폴오트 님은 현 상황을 알고 있어서 그녀를 보내준 걸지도 몰라. 그러니까 그녀에게는 모두 털어놓으려고 해."

여성은 순간적으로 바리마 씨의 말에 놀랐지만 곧바로 평정을 유지했다.

"후후, 알았어요. 당신이 정한 거라면 괜찮아요."

"고마워."

두 사람은 가볍게 포옹을 했다.

부부 사이에 신뢰 관계가 형성되어 있는 건 좋지만 카리나와 나로서는 계속 보기 힘들다.

"저기, 그래서……."

언제까지고 알콩달콩하게 놔둘 수는 없으므로 말을 걸었다.

"유나 씨, 미안합니다. 카리나, 라사에게 차를 준비하라고 전해주렴."

"네."

카리나는 대답한 뒤 방에서 나갔다.

그리고 나는 바리마 씨 앞의 의자에 앉았다.

"나는 바리마의 부인, 리스틸이라고 해요. 저기, 유나라고 불러도 될까요?"

"네, 괜찮습니다."

"만약 착각이 아니라면 말해줘요. 유나는 그런 말투가 익숙하지 않죠?"

“그건―.”

완전히 들통이 난 모양이다.

“후후, 나도 말을 편하게 할 테니 유나도 평소대로 해도 돼요.”

“그럼, 그럴게요.”

아무래도 똑 부러지는 말투는 익숙해지지 않고 잘 못 쓰겠다.

그러니 리스틸 씨의 말을 따르도록 했다.

“그렇게 말하는 편이 착 달라붙는다니까. 아까 전부터 겉모습이랑 말투가 어울리지 않아서 영 이상했거든요.”

“리스틸, 사자(使者)는 원래 그런 거야.”

“당신은 너무 고지식해요.”

“당신이 유연한 거지.”

“저기, 바리마 씨도 평소대로 말씀하시면 저도 편할 것 같습니다.”

“……알겠어요. 나도, 귀여운 곰 옷차림을 한 여자아이에게 딱딱한 말투를 쓰는 건 마음이 편치 않으니까 말이죠.”

역시 그렇죠~.

첫 대면부터 곰 인형 옷차림을 한 여자아이에게 정중한 말을 해줬다.

보통이라면 「꼬마 아가씨」같은 호칭으로 불리는 게 흔하다.

뭐, 그만큼 국왕의 편지의 영향이 컸다는 뜻이겠지. 이런 부분을 보면 국왕이 대단하다고 느껴진단 말이지. 평소엔 요리를 먹으러 오는 평범한 아저씨로밖에 보이지 않는데 말이다.

그리고 이야기를 시작하려던 때 노크 소리가 들리고 카리나가 들어왔다.

"아버님, 차를 가지고 왔어요."

"라사는 어쩌고?"

"제가 차를 나를 수 있게 양보해줬어요. 아버님, 저도 이야기에 끼워주세요."

진지한 눈으로 바리마 씨에게 부탁했다.

"아버님, 부탁드릴게요."

"……하아, 알았다. 이쪽에 앉으렴."

"아버님, 고마워요."

카리나는 기뻐하더니 우리 앞에 차를 놓고 내 옆에 앉았다.

나는 카리나에게 고맙단 말을 하고 차를 받았다. 차갑고 맛이 좋았다.

"유나 씨는 이 마을 상황에 관해 어디까지 알고 있죠?"

"마을에 물을 보급하는 마석이 깨져서 이대로 둔다면 물을 보급할 수 없게 된다고 들었어요. 그래서 서둘러 이 물의 마석을 가지고 가라고 들었거든요."

"그렇군요. 틀리지 않았어요. 이대로 물의 마석에 의한 물의 은혜를 얻지 못하게 된다면 사람이 살 수 없는 마을이 되겠죠."

"그래도 그 물의 마석만 있으면 괜찮은 거잖아요?"

조금 전에도 크기는 충분하다고 했다.

"그 설명을 하기에 앞서 이 마을에 관해 말씀드릴게요."

어, 거기서부터 말하는 거야?

뭐 사막에 있는 호수와 물의 마석이 어떻게 연관되는지 궁금하니까 조용히 듣기로 했다.

"이 마을은 몇백 년 전에 한 모험가 파티에 의해 만들어졌어요. 유나 씨는 피라미드를 본 적 있나요?"

"도착했을 때 멀리서 봤어요."

"그 피라미드 속에는 위와 아래로 층이 나뉘어 있죠. 그리고 위층은 미궁으로 되어 있어요. 미궁은 복잡하게 되어 있고, 나아가 함정도 많이 있어요. 그렇지만 수백 년 전에 한 모험가 파티가 피라미드의 미궁 최심부까지 도달했어요. 그리고 그 최심부에서 물의 마석과 마술식을 발견했죠. 마술식은 물을 증폭시키는 것으로, 마술식을 발동시키자 마석에서 물이 나와 사막에 호수가 만들어졌어요."

"그게 이 마을 중심에 있는 호수인가요?"

"네, 맞아요. 그 호수가 생기자 여행객이 휴식을 취하는 장소가 되어 서서히 사람이 몰려들고, 머지않아 마을이 되었죠."

어쩐지 신비로운 이야기다.

어딘가의 판타지 세상에 나올 법한 이야기야.

그런데 마석도 그렇고, 마술식도 그렇고 피라미드의 미궁을 클리어한 보상이었던 모양이네.

아득히 옛날에 만들어진 유물이 되는 건가?

"그렇지만, 마석이 깨져버려서 호수의 물이 줄어들게 되었어요."

역시, 그 호수의 상태는 마석이 원인이었던 거군.

"그래도, 물의 마석이 깨지기만 했을 뿐, 교체하면 괜찮아지는 거죠?"

그 때문에 크라켄의 물의 마석을 가지고 왔다.

"네, 괜찮을 겁니다. 하지만, 미궁의 최심부로 들어가지 않으면 해결되지 않아요."

"그렇다는 건, 미궁를 통과해야 교체할 수 있는 건가요?"

그러나 그렇다면 카리나의 행동과 맞아떨어지지 않는다.

미궁은 상층부인데 카리나는 피라미드의 지하에 가고 싶다고 했다.

틀림없이 미궁을 클리어해서 물의 마석을 교체하는게 목적이라고 생각했는데 아니었던 모양이다.

"그렇기도 하고, 아니라고도 할 수 있죠."

"……?"

수수께끼는 필요 없으니 대답을 부탁드립니다.

"제가……."

카리나가 아래를 바라보며 입술을 깨물었다.

"미궁에는 물의 마석 이외에 미궁의 지도가 있었어요."

"미궁의 지도?"

"네, 그 지도는 최심부까지 인도해주는 도구였죠."

드디어 이해가 됐다. 즉, 그 지도를 카리나가 분실했다는 얘긴가.

내가 시선을 카리나에게로 옮기자 카리나는 몸을 움츠리고 있었다.

"우리는 그 지도를 사용해서 정기적으로 마석을 확인해왔어요. 그리고 이번에 확인했을 때 마석이 깨져 있는 것을 발견했죠. 그래서 저는 엘파니카 왕국과 트리포룸 왕국에 마석을 부탁했어요. 그런데 날이 지나면서 호수의 물이 말라갔죠. 그래서 저는 조금이라도 시간을 벌 생각으로 작은 물의 마석을 모아 다시 피라미드로 갔어요. 그곳에서 저는 미궁의 덫에 걸려 지도를 함정에 빠뜨려버렸죠."

"아니에요! 아버님, 그런 거짓말은 하지 마세요. 지도를 빠뜨린 건 저잖아요. 제가 우쭐해 하다가 떨어뜨린 거예요……."

"카리나……."

카리나가 목소리를 쥐어짜듯 말을 토해냈다.

그래서 피라미드의 지하라는 건…….

"그렇지만, 지도의 복사본은 없나요?"

복사를 했다면 잃어버리든, 태우든, 도둑을 맞든 괜찮을 거다. 뭐, 도둑질을 당했다면 방범의 의미가 사라져버리지만…….

하지만 내 질문에 바리마 씨가 고개를 저었다.

"피라미드의 미궁은 매일 변해요. 그런 미궁의 길을 잃지 않고 가기 위한 지도죠. 복사는 할 수 없습니다."

……매일 바뀐다고?

그런데 지도를 만들 수 있어?

또다시 수수께끼가 나왔잖아.

"미궁이 매일 변하면 지도는 만들 수 없을 텐데요?"

"지도는 맞지만 평범한 지도와는 달라요. 수정판으로 되어 있고 마력을 흘려보내면 현재의 미궁 상태가 보이죠."

오, 그런 특수한 물건이 있구나.

수정판이 얇고 지도가 나온다면 상상되는 모습으로는 스마트폰이나 태블릿의 지도 같은 건가?

"그래서 물의 마석이 있어도 우리는 미궁의 최심부에 갈 수 없는 거죠."

"실례지만, 어째서 그런 중요한 걸 그녀에게 맡긴 거예요?"

그런 중요한 물건을 어린 여자아이에게 들게 해선 안 된다고 생각했다.

"그건……."

"당신."

리스틸 씨가 작게 고개를 끄덕인다.

"거기서부터의 이야기는 내가 말할게요."

"괜찮겠나?"

"여기까지 이야기했으니, 이야기해도 무방할 거예요. 유나, 앞으로 할 이야기는 다른 곳에서 말하지 않아 주면 좋겠는데 가능할까요?"

"제가 들어도 되는 거예요?"

"바리마가 말한 대로 유나의 힘을 빌리게 되는 거라면 이야기를 해두는 편이 좋겠죠."

나는 아무에게도 말하지 않을 것을 약속했다.

"고마워요."

리스틸 씨는 고맙다는 말을 하고 이야기를 시작했다.

"미궁의 안에서 발견된 수정판에는 특수한 가공이 되어 있었어요. 수정판을 발견했던 건 이 마을을 만든 모험가 중 한 명이죠. 수정판은 처음으로 마력을 흘려보낸 사람만이 사용할 수 있었어요. 다른 이가 아무리 마력을 보내도 지도가 표시되는 일은 없었죠. 그래서 마력을 주입한 모험가는 이 마을에 머무르게 되었고, 이 마을의 영주가 되었어요. 그게 저의 선조예요."

"그럼, 그 수정판을 사용할 수 있는 건……."

"맞아요, 그 직계 혈통을 잇는 자예요. 그리고 현재 그 수정판을 사용할 수 있는 건 저와 카리나, 그리고 3살인 아들뿐이에요."

"바리마 씨는?"

"나는 데릴사위라 사용할 수 없어요."

"그래서 제가 이런 상황이라 이번엔 카리나에게 맡겼던 거예요."

리스틸 씨는 자신의 배를 만졌다.

"저는 첫 임무라 기뻐서, 지도를 꼼꼼히 확인하지 않았어요. 그래서 길을 잘못 들었고 함정에 걸렸죠. 아버지가 도우러 와주셨지만 부상을 당하시고, 게다가 수정판을 함정에 빠뜨려버렸어요."

그렇군. 바리마 씨가 다친 이유도, 수정판이 없는 이유도 알았다.

"저기, 리스틸 씨는 아직 젊잖아요. 리스틸 씨의 부모님은 안 계세요?"

"그게……."

말하기 어려운 듯 아래를 바라보고 만다.

"죄송해요, 돌아가셨을 줄은 몰라서……."

"아, 미안해요. 오해하게 했네요. 부모님은 살아 계세요."

그럼 뭐지? 그 고개를 떨구는 행동은?

"우리 가문은 피라미드와 마을을 지키기 위해 이 땅을 긴 시간 벗어날 수 없어요. 그래서 그 역할을 제게 맡긴 부모님은 세계를 보기 위해 여행을 떠나셨어요. 지금은 어디에 계실지……."

그래서 말하기 어려워했던 거군.

327 곰 씨, 피라미드 미궁의 이야기를 듣다 2

대충 전후사정은 알겠다.

마석이 깨졌다. 마석을 교환하려면 미궁 안으로 들어가야 한다. 미궁 안으로 가려면 수정판 지도가 필요하다. 수정판 지도는 사용할 수 있는 사람이 정해져 있다. 수정판 지도는 카리나가 함정에 빠뜨려버렸다. 카리나가 수정판 지도를 피라미드 지하에 가지러 가려고 한다.

여기까지는 이해가 됐다.

그렇지만 카리나가 같이 갈 필요가 있는지 없는지에 관한 의문이다.

뭐, 지도에 관한 건 비밀일지도 모르지만, 우수한 모험가를 고용해서 가지러 가는 편이 좋을 거다. 카리나가 책임감을 느끼는 건 어쩔 수 없지만, 수정판 지도를 찾는데 카리나가 있다고 해서 바뀔 건 없다. 있으면 오히려 방해가 된다.

"어째서 카리나는 스스로 지도를 되찾으러 가려는 거야? 모험가에게 부탁하면 될 것 같은데."

"그건, 무슨 말이죠?"

내 말에 바리마 씨가 얼굴을 일그러뜨린다.

"저기, 그게 카리나가……."

“유, 유나 씨.”

옆에 앉아 있던 카리나가 나를 말리려 했다.

“카리나! 잠자코 있어라. 유나 씨, 설명해주시겠어요?”

바리마 씨는 카리나의 입을 막고 나에게 이어서 말할 것을 재촉했다.

설마, 실수한 건가?

그렇지만 카리나가 위험한 행동을 하는 거라면 말려야 했다. 그래서 나는 모험가 길드에서의 일을 바리마 씨에게 말했다.

“카리나!”

내 이야기를 들은 바리마 씨는 눈을 치켜떴다.

처음엔 아래를 바라보며 듣고 있던 카리나였지만 도중에 얼굴을 들어 바리마 씨를 마주봤다.

“아버님! 이건, 제 책임이에요. 게다가 제가 수정판을 떨어뜨린 장소를 알잖아요.”

카리나는 강하게 말했다.

가만 수정판의 장소를 안다니?

“그것과 이건 별개의 이야기이지 않니!”

바리마 씨가 격노해서 수정판에 관해 물어볼 수가 없다.

모험가 길드에 내놓았던 본래의 의뢰는 피라미드 지하층에서 한 물건을 얻어오는 것이었다. 자세한 내용에 관해서는 의뢰를 받아준 자에게 말해주기로 되어 있었던 것 같다.

그걸 카리나가 멋대로 자신을 데리고 가는 것을 의뢰에 추가해 버렸던 모양이다.

"카리나, 그래서 모험가 길드에 말없이 갔다는 거냐."

바리마 씨는 조금 강한 어조로 카리나에게 물었다.

"당신, 그렇게 화내지 말아요. 이 아이도 책임감을 느껴서 했던 행동이니까."

"그렇다고 해도……."

"내 잘못이에요. 카리나가 어릴 때부터 임무에 관해 이야기를 들어서 괜히 더 책임감을 느끼게 된 거예요."

"어머님……."

으음~ 어렵네. 카리나는 책임감을 느끼고 있다. 자신의 탓으로 아버지가 부상을 입고, 자신의 탓으로 대대로 물려받아 왔던 수정판 지도를 잃어버렸다. 게다가 그 때문에 마을이 사라질지도 모르게 됐다.

10살 소녀가 짊어지기에는 무거울지도 모른다.

그 행동이 올바른지 아닌지에 관해선 별개의 문제이지만 말이다.

"그럼, 바리마 씨는 모험가를 고용해서 수정판을 찾으려고 했던 거네요."

"네, 딸을 위험한 곳에 가게 할 부모는 없어요."

"그렇지만, 카리나가 따라간다고 해도 다른 모험가들은 소극적이었어요."

다들 거절했었다.

몇몇 받아줄 모험가 파티가 있을 법 한데 말이다.

"그건, 피라미드에서 일어나고 있는 현상 때문이겠죠."

"현상이요?"

"물의 마석이 깨진 무렵부터 피라미드 주변에는 마물이 늘어나고 있어요."

"마물이 늘었어요?"

"어쩌면 물의 마석이 깨진 게 원인일지도 모르죠."

아아, 혹시, 마을 입구에서 했던 이야기가 이 이야기였던 건가.

무심코 물의 마석이 깨졌다는 걸 말하는 거라고 생각했는데.

"그런데, 피라미드 안에도 마물이 있나요?"

있다면 여러 가지로 골치 아프다.

"네, 있어요."

바리마 씨의 이야기에 따르면, 위층의 미궁에서 함정에 걸리게 되면 마물이 있는 아래층으로 가게 된다고 했다.

"피라미드에 나타나는 마물은 센가요?"

"아뇨, 강한 마물이 있다고 들은 적은 없어요. 사막에 있을 법한 마물만 있어서 모험가들도 웜 등의 저급 마물을 토벌하여 자금을 버는 사냥터이기도 했죠."

"즉, 수가 문제라는 말씀인가요?"

"피라미드 주변에 많은 마물이 있어서 어쩌면 피라미드 안에도 많이 있을 가능성이 있죠."

"아버님, 그 이유만이 아니에요."

"카리나?"

"피라미드 부근에서 커다란 마물을 본 자도 있어요. 그래서 받아주지 않는 거예요."

"그랬군."

마물은 많다. 수수께끼의 커다란 마물이 있을지도 모른다. 그곳에 영주의 딸을 데리고 가는 것이 추가된다면 아무렇지 않게 받아줄 수는 없다.

모험가 다 같이 토벌을 하면 되지 않냐고 말하고 싶지만, 제이드 씨 일행의 이야기를 들어보면 이 마을 모험가의 일은 마을과 마을을 왕래하는 호위가 메인이라고 했다. 그것도 기둥 덕분에 마물에게 공격당할 일이 적다.

나쁘게 말하자면 안전한 일이 많아서 강한 모험가가 없다.

게다가 우수한 모험가는 자발적으로 이런 더운 곳에 남지 않겠지.

관광이라면 몰라도, 이 마을과 크리모니아 중 어디에서 살 거냐 묻는다면 망설임 없이 크리모니아를 고를 거다.

"그런 거라면, 모험가 같은 게 아니라 나라에 부탁하는 편이 좋지 않나요?"

국왕도 이런 상황을 알게 되면 병사나 기사, 마법사를 파견해 줄 거다.

숫자의 힘으로 피라미드 부근의 마물을 일망타진한 뒤 피라미드 지하로 잠입해 많은 병사가 찾는다면 간단하게 찾을 수 있을 거다.

국왕이 이 마을은 교역을 위해 중요한 존재라고 했으니 부탁한다면 힘을 빌려줄 것 같은데……. 뭐, 돈의 문제가 생길 것 같지만 말이다.

그래도 내 제안에 바리마 씨는 고개를 저었다.

"그건 할 수 없어요."

"어째서죠?"

"그건, 조약에 의해 엘파니카 왕국도 트리포름 왕국도 이 마을에 병사나 기사를 보낼 수 없기 때문이죠. 어떤 이유가 있어도 침략 행위로 보여질 겁니다."

"그건 이유를 설명하면……."

내 말에 바리마 씨는 고개를 저었다.

"유나 씨, 조약이라는 건 그렇게 간단하게 바뀔 수 있는 게 아니랍니다. 어느 나라건 어떠한 이유가 있어도 다른 나라의 병사와 기사, 마법사가 국경 부근에 모인다면 위협을 느낄 거예요. 실수라도 했다간 이 마을은 전장이 될 가능성이 있어요. 그렇게 되지 않도록 하기 위해서 꼭 지켜야 하는 게 조약이지요."

하려는 말의 뜻은 어렴풋이 알 것 같다.

제아무리 우호적인 관계를 맺고 있다고 한들 상대의 본심은 알 수 없는 법.

갑자기 공격해올 가능성도 부정할 수는 없다.

나는 국왕에 관해서는 알고 있지만 상대국에 관해서는 알지 못했다. 그리고 상대국이 이쪽 나라를 어떻게 생각하고 있는지도 모른다.

만약 엘파니카 왕국이 군대를 파견한다면 어떠한 이유라도 상대국에서는 위협으로 느낄 수 있다. 이 마을의 이야기를 이용해 자신의 나라로 쳐들어올 거라고 생각할 수도 있다.

그 반대도 똑같다. 눈앞에 상대 나라의 군대가 나타나면 누구라도 느낄 것이다.

그리고 그대로 이 마을에 병사가 남을 가능성 또한 부정할 수는 없다. 어느 쪽의 나라에서도 가담하지 않아야 중립으로 있을 수 있으니 지금의 상황이 된 것이다.

그렇게 생각하면 어느 세계에서도 정치나 군사는 여러 가지로 성가시네. 그게 자국을 지키기 위한 거라면 어쩔 수 없지만 말이다.

"게다가 한쪽 나라에만 부탁하게 되는 건 다른 한쪽을 믿지 않는 것도 되죠. 만약 제가 트리포룸 왕국에 부탁했다면 폴오트 님은 기분이 좋지 않을 거예요. 그건 반대도 마찬가지죠."

양국의 군대가 협력하는 것이 가장 좋겠지만 그거라면 의논하는 것만으로도 시간이 걸리겠지.

그렇게 되면 역시, 모험가에게 부탁할 수밖에 없다.

"그래서 제게 말한 거군요."

보통이라면 이런 곰 복장을 한 사람에게 이야기할 법한 내용이 아니다.

"네, 유나 씨에게는 피라미드 안으로 들어가서 지도를 가져와 주셨으면 합니다. 물론, 혼자서 가달라고는 하지 않을 거예요. 이번에 카리나가 요청한 호위의 건은 없던 일로 하고 모험가 길드에 다시 의뢰를 내겠습니다."

"아버님! 저도 갈 거예요."

"안 된다!"

"하지만, 제가 같이 가면 수정판의 위치를 알 수 있잖아요."

"그러고 보니 아까도 말했는데, 무슨 말이야?"

"그건……."

바리마 씨가 리스틸 씨 쪽을 확인하듯 바라봤다. 그러자 리스틸 씨가 고개를 끄덕이고 설명을 시작했다.

"조금 전, 수정판을 사용할 수 있는 건 가장 처음 만진 모험가의 혈통이라고 이야기했죠. 그 혈통의 사람이 수정판과의 계약을 맺으면 수정판을 사용할 수 있게 될 뿐만 아니라 수정판과 자신의 마력이 연결되어서, 대충이지만 수정판의 장소를 알 수 있게 돼요."

그렇군. 그래서 카리나는 자신을 데리고 가달라며 부탁하고 있던 거였어.

"원래라면, 제가 가야 하지만……."

리스틸 씨는 자신의 부푼 배를 만졌다. 도저히 마물이 있는 곳에 갈 수는 없다. 리스틸 씨도 자신이 가고 싶지만 갈 수 없는 괴로움이 있겠지. 그리고 바리마 씨는 혈통이 아니라서 장소를 알지 못했다.

카리나밖에 없는 것이다.

"카리나, 정말로 수정판의 위치를 아는 거야?"

"네, 알아요. 하지만 아는 건 방향뿐이에요."

그것으로 충분하다.

"이야기는 알겠어요. 카리나를 데리고 갈게요."

"유나 씨!"

카리나는 기뻐했지만 아버지인 바리마 씨는 부정적인 표정을 지었다.

"그렇지만, 그러는 편이 빨리 발견할 수 있을 거예요."

수정판이 있는 방향을 아는 것과 모르는 것은 천지 차이였다.

"그래도……."

나 스스로 말하기는 조금 그렇지만 곰 옷차림을 한 여자아이에게 들어봤자 설득력은 없겠지.

"국왕 폐하의 편지에 적혀 있던 내용, 믿어주시는 거죠?"

"물론, 유나 씨가 강하다는 건 믿어요. 하지만, 유나 씨가 싸우고 있을 때는 어떻게 하나요. 다른 마물에게 공격을 당할지도 몰라요. 다른 모험가가 지켜주나요? 그런 거라면 지금까지와 같은 의뢰가 되어서 아무도 의뢰를 받아주지 않을 겁니다."

나로서는 그래도 괜찮지만 바리마 씨의 불안을 떨쳐주기 위해 말없이 의자에서 몸을 일으켜 비어있는 곳으로 이동했다.

"유나 씨?"

"놀라지 말아 주세요."

나는 곰 장갑을 앞으로 내밀고는 곰돌이와 곰순이를 소환했다.

"곰!"

"……!"

"곰?!"

세 사람은 곰돌이와 곰순이를 보고 놀랐다.

바리마 씨는 놀라서 다친 곳에 무리가 왔는지 통증으로 얼굴을 일그러뜨렸다.

"아버님!"

카리나는 걱정하며 바리마 씨에게 달려갔다.

"유, 유나 씨, 그 곰은?"

"제 소환수예요."

"소환수……."

"이 아이들에게 카리나의 호위를 맡길 거예요. 그곳의 마물보다 세서 카리나를 지켜줄 수 있어요. 무슨 일이 생겨도 발이 빨라서 도망치는 것도 가능해요. 그러니 안심하셔도……."

"아버님, 부탁드려요. 제 책임이니까 제가 가야 해요."

"카리나……."

"당신……."

바리마 씨는 딸과 아내를 바라보더니 작게 한숨을 내쉬었다.

"알았다."

바리마 씨는 카리나의 머리에 손을 올렸다.

"유나 씨, 카리나를 잘 부탁할게요."

그리고 고개를 깊이 숙였다.

마물이 있는 피라미드로 가게 된 카리나는 강한 척 행동하고 있지만 불안해 보이는 표정을 지었다.

그런 카리나를 안심시키기 위해 나는 국왕에게서 받은 편지를 카리나에게 보여줬다.

그것으로 카리나의 마음이 조금이라도 편해진다면 싼값이다.

"……크라켄. 바다에 있는 큰 마물이잖아요."

"맞아."

"그럼, 이 마석은 유나 씨가……."

"응, 그러니까 안심하고 나한테 맡기면 돼."

"네."

카리나의 얼굴에서 불안해 보이는 표정이 사라졌다.

328 곰 씨, 카리나와 이야기를 나누다

대충 이야기를 들은 나는 수정판 지도를 찾는 의뢰를 받았다.

"그러면 유나 씨, 앞으로 모험가를 모을 테니 다 모이게 되면 가는 걸로 괜찮을까요?"

며칠이라면 괜찮지만 바다에 놀러 갈 예정이 있어서 많이 늦어지는 건 곤란하다.

일단 한 번은 피나에게 확인하는 편이 나으려나?

"너무 늦어질 것 같으면 저 혼자서도 괜찮아요."

"2, 3일만 주세요. 그때까지 모아 볼게요."

2, 3일 정도라면 괜찮나. 기다리는 동안 마을이라도 구경하고 있을까.

"그럼, 우선 이틀 후에 또 올게요."

"유나 씨, 어디에 가시는 거예요?"

"오늘은 머무를 숙소를 확보할 거고, 내일은 마을이라도 산책하려고."

새로운 마을에 오면 게이머로서 마을 탐색이 기본이니까. 뭐, 게임이라면 무기 상점이나 아이템 상점에 가겠지만, 나의 경우엔 식자재 찾기일까. 아니면 피라미드의 상태를 보러 가는 것도 좋을 것 같다.

"유나 씨, 괜찮으시면 이 마을에 머무는 동안 우리 집에서 머물어주세요."

바리마 씨가 나를 멈춰 세웠다.

"그리고 왕도에서 마석을 전하러 와주신 유나 씨를 숙소에 머무르게 할 수는 없어요."

"괜찮나요?"

"물론이죠. 카리나, 라사에게 말해서 방 준비를 해줘."

"알았어요."

카리나는 대답하더니 방에서 나갔다.

"또, 이 물의 마석은 유나 씨가 가지고 계셔주세요."

테이블에 있는 크라켄 마석을 내 쪽으로 내민다.

"저도 리스틸도 움직일 수 있는 상태가 아니라서 수정판 지도를 발견한 뒤, 유나 씨에게 물의 마석 교환을 부탁하고 싶어요."

리스틸 씨는 배에 아기가 있고 바리마 씨는 부상을 당했다. 게다가 마물이 피라미드에 모여들었다고 하니 그런 곳에 두 사람을 가게 둘 수는 없다.

마법으로 낫게 할 수는 있지만 자신도 따라가겠다고 할 게 뻔하다. 그러니 치료한다면 그건 모든 게 끝난 후가 좋겠지?

나는 크라켄 마석을 곰 박스에 넣었다.

"유나, 아무쪼록 딸을 잘 부탁해요. 가끔 폭주하지만, 나쁜 아이는 아니거든요."

리스틸 씨가 카리나를 부탁했다. 카리나가 나쁜 아이가 아니라는 건 보면 알 수 있다. 다만 책임감이 너무 강하다.

어쩐지 많은 것을 스스로 짊어지는 부분이 처음 만났을 때의 피나와 닮았을지도 모른다.

"카리나는 제가 맡겠지만, 무사히 잘 돌려드릴게요."

"후후, 고마워요. 그럼, 나는 방으로 돌아갈게요."

리스틸 씨가 방에서 나가자 교대로 카리나가 돌아왔다.

"유나 씨, 방으로 안내할게요."

"그럼, 바리마 씨, 잠시 신세 질게요."

"먼 곳까지 와서 지쳤을 테니 푹 쉬세요."

내가 걷기 시작하자 곰돌이와 곰순이도 걷기 시작했다. 잊고 있던 건 아니지만 이대로 가면 안 되겠지?

나는 곰돌이와 곰순이를 송환했다.

"곰이 사라졌어."

카리나가 눈을 크게 뜨고 놀란다.

뭐, 소환수니까 송환을 하면 사라지지.

"유나 씨, 곰은요?"

"이 안에 있으려나?"

나는 곰 장갑을 뻐끔뻐끔해 보였다.

카리나는 이상하다는 표정으로 곰 장갑을 만지고 살펴봤다.

"그 커다란 곰이……."

그래, 나도 이상하게 생각하니까 어쩔 수 없다. 소환될 때 이외에는 곰돌이와 곰순이가 어디에 있는지 의문이다.

카리나는 나를 잡아끌 듯 방에서 나온 뒤 객실로 안내를 해줬다.

안으로 들어서자 조금 전에 만났던 갈색 피부의 여성이 있었다. 분명, 라사 씨라고 했다. 라사 씨는 방을 정리하고 있었다.

"오래 기다리셨습니다. 이 방을 편하게 사용하세요."

방은 꽤 넓다. 설마, 좋은 방을 준비해준 건가?

"필요한 게 있으시면 불러주세요."

"고마워요. 잘 곳만 있으면 돼요."

침대도 커서 꼬맹이화 된 곰돌이와 곰순이와 함께 자도 충분한 넓이다.

라사 씨는 고개를 숙이고는 방에서 나갔다. 방안에는 나와 카리나가 남았다. 카리나는 라사 씨가 나가자 표정이 바뀌었다.

"유나 씨는 이런 의뢰를 받고 무섭지 않으세요? 어떤 모험가도 받아주지 않았던 거라고요. 피라미드의 지하도 어떻게 되어 있을지 모르고, 무사히 돌아올 수 있다는 장담은 못 하는데요."

카리나가 불안한 표정으로 물었다.

뭐, 이 마을 모험가가 의뢰를 받지 않은 건 비교적 안전한 호위의 업무를 중심으로 하는 사람들이 모여있기 때문일 거다. 그러니 스스로 위험한 짓을 하는 모험가는 없겠지. 크리모니아 모험가들 중에서도 위험한 의뢰를 피하고 자신의 생활을 위해 일을 하는 자들이 많다. 그러니 거절하는 모험가를 책망할 수는 없다.

"나는 무섭지는 않다고 해야 하나."

물론 곰 장비가 없다면 무서울 거고 이런 의뢰를 받지 않을 거다. 애초에 곰 장비가 없다면 이 세계에서 살아갈 수 없었을 수도 있다. 치트 곰 장비가 있고 곰 스킬도 있으며 소환수인 곰돌이와 곰순이도 있다. 정말로 위험하다면 곰 이동문을 통해 도망치는 것도 가능하다.

위험을 대처하는 방법은 얼마든지 있다. 그러니 안심하고 의뢰를 받을 수가 있는 것이다.

"유나 씨는 강하죠. 저는 아버님께 그렇게 말씀은 드렸지만, 무서워서 참을 수 없어요. 사실은 도망치고 싶어요. 대신해줄 사람이 있다면 대신해주면 좋겠다고도 생각해요. 하지만, 이런 일이 생긴 것도 제 책임이고, 저만이 할 수 있으니까……."

카리나는 작은 손을 꽉 쥔다. 조금 떨고 있는 것을 알 수 있었다.

10살 소녀라면 당연한 일이다. 어른이라고 해도 마물은 무섭다. 하지만 카리나는 자신의 책임과 임무를 알고 있어서 도망치려고 하지 않았다.

원래라면 여자아이를 위로하는 건 꽃미남 주인공의 역할이지만 카리나는 곰 님으로 참아주기를 바라야지. 나는 쭈그려 앉아 카리나의 작은 손을 곰 장갑으로 감쌌다.

"유나 씨?"

"카리나는 약하지 않아. 무척이나 강한 아이야."

치트 능력도 갖추고 있지 않은 평범한 여자아이다. 그런 여자아이가 마물이 있는 곳으로 가려고 했다. 그건 용기 있는 행동이고 그 행동이 얼마나 무서운지 제대로 이해하고 있다. 아무것도 모르는 채 막무가내로 행동하며 따라가려는 게 아니다. 상황을 이해하고 공포를 알면서도 따라가려고 했다. 그런 아이의 마음이 약할 리가 없다.

"하지만, 저 때문에 이런 일이 되어서."

"누구라도 실수는 해. 사람은 실수하며 성장하는 거야."

"유나 씨……."

"그리고 실수를 하지 않는 인생은 재미없잖아."

게임에서도 몇 번이나 실수하고 게임 오버를 반복하면서 클리어를 목표로 했다. 한 번의 실패로 끝나는 게임은 쓰레기 게임이다. 몇 번이고 도전해서 클리어하는 것이 재미있다.

만약 RPG 게임에서 한 번 죽었다고 다시 처음부터 시작해야 한다면 분명히 짜증날 거다.

물론 게임과 현실은 다르다. 한 번의 실패로 인생이 뒤바뀌는 일도 있고 죽는 일도 있다. 하지만 그걸 10살 여자아이에게 요구하는 건 이르다. 게다가 이번엔 아무도 죽지 않았고 다시 바로 잡을 수 있다.

어린아이는 실수하면서 성장하는 것이다. 실수에서 배우면 된다. 그것에서 배우는 것이 없다면 곤란하지만 말이다.

“그래도, 저 때문에 수정판이 없어지고, 아버님이 다치셨는데…….”

“수정판은 카리나가 찾아줄 거잖아. 그리고 바리마 씨도 죽지 않았는걸.”

“하지만, 아버지가 아파하시는걸요.”

“부상은 딸을 지킨 훈장이야. 만약 카리나가 다쳤다면 바리마 씨는 자신을 탓하고 있었을 거야.”

바리마 씨가 카리나를 소중히 여기는 것은 조금 전의 대화에서 잘 알 수 있었다. 그런데 딸인 카리나가 다치기라도 했다면 자신을 책망했을 거다. 서로를 걱정하는 모습은 바리마 씨와 카리나, 두 사람 모두 닮았다.

“그러니 바리마 씨를 위해서라도 함께 수정판을 찾고, 물의 마석을 교환하러 가자.”

수정판 지도를 발견하고 파손된 물의 마석을 크라켄의 마석으로 교체하면 만사 해결이다.

“네.”

아래를 바라보던 카리나가 얼굴을 들어 올렸다.

“그리고 그렇게 불안해 하지 않아도 돼. 바리마 씨와도 약속했지만, 카리나는 내가 지켜줄 테니까. 게다가 이 아이들도 지켜줄 거니까 안심해.”

나는 카리나의 손을 놓고 곰돌이와 곰순이를 한 번 더 소환했다.

"곰……."

카리나는 천천히 곰돌이와 곰순이에게 다가갔다.

"유나 씨, 곰에게 이름이 있나요?"

"검은 쪽은 곰돌이, 하얀 쪽은 곰순이야."

"곰돌이에 곰순이요? 후후."

카리나가 웃었다.

"왜, 웃는 거야?"

"아뇨, 죄송해요. 귀여운 이름이라서. 곰돌아, 곰순아, 잘 부탁할게."

카리나는 부드럽게 곰돌이와 곰순이를 만졌다.

곰돌이와 곰순이는 「크~응」 하고 울며 카리나에게 몸을 붙였다.

그런 뒤 카리나는 라사 씨가 저녁 식사 시간에 호출하러 올 때까지 곰돌이와 곰순이와 놀았고 미소를 보여주게 되었다.

329 곰 씨, 카레를 마주하다

카리나와 함께 식당으로 들어선다.

"유나 씨는 이쪽에 앉아 주세요."

들은 대로 앉았더니 카리나가 기뻐하며 내 옆에 앉았다.

우리가 의자에 앉자 곧바로 문이 열리고 바리마 씨와 리스틸 씨가 들어왔다. 그 리스틸 씨의 손에는 작은 남자아이의 손이 쥐어져 있다. 그러고 보니 3살 난 아들이 있다고 했었지.

"어머니~임……."

남자아이는 나를 보더니 리스틸 씨의 뒤로 숨어버렸다.

분명 곰 복장에 놀랐겠지.

곰은 무서우니까 당연하다.

"후후, 귀여운 곰이니까 괜찮아. 유나 씨, 소개할게요. 아들인 노리스예요. 자, 인사해야지."

리스틸 씨는 남자아이의 등을 밀어 내 앞으로 오도록 했다.

"노리스."

남자아이는 작은 목소리로 이름을 말하더니 부끄러워하며 리스틸 씨의 뒤로 숨어버렸다.

"저기, 나는 유나야. 잘 부탁해."

자기소개를 했지만 노리스는 리스틸 씨의 뒤에서 얼굴만 내놓았다.

"이 아이는 낯을 가려서, 미안해요."

리스틸 씨는 노리스를 데리고 자리에 앉았다.

곰은 마음이 넓으니 개의치 않아. 무관심하다고도 할 수 있지만 말이야.

"카리나, 뭔가 좋은 일이라도 있었니?"

내 옆에 앉은 카리나를 보고 리스틸 씨가 물었다.

아마도 아까보다 카리나의 표정이 밝아진 탓일 거다.

"네, 유나 씨의 곰과 친해졌어요. 폭신폭신해서 기분 좋았어요."

"잘됐네. 유나, 고마워요. 이 아이, 그 일이 있었던 후로 계속 표정이 어두웠거든요."

리스틸 씨는 미소를 지으면서 고맙단 말을 했다.

처음 만났을 때의 카리나의 표정은 어둡고 인생이 끝난 듯한 표정이었다.

곰돌이와 곰순이와 함께 논 덕분에 카리나에게 아이다운 미소가 돌아왔다. 긴장했던 마음이 조금은 누그러진 모양이다.

모두가 자리에 앉자 라사 씨가 손수레로 음식을 운반해왔다.

라사 씨 쪽에서 음식의 냄새가 풍겨왔다.

이 냄새는?

정말로?

설마, 이곳에서 만나게 되는 거야?

라사 씨가 빵과 샐러드, 약간의 요리를 놓아줬다. 그리고 그릇에 황토색 수프를 담아줬다.

그 순간 그리운 냄새가 코를 자극했다.

이 냄새를 맡는 건 몇 개월만이다.

……이건 틀림없이 카레야.

카레의 냄새가 나는 수프를 응시했다. 색, 냄새, 어떻게 봐도 카레다. 이런데도 맛이 다르다면 사기로 고소하고 싶을 정도였다.

하지만 건더기는 들어있지 않았다.

내가 카레일지도 모르는 것을 보고 있자 라사 씨가 말을 걸어왔다.

"빵에 찍어서 드세요."

라사 씨는 내게 먹는 방법을 알려주더니 다른 사람에게 수프를 건네줬다.

그리고 모두의 앞에 요리가 다 나눠지자 라사 씨도 끝 쪽에 앉았다. 아무래도 이 집에서는 메이드인 라사 씨도 같이 먹는 모양이다.

"자, 식사를 시작합시다. 유나 씨, 입맛에 맞으면 좋겠네요."

아뇨, 얼른 먹고 싶어요. 먹게 해주세요.

바리마 씨의 말에 모두가 빵을 카레로 여겨지는 것에 찍어서 먹기 시작했다. 나도 모두의 흉내를 내며 빵을 집어 카레로 보이는 수프에 찍어 먹었다. 입에 퍼지는 매움, 그리운 맛이 입안에 퍼진다. 틀림없이 카레다.

설마, 이곳에서 마주하게 될 줄은 몰랐다.

"유나 씨, 어떠세요?"

카레를 마주한 감동에 잠겨 있는데 카리나가 묻는다.

"카리나, 이건?"

"카레예요. 혹시, 입에 안 맞으세요?"

"맛있어."

"다행이네요. 무척 맛있어요."

이름도 그대로인 모양이다. 카리나도 맛있게 빵을 카레에 찍어 먹었다. 나는 한 번 더 빵에 카레를 묻혀 먹었다. 맛있어. 이게 있으면 카레라이스에 카레빵, 카레 우동도 만들 수 있어. 다 맛있을 거야.

"카리나, 이거 만드는 법은 아니?"

"그, 카레 말씀이세요?"

"응, 혹시 재료 같은 걸 알면 사러 가고 싶은데."

향신료는 이 세계에서도 판다.

하지만 카레 가루는 여러 향신료를 섞어서 만든다. 지식으로는 알고 있지만 향신료부터 시작해서 카레를 만든 적이 없는 나는 할 수 없었다.

그러니 팔고 있다면 사고 싶다.

"그게, 죄송해요. 라사!"

카리나는 조금 고민하더니 라사 씨에게 말을 걸었다.

라사 씨가 일부러 자리에서 벗어나 찾아왔다.

"무슨 일이신가요, 카리나 님."

"유나 씨가 카레를 어떻게 만드는지 알고 싶으신 모양이야."

"카레 말씀이신가요?"

"재료를 알고 싶은데, 향신료만 있으면 되나요? 어디서 팔아요?"

"그게, 향신료는 팔지만, 이 카레를 만들려면 여러 향신료를 섞어서 만들기 때문에 이 상태로는 가게에서 팔지 않습니다."

팔지 않는다…….

설마, 팔지 않을 줄은…….

그래도 섞으면 만들 수 있다.

"어느 향신료를 사용하는지 알려주실 수 있나요?"

카레를 만든 적은 있지만 판매하는 카레 가루를 사용해서 만들었다. 향신료부터 시작해서 만든 적은 없다. 애초에 카레에 필요한 향신료의 종류와 양을 알지 못했다. 카레에 관한 나의 지식은 그 정도이다.

"이 카레는 어머니께 배운 소중한 레시피입니다."

어머니의 소중한 레시피.

혹시…….

"죄송해요."

"아아, 죄송합니다. 어머니는 살아 계시거든요."

“살아 계세요?”

아까도 똑같은 일이 있었는데 헷갈리잖아.

무심코 돌아가셨다고 생각해버렸어.

“그래도 모친께 배운 소중한 레시피라서 알려주는 건 안 되나요?”

여기서 의뢰의 보수로 바리마 씨에게 부탁하는 방법도 있지만, 그건 치사하고 사람의 약점을 파고드는 짓이라서 최악의 인간이 되어 버린다.

달리 방법은…….

돈? 그것도 인간으로서 하면 안 되겠지. 다른 이의 소중한 것을 돈으로 사려고 들다니 할 수 없다.

하지만 알고 싶다. 그래도 강요하고 싶지는 않다.

여기서 카레의 레시피를 손에 넣을 수 있느냐 없느냐에 따라 내 이세계에서의 식생활이 바뀌게 된다.

으으으으, 어쩌면 좋지!

“라사가 이 레시피를 소중하게 여기는 건 알지만, 유나 씨에게 알려주면 안 될까?”

내가 마음속으로 갈등하고 있는데 카리나가 도움의 손길을 내밀어줬다.

“카리나 님, 안 된다고는 하지 않았습니다. 주인님의 손님이신걸요. 가르쳐드리는 건 상관없습니다. 하지만 그 대신 저에게도 무언가 요리 레시피를 알려주시지 않을래요?”

"레시피를요?"

"주인님, 사모님, 카리나님에게는 항상 맛있는 음식을 대접하고 싶다고 생각하고 있습니다. 그러니 하나라도 많은 음식의 레시피를 알고 싶어요."

분명 레시피끼리라면 동등한 교환이 된다.

하지만 그러려면 서로가 납득을 해야 했다.

"그건 라사 씨가 모르는 레시피를 말하는 거죠?"

"네."

"그건 어렵지 않아? 라사는 여러 요리를 공부하고 있잖아."

카리나가 라사 씨의 요리에 대한 근면함을 알려줬다.

그렇게 되면 평범한 요리로는 안 된다는 거겠네.

그렇지만 나에게는 지구의 지식이 있다. 라사 씨가 알지 못하는 레시피도 많이 알고 있다. 하지만 재료와 설비의 문제로 만들지 못하는 것이 많다.

그렇게 되면 제한된다.

지금 만들 수 있는 건 피자와 푸딩, 케이크다.

"과자라도 괜찮아요?"

"네, 상관없습니다."

"그럼, 식사한 후에 드셔보시겠어요?"

"그 말은, 지금부터 만드신다는 건가요?"

나는 고개를 저었다.

"아이템 봉투에 들어있으니까 금방 준비할 수 있어요."

푸딩이라면 식후 디저트가 된다.

"그건 유나 씨가 만든 건가요?"

"맞아."

모린 씨의 빵과 안즈의 요리를 먹을 때도 많지만 스스로 만들어 먹을 때도 있다.

특히 쌀과 관련된 요리는 직접 만드는 일이 많다. 과자도 피나와 아이들에게 만들어 준 적이 있다. 다만 직접 만드는 것이 귀찮아서 만드는 횟수가 적을 뿐이다.

"유나 씨는 이상한 사람이네요. 곰 옷차림을 하고 있고, 강한 모험가면서, 요리도 할 수 있다니. 저는 아무것도 못 해요."

카리나는 풀이 죽은 듯 아래를 바라봤다.

아이라면 그러기 마련이다. 앞으로 배우며 성장하는 것이다.

"그럼, 라사 씨에게 합격을 받으면 내일 같이 만들까?"

"괜찮나요?"

"어차피 합격을 받으면 라사 씨에게 알려줘야 하니까."

원래는 내일은 마을 탐색을 하려고 했지만 카레의 향신료 레시피를 손에 넣기 위함이다. 탐색이라면 의뢰를 마친 후에도 할 수 있다. 카레는 지금밖에 없다. 라사 씨의 마음이 바뀌기 전에 얻어야 한다.

나는 카레에 빵을 찍어 먹었다. 맛있다. 무조건 레시피를 손에 넣어야겠어.

그리고 카레를 만끽한 나는 모두의 앞에 푸딩과 스푼을 두었다.
푸딩의 레시피라면 모를 거다.
나머진 라사 씨가 먹어보고 납득을 해주는 것뿐.
"어머, 우리도 괜찮나요?"
"네, 드세요. 만약 맛있으면 라사 씨를 설득할 때 도와주세요."
"그래요, 알았어요. 공평하게 판단할게요."
"라사 씨, 이 음식을 본 적 있나요?"
"없어요. 처음 보네요."
뭐, 그렇겠지. 본 적이 있으면 오히려 곤란하다.
"이건……."
그렇지만 바리마 씨가 푸딩을 보고 반응했다.
"분명, 탄신제 만찬회 때……."
"주인님은 알고 계신가요?"
"그래, 폴오트 님의 탄신제 만찬회 때 나왔던 요리야. 무척 맛있어서 난리가 났었지."
국왕의 탄신제에 나왔던 요리라는 걸 알고 라사 씨가 놀란 표정을 했다.
아무래도 국왕의 만찬회에 바리마 씨도 출석했던 모양이다.
"심지어 레시피는 극비라고 들었는데. 그게 어째서……."

“그걸 만든 게 저니까요.”

내 말에 바리마 씨 가족은 놀란 표정을 지었다.

“그런 요리를…….”

라사 씨는 놀란 듯 푸딩을 보고 있었다. 그리고 모두 푸딩을 입에 넣었다.

“어머니~임, 맛있어.”

누구보다도 먼저 푸딩을 먹은 노리스가 만면의 미소로 대답했다.

“맛있어요.”

“이상한 감촉인데, 맛있네요.”

“그때 먹었던 것과 같아.”

카리나, 리스틸 씨, 바리마 씨가 차례로 호평을 해줬다.

“정말로 맛있네요.”

중요한 라사 씨에게서도 호평의 말이 나왔다.

그리고 모두의 컵이 텅 비었다.

“그래서, 결과는?”

“물론, 합격입니다.”

그 순간, 레시피 거래가 성립됐다.

330 곰 씨, 향신료를 사러 가다

다음 날, 라사 씨에게 푸딩 만드는 방법을 알려주기로 약속했고, 카리나와는 함께 푸딩을 만들기로 했기 때문에 둘이서 함께 부엌에 찾아갔다.

우선, 푸딩을 만드는 방법은 퍼뜨리지 말아 달라고 부탁했다. 그랬더니 「카리나 님 가족분들께 대접해드리고 싶을 뿐이니 약속할게요」라고 약속을 해주었다.

남은 문제로는 푸딩 재료가 걱정이었는데 들어보니 커다란 알을 낳는 새가 있다고 했다.

맛은 먹어봐야 알 수 있겠지만 우선은 만드는 방법을 알려주기로 했다.

만약 커다란 알로 만들어서 맛이 없으면 꼬끼오를 몇 마리 가지고 오면 되겠지. 호수가 원상 복구된다면 꼬끼오를 키우는 것도 가능할 거니까 말이다.

그런데 커다란 알이라, 보고 싶다.

커다란 알을 고아원에 선물로 가지고 가면 어떤 반응일까. 아이들의 놀란 얼굴이 눈에 선하다. 혹시 얻을 수 있을 것 같으면 기념품으로 가지고 가야지.

그리고 소도 있다고 했다. 내가 치즈를 사들이고 있는 소와는 종류가 다르다는 것 같고, 호수의 4분의 1은 농업과 유목에 사용되고 있다고 했다. 하지만 호수의 물이 줄어 농가와 낙농가도 곤란한 상황이다.

작물도 가축도 호수가 있으면 이런 사막 한가운데에서 키울 수 있는 건가 싶었는데, 호수 덕분인지 피라미드 덕분인지 마을의 기온은 호수가 가까울수록 낮다고 한다. 그래서 기온은 마을 바깥보다도 안쪽이 더 낮다고 했다. 나는 곰 장비 때문에 그 부분에 관해선 알아차리지 못했지만, 물의 마석은 여러 가지로 효과를 일으키고 있는 모양이다.

이건 무조건 수정판을 발견해서 물의 마석을 교환하고 호수를 원래대로 되돌려야 하는 상황이다.

"그렇지만, 정말로 저에게 알려주셔도 되나요? 왕족 만찬회에서 선보인 요리를……."

"어제도 말했지만, 만찬회 때는 국왕 폐하께 부탁을 받아서 만든 것뿐이라 신경 쓰지 않아도 돼요. 그러니까 다음에 카리나에게도 만들어 줘요."

집으로 국왕이 돌연 찾아와서는 푸딩을 만들어 달라고 해서 피나도 모린 씨도 카린 씨도 도와주지 못하고 혼자서 쓸쓸히 만들었던 기억이 되살아났다.

하지만 오늘은 그렇지 않다.

"그럼, 카리나, 같이 만들까?"

"네, 열심히 할게요!"

카리나는 작은 손으로 주먹을 쥐고 팔뚝 부근까지 들어 올려 활기차게 대답했다.

나는 곰 박스에서 꼬끼오 알을 꺼냈다.

원래는 커다란 알로 만들어 보고 싶었는데 오늘은 갑작스럽게 일어난 일이라 입수하지 못했다. 그런 이유로 오늘은 평소처럼 꼬끼오 알로 푸딩을 만들게 되었다.

"그럼, 이 꼬끼오 알을 이런 식으로 깨 봐."

나는 꼬끼오 알을 톡 하고 가볍게 테이블 끝에서 두드린 뒤 알을 깨 내용물을 꺼냈다.

"유나 씨, 솜씨가 좋네요."

"자, 카리나도 해봐."

나는 꼬끼오 알을 카리나의 작은 손에 건넸다.

카리나는 내 흉내를 내며 무서워하면서도 테이블 끄트머리에 가볍게 쳤다.

"조금 더 힘을 줘야지 깨질 거야."

"네, 알겠어요."

이번엔 세게 쳐서 어떻게든 성공했다. 첫 시도로 성공하다니 카리나에게는 요리의 소질이 있을지도 모른다.

그런 카리나를 라사 씨는 흐뭇하게 쳐다봤다.

"라사, 웃지 말아줘. 라사도 만들 거잖아."

"카리나 님, 웃고 있는 게 아니에요."

"웃고 있었어."

카리나는 볼을 작게 부풀렸다.

라사 씨도 웃으면서 같이 푸딩을 만들기 시작했다.

설탕을 넣은 물을 가열시켜 캐러멜 소스를 만든다. 마지막으로 작은 컵에 캐러멜 소스를 담아 푸딩의 재료를 넣어 찐다. 라사 씨는 작업과 불 조절, 재료 등을 메모했다.

"이젠 식히면 끝이에요."

"언제 먹을 수 있나요?"

"밤에는 먹을 수 있지 않을까?"

"기대되네요."

"유나 씨, 고마워요. 그렇지만, 이렇게 간단하게 만들 수 있네요."

"요리라는 건 그런 거야."

단, 재료를 얻는 게 문제이지만…….

오후엔 카리나와 향신료를 사러 갈 예정이다. 라사 씨는 할 일이 있어서 함께 갈 수는 없다. 참고로 저택에는 몇 명의 메이드가 있었다. 하지만 라사 씨 이외엔 출퇴근하고, 같이 지내는 메이드는 라사 씨 뿐이라고 했다. 그래서 식사는 함께하는 모양이다.

"정말로 제가 따라가지 않아도 괜찮나요?"

"가게에는 내가 안내할 거니까 걱정하지 마. 라사는 일이 있잖아."

"그렇긴 하지만……."

라사 씨는 걱정스러워했다. 하지만 향신료의 레시피와 분량이 적힌 종이도 받았으니 가게 사람에게 물어서 사기만 하면 된다. 나로서도 향신료의 내용과 가게의 장소를 안다면 문제는 없다.

나는 카리나와 함께 향신료를 파는 가게로 향했다.

길을 걷고 있는데…….

흘깃흘깃.

「곰?」, 「곰이야?」, 「곰인가?」.

길을 걷는 우리.

흘깃흘깃.

스쳐 지나가는 사람들이 모두 우리를 보고 있어서 조금 전부터 같이 걷는 카리나가 주위의 시선을 신경 썼다.

"저기, 유나 씨, 이제 와서 하는 이야기지만, 항상 그런 복장을 하는 건가요?"

"응, 맞아."

어디에 위험이 있을지 모르니까 말이다.

나는 집에 들어앉아 있던 빈약한 여자아이이다. 곰 장비가 없다면 피나에게도 이길 수 없으리라.

"물론, 귀엽다고 생각은 하지만, 시선 같은 게 신경 쓰이지 않아요?"

당연히 신경 쓰이지. 그래도 인생은 포기가 중요하다는 말도 있다. 시선은 무시하려고 했다. 신경을 쓴다면 지는 거다. ……그렇다고 해도 역시나 시선이 신경 쓰여서 곰 후드를 조금 내렸다.

"혹시, 카리나가 신경 쓰이는 거라면 조금 떨어질게."

외톨이는 익숙하니까 새삼스러운 일이 아니다.

그래도 피나에게 그걸 당한다면 슬퍼질지도 모른다. 「유나 언니랑 함께 있으면 창피하니까 떨어질게요」라는 말을 듣는다면 며칠 동안은 집에 틀어박힐 자신이 있다.

물론 카리나라서 슬프지 않은 건 아니지만 그 부분은 알고 지낸 기간의 차이이다.

"괜찮아요. 영주의 딸이라서 마을 사람들이 쳐다보는 건 익숙하거든요."

카리나는 조금 얼굴을 붉히고 내 곰 장갑을 잡았다.

하지만, 곰 옷차림을 한 나와 함께 걷는 것으로 시선을 받는 것과 영주의 딸로서 시선을 받는 것은 의미가 전혀 다른 것 같은데. 그래도 카리나의 마음이 기뻤다.

"유나 씨, 이쪽이에요. 가죠."

카리나는 곰 장갑을 잡아당겼다.

그리고 카리나의 안내로 향신료를 파는 가게에 도착했다.

"카리나도 사러 오는 경우가 있어?"

"가끔 라사를 따라 사러 와요."

카리나와 손을 잡은 채로 가게에 들어섰다. 그 순간 여러 향신료가 뒤섞인 향기가 풍겼다.

선반을 보자 여러 종류의 향신료가 나열되어 있었는데, 다 팔렸는지 선반의 절반에는 아무것도 놓여있지 않았다.

카리나도 빈 선반이 신경 쓰였는지 쳐다보고 있었다.

우리가 선반을 바라보고 있는데 가게의 주인인 30대 후반 정도의 남자가 다가왔다.

"어서오세요, 카리나 님과, ……곰?!"

남자는 카리나에게 인사를 하고 내 쪽을 바라보더니 눈을 크게 뜨고 놀랐다.

그렇게 뚫어져라 쳐다보지 않았으면 좋겠는데.

"저기, 오늘은 어쩐 일이신가요? 라사 씨는 없나요?"

카리나에게 질문을 던지며 내 쪽을 흘깃 쳐다봤다.

그렇게 궁금하면「어째서 그런 복장을 하고 있나요?」라고 물어보면 될 텐데. 어차피 대답할 생각은 없지만 말이다.

"라사는 없어요. 오늘은 여기 유나 씨가 향신료가 사고 싶다고 해서 따라온 거예요."

남자가 재차 나를 바라봤다.

"그런데 이전에 왔을 때보다도 상품이 적은 것 같은데, 무슨 일 있으세요?"

"그건……."

남자는 말을 조금 머뭇거렸다.

역시 물건의 수가 적은 게 맞지? 이게 일반적인 상태가 아니라는 건 카리나의 말로 증명되었다.

"아뇨, 그것보다 오늘은 무엇을 사실 건가요?"

남자는 어물쩍 넘기려는 듯 거래 이야기로 넘어간다.

이제 막 만난 내가 물을 수도 없어서 라사 씨에게 받은 레시피에 적힌 향신료 이름을 불렀다. 사실 이름이 적혀 있지만 나는 그것이 무엇인지 몰랐다.

카레 가루라고 적혀 있다면 알겠지만 그렇게 적혀 있을 리는 없으므로 남자에게 물었다.

"저기, 그건 이거죠. 그리고 이거, 거기에……."

향신료가 든 몇 종류의 병을 가리켰다.

"그래서 어느 정도 필요하지?"

"전부요."

"……."

"전부."

나는 한 번 더 대답했다.

"아가씨, 돈은 괜찮은 거야? 아가씨가 어딘가의 영애일지도 모르지만, 향신료는 나름대로 비싸."

뭐, 각각의 향신료 쪽에 가격이 적혀 있어서 그 정도는 안다.

"돈이라면 있으니까 걱정하지 마세요."

“그렇군, 그렇다면 큰 도움이 될 거야.”

“큰 도움이요?”

“조만간 이 마을을 떠나려고 생각하던 참이거든.”

“마을을 떠날 건가요?”

남자는 카리나를 보고 입을 다물었지만 이미 늦었다. 눈을 좌우로 움직이며 말하기 어렵다는 얼굴을 했다.

“죄송해요. 카리나 님도 호수의 물이 줄어든 것과 피라미드에 마물이 증가한 것, 이변이 일어나고 있다는 건 알고 계실 겁니다. 이 마을도 언제 마물에게 둘러싸일지 모르죠. 늦으면 떠날 수 없을지도 몰라요. 그래서 아내와 의논한 결과, 서둘러 마을을 떠나기로 정했습니다.”

그래서 가게의 상품이 절반 정도 없었던 거군.

“잠깐만요. 호수의 물은 되돌릴 거예요. 그러니까 조금 더 기다려주세요. 마물도 아버님이 어떻게든 해주실 거예요.”

“카리나 님…….”

남자는 죄송스러운 얼굴을 짓는다.

“같은 생각을 가진 사람은 적지 않을 겁니다. 마물이라면 모험가를 고용해서 어떻게 될지 모르지만, 호수의 물이 줄어드는 건 누구라도 막을 수 없는 일이죠.”

아아, 물의 마석에 관해서는 모르는구나. 그렇다면 불안해지기 마련이다. 바리마 씨도 쉽게는 말할 수 없을 테니 어려운 부분이었다. 만약 커다란 물의 마석이 있다는 게 알려진다면 훔치려는 사람이 나타날 수도 있다. 서둘러 대처했다면 문제가 없었겠지만 여러 가지로 불운이 겹쳐서 지금의 상황이 됐다.

"오랫동안 지냈던 땅이에요. 저희도 떠나고 싶지 않죠. 하지만 아이들이 있어서……."

"……."

남자의 말에 카리나는 고개를 떨구고 말았다. 나는 그런 카리나의 머리에 손을 올리고 남자에게 말을 걸었다.

"그렇지만 아직 나중의 일이잖아요."

"그래, 준비를 하는 단계야."

"그런 거라면 마을을 떠날 필요는 없어요. 며칠 내에 마물이 사라질 거고, 호수의 물도 원래대로 돌아올 거니까요. 그렇지, 카리나?"

나는 카리나를 바라보며 미소 지었다.

"지금, 아버님이 대처해주시고 계세요. 저도 힘을 낼게요. 그러니까 조금만 더 기다려주세요."

카리나는 깊히 고개를 숙이며 부탁했다.

"카리나 님, 고개를 들어주세요. 며칠이면 되는 거죠?"

"네, 반드시 호수를 원래대로 돌려놓을게요."

카리나는 강하게 약속했다.

나는 향신료를 사고 가게에서 나왔다.

카리나는 조금 풀이 죽은 것 같았다. 하지만 마을에서 떠나려고 생각하는 건 어쩔 수 없다. 호수의 물이 주변의 기온을 낮춰줬다고 하니 호수가 사라지면 기온이 올라서 살기 어려워진다.

"카리나, 괜찮아. 수정판을 찾아서 마석을 교체하면 되니까."

"유나 씨……."

최악의 경우, 수정판을 발견하지 못한다면 내가 단독으로 미궁을 클리어해서 물의 마석을 교체하는 방법도 있었다.

하지만 이야기에 나왔던 함정이 성가시니까 가능하면 수정판을 손에 넣고 싶다.

331 곰 씨, 멜 씨 일행과 차를 마시다

카리나를 위로하면서 마을을 걷고 있는데 앞에서 낯익은 사람이 달려왔다.

"유나, 발견!"

"멜 씨?"

멜 씨가 안겨 왔다.

그 모습을 세니아 씨가 질렸다는 표정으로 바라봤다. 보고만 있을 게 아니라 말려야지.

"세니아 씨 일행도 도착하셨네요."

"응, 조금 전에 도착했어. 그래서 멜이 유나를 찾으러 가겠다고 말을 꺼내서……."

"그거야, 같이 식사하기로 약속했잖아."

확실히 그렇긴 하지만 약속했던 건 제이드 씨였다. 하지만 장본인인 제이드 씨와 토우야 두 사람의 모습은 없었다.

"제이드 씨랑 토우야는요?"

"두 사람은 모험가 길드에 보고하러 갔어. 우리는 따로 움직이면서 유나를 찾고 있던 거야. 문에 있던 사람에게 유나에 관해 물었더니 숙소를 알려줬다고 해서 가봤는데, 곰 옷차림을 한 여자아이는 오지 않았다고 해서 마을을 돌아다니며 찾았던 거지. 유나의 옷차림은 눈에 잘 띄니까. 적당히 걷고 있는데 곰이라고 말하는 사람이 있어서 물어봤더니 이쪽에 곰 옷차림을 한 여자아이가 걷고 있다고 해서 쫓아왔던 거야."

뭐, 이 마을에서 곰 옷차림을 한 여자아이가 걷고 있다고 하면 100퍼센트 확률로 나다. 여기가 크리모니아였다면 고아원 아이들이 곰 유니폼을 입고 있어서 확률이 떨어진다.

"저기, 유나 씨, 이쪽 분은?"

"지인인 모험가야."

나는 멜 씨와 세니아 씨를 소개하고 카리나에 대해서도 소개했다.

"영주의 딸?"

"카리나라고 합니다."

"귀여운 아이네."

멜 씨에게 칭찬을 받자 카리나는 볼을 붉히며 쑥스러워했다.

"그럼, 모처럼 만났으니까 다 같이 차라도 마실까? 물론, 카리나도 같이 말이야."

나와 카리나는 거절하지 못하고 함께 끌려갔다.

멜 씨가 데려간 곳은 숙소였다. 예상이지만 이곳은 내가 머물 예정이었던 숙소일 거다. 숙소의 1층은 식사와 휴식을 취할 수 있게 되어 있었다.

이곳으로 정한 이유는 멜 씨 일행이 머무르고 있기도 하고, 나를 발견하면 이 숙소에서 모이기로 했다고 한다.

그리고 멜 씨가 숙소에서 일하는 점원에게 대충 음료를 주문해 줬다.

"그러고 보니 유나는 어느 숙소에 머물고 있어? 처음엔 이 숙소라고 생각했는데."

나도 처음엔 그럴 생각이었다.

"여기 있는 카리나의 집에서 머물고 있어요."

"카리나의 집? 그렇다는 건, 영주님의 집이라는 거야?"

"물건을 전달할 곳이 카리나의 집이었거든요."

"그러고 보니, 유나는 전달할 물건이 있다고 했었지."

"네, 유나 씨는 소중한 물건을 가져다주었어요. 그래서 머무는 동안은 저희 집에서 묵어달라고 했죠."

카리나가 중요한 부분은 숨기고 설명했다.

"그래서 유나는 언제까지 이 마을에 있을 거야?"

"잠시, 카리나의 부친께 일을 받아서 조금 더 있을 거예요."

"일?"

내가 일이라는 말을 꺼내자 두 사람은 흥미롭다는 표정을 지었다.

"돈의 냄새가 나는데."

세니아 씨가 반응했다.

돈이 될지 안 될지는 모르겠으나 힘든 일이라는 건 틀림없다.

"그 일이라는 거, 유나 혼자 하는 거야?"

"그럴리가요. 아마도 모험가 길드에 의뢰할 거예요."

오늘 아침, 바리마 씨가 메이드 중 한 명에게 시켜서 모험가 길드에 편지를 보냈다고 라사 씨에게 이야기를 들었다. 원래는 라사 씨가 전달하러 갔어야 했지만, 푸딩 만들기가 있어서 배려해준 바리마 씨가 다른 메이드에게 부탁했다고 했다.

"오호라, 그렇군. 그러면 우리도 그 의뢰를 받을까?"

"카리나의 부친이라는 건 영주님의 일이라는 거지? 분명 돈이 될 거야."

"정말인가요?!"

멜 씨와 세니아 씨의 말을 들은 카리나가 자리에서 일어섰다.

"카리나?"

갑자기 몸을 일으킨 카리나를 보고 놀란 두 사람.

나는 카리나를 진정시켰다.

"죄송합니다."

사과하고 자리에 앉는 카리나.

"그…… 정말로 도와주실 건가요?"

카리나는 다시 한 번 두 사람에게 확인했다.

"물론, 일의 내용이랑 보수에 따르겠지만. 유나가 참가하는 거라면 저렴해도 괜찮다고 생각해."

"멜 씨는 이 마을의 상황을 어디까지 알고 계신가요?"

"설마, 호수의 물이 줄고 있는 상황을 말하는 거니?"

두 사람은 피라미드에 마물이 모여들고 있다는 사실을 모르는 것 같아서 설명했다.

"그 피라미드에 마물이? 혹시 그 마물을 토벌하는 게 임무야?"

"그것도 있지만, 피라미드 안에서 찾아야 할 물건도 있다고 할까……."

"찾을 물건?"

어디까지 이야기를 해도 좋을지 몰라서 그 이상은 이야기할 수 없었다.

"그래도 마물 토벌이라면 도울게. 이봐, 세니아도 괜찮지?"

"그래."

"그렇게 간단하게 정해도 돼요? 제이드 씨랑 토우야와 상담도 안 하고……."

"두 사람이 거절하면 우리 둘이라도 도울게."

멜 씨의 말에 세니아 씨가 고개를 끄덕였다.

"정말로 괜찮으세요? 마물의 수는 많아요. 다른 모험가들은 아무도 받아주지 않을 정도로 위험한 일이 될 거예요."

카리나가 몇 번이고 몇 번이고 확인했다.

"확인은 하지 않았지만, 많다는 모양이에요."

두 사람은 가볍게 고민하더니 곧바로 대답을 내놓는다.

"뭐, 유나가 있으면 괜찮겠지."

"우리가 나설 자리조차 없을지도 몰라."

그렇게 남에게 기대를 받아도 곤란한데. 이 세계에는 마물을 무찌른 후의 뒤처리라는 일도 있다.

가능하다면 뒤처리는 하고 싶지 않으니까 도와주면 도움이 될 거다.

"저기, 역시 유나 씨는 대단한 사람인가요?"

"으음~ 보통이라면 믿지 않을 법한 소문투성이지만, 모두 다 사실이니까."

"보통은 이 귀여운 곰 옷차림을 한 여자아이가 강할 거라고 믿지 않지."

제멋대로 말들을 하지만 사실이니까 어쩔 수 없나.

"두 분은 유나 씨가 강하다는 걸 믿으시나 봐요."

"뭐, 같이 일한 적이 있거든."

"그, 유나 씨의 이야기를 들려주실 수 있나요?"

갑자기 카리나가 이상한 말을 꺼냈다. 그것을 들은 두 사람은 수상쩍은 미소를 띠었다.

"그럼 유나의 전설에 관해 이야기해줄까?"

"유나 씨의 전설이요?"

멜 씨의 말에 카리나가 눈을 반짝였다.

애초에 그게 뭐야? 유나의 전설이라니. 그런 전설을 만든 기억은 없어.

그렇지만 싫은 예감만 든다는 건 확실하다.

"저기, 카리나, 슬슬 돌아갈까? 멜 씨도 의뢰를 받으면 잘 부탁

드릴게요."

지금은 도망치는 게 이기는 거다.

나는 자리에서 일어났지만 테이블 위에 올려져 있던 곰 장갑을 멜 씨와 세니아 씨가 붙잡았다.

"어째서 잡는 건가요?"

"여자아이가 유나에 관한 이야기를 듣고 싶다고 하잖아."

"놓치지 않을 거야."

두 사람이 나를 놓치지 않으려 했다.

뿌리칠 수는 있지만 힘을 주게 된다면 일이 커질 거다.

"유나 씨, 이야기를 들으면 안 되나요? 하지만, 유나 씨가 싫다면……."

카리나는 죄송스러운 표정을 지었다.

그런 얼굴을 하면 강제로 데리고 갈 수가 없다.

나는 포기하고 의자에 앉았다.

"이상한 말을 하면 나갈 거예요."

그런 뒤 멜 씨, 세니아 씨에 의해 나의 전설에 관한 이야기가 시작됐다.

모험가를 때려눕힌 일과 골렘 참살 사건에 고블린 킹 토벌, 블랙 바이퍼 토벌, 함께 골렘 토벌을 했던 이야기를 했다.

"암석 골렘을 펀치 한 방으로 쓰러뜨렸고."

"펀치?!"

"그리고 말이야……."

멜 씨와 세니아 씨의 이야기가 흥미진진한 카리나.

"그리고 우리랑 다른 모험가가 토벌을 포기한 골렘을 유나가 혼자서 무찔렀어."

카리나가 믿기지 않는 표정으로 나를 바라봤다.

"이렇게 귀여운 곰 옷차림을 한 여자아이가 쓰러뜨리다니 도저히 믿기지 않지?"

"네."

즉답이라…… 뭐, 당연하지만. 첫인상으로 나를 강하다고 알아차리는 사람은 없다. 있다면 그건 그거대로 무섭다.

"게다가 그 공로를 포기하고 우리에게 양보했어."

"그랬나요?"

"주목받고 싶지 않다는 이유만으로 말이야."

"그런 복장을 하고 있으면서, 설득력이 없어."

세니아 씨가 단호하게 말했다.

그런 건 이미 알고 있다. 그래서 조금이라도 주목을 받을 요소는 없애고 싶은 거다.

"그리고 크라켄을 무찔렀다는 소문까지 들리고……."

"아무리 그래도 그건 아니겠지."

멜 씨와 세니아 씨가 웃었다.

"그건, 사실……."

카리나가 무언가를 말하려고 한 순간, 나는 옆에 앉은 카리나의 입을 막았다.

"왜 그래?"

"아무것도 아니에요. 그렇지, 카리나."

나는 카리나의 눈을 봤다. 내가 말하고자 하는 것을 알아차렸는지 카리나는 작게 고개를 끄덕였다.

위험했다. 조금 늦었으면 크라켄에 관한 내용까지 소문이 날 뻔했다.

나를 제외하고 즐겁게 대화를 나누고 있는데 입구에서 제이드 씨와 토우야가 들어오는 게 보였다. 제이드 씨도 우리를 발견한 듯 이쪽으로 다가왔다.

"잘 찾았네?"

"걷고 있는 걸 포획했지."

아무리 곰 옷차림을 하고 있어도 사람을 동물처럼 말하지 말아줬으면 한다.

"그렇지, 제이드, 나랑 세니아는 유나의 일을 돕기로 했어."

"일?"

멜 씨는 일의 내용을 설명했다.

"아아, 그 의뢰라면 모험가 길드에서 봤어. 길드에서도 부탁을 받았지."

"그래?"

"단, 멜이 말한 대로 마물의 수가 장난 아니라고 하더라고. 그래서 받기 전에 라가르트를 타고 보고 왔어."

일부러 보고 왔구나. 뭐, 간단하게는 받을 수 없겠지.

나도 한 번 상황을 보러 가보는 게 좋을까?

"그래서, 아무래도 무리일 것 같아서 거절하고 왔어."

"그렇게 수가 많아?"

"그래, 멀리서 보기만 했는데 많은 양의 모래가 움직이는 게 보였거든."

"울프라면 문제 될 건 없었는데 웜이 모래 안에 있어서 말이야. 그래도 유나가 참가하는 거라면 받을까?"

"유나가 있으면 얼마 전이랑 똑같이 무찌를 수 있겠지."

"숫자가 많아서 똑같이 할 수 있을지 없을지가 문제야."

"유나, 괜찮아?"

"어느 정도인지는 모르지만, 모래에서 꺼내기만 하는 건 쉽죠."

"보통은 그게 성가신 일인데 말이야."

"그러면 토우야, 길드에 혼자 달려가서 받고 와."

"나, 혼자서? 아니야, 다 같이 가자."

"귀찮아."

"힘내."

두 사람에게서 부정적인 말이 나왔다.

토우야는 쓸쓸한 표정을 지었다. 그런 토우야의 어깨를 제이드 씨가 두드렸다.

"내가 따라가 줄게."

"제이드……."

"뭐, 리더의 역할이니까."

"다들 정말로 유나 씨를 신용하고 있네요."

처음에는 회의적이던 제이드 씨가 내가 참가했다는 걸 듣고 나서는 의뢰를 받아도 좋다고 말하는 게, 카리나에게는 이상했던 모양이다.

"뭐, 보통이라면 이런 곰 옷차림을 한 여자아이를 믿지는 않지."

토우야가 남의 머리를 통통 친다.

"그리고 이 곰 아가씨를 믿는 건 크리모니아 마을에 있는 모험가 정도겠지."

"게다가 우리는 같이 일한 적이 있기도 하고, 여기로 오는 도중에도 같이 웜을 무찔렀거든."

"유나가 강하다는 건 인정하고 있어."

그 강함도 곰 장비 덕분이지만 말이다.

"모두 감사드려요."

카리나는 약간 눈물을 글썽이고 있었다. 모험가가 의뢰를 받아주는 것이 기뻤나 보다.

332 곰 씨, 피라미드를 향해 출발하다

제이드 씨 일행이 참가하게 되어 카리나는 기뻐했다.

저녁 식사를 마친 나는 꼬맹이화 된 곰돌이와 곰순이를 끌어안은 채 곰 폰에 마력을 보냈다.

「유나 언니? 무슨 일이에요?」

곰 폰에서 며칠만의 피나의 목소리가 들려왔다. 떨어져 있어도 대화를 할 수 있다니 정말로 곰 폰은 편리하다.

"그쪽은 어떤가 싶어서, 아무 일 없어?"

「네, 괜찮긴 한데…….」

곰 폰에서 들려오는 피나의 목소리는 조금 곤란한 느낌이 들었다.

"왜 그래?"

「카린 언니랑 안즈 언니가 유나 언니처럼 신체 사이즈를 재기 싫어해서…….」

그런 일이 있었군. 그래도 카린과 안즈의 마음은 이해가 간다. 피나도 조금 더 어른이 된다면 신체 사이즈를 재는 공포감이 몸으로 전해지겠지.

하지만 카린 씨도 안즈도 나보다도 크니까 괜찮잖아. 그 부분은 동지가 아니다.

"그럼, 사이즈 쪽은?"

「셰리가 울 것처럼 하니까 재게 해줬어요.」

셰리, 눈물의 호소를 알아버렸구나?

미래에 악녀가 되면 곤란하니 남자에게는 쓰지 않도록 가르쳐야겠군.

「아니요, 유나 언니에게 부탁받은 일인데 할 수 없는 게 슬펐던 모양이에요.」

아무래도 내 마음속 목소리가 흘러나왔던 모양이다.

셰리는 악녀가 아니라 올곧은 어른이 될 것 같다. 그건 그거대로 걱정이 된다.

"나머진 괜찮고?"

「고아원 사람들 모두에게 바다에 갈 거라고 이야기했더니 무척 기뻐해 줬는데, 어머니랑 원장 선생님이 흥분한 아이들을 조용히 시키느라 고생하셨어요」

피나의 목소리에서 고생스러움이 묻어져 나왔지만 피나도 어린 애잖아, 라고 지적하고 싶어졌다.

그래도 기뻐하는 모양이라 다행이다. 좋아해 주는 게 가장 기쁘다.

"그래서 새를 돌봐줄 사람은 괜찮을 것 같아?"

「어머니가 밀레느 씨에게 말하셨어요. 아마 괜찮을 거래요」

이것으로 문제점 중 하나는 해결됐다.

새를 돌보는 것을 대신해 줄 사람이 없으면 계획을 다시 세워야 하니까.

"수영복 쪽은?"

「어쩐지 셰리가 엄청난 의욕적이어서 난리인가 봐요」

"무슨 말이야?"

「만드는 게 재미있는지 유나 언니가 그려준 수영복 말고도 만들고 있어요. 색이랑 무늬를 생각하면서 말이에요」

내가 그린 건 죄다 검정이긴 했지. 색이나 세세한 부분은 셰리에게 맡겼다.

"그러고 보니 내 수영복은 어떻게 됐는지 들었어?"

사이즈를 재기만 했을 뿐 나는 수영복을 정하지 않았다.

콕 집어 뭐가 좋다는 건 아니지만 이상한 건 참아줬으면 좋겠다.

「아아, 유나 언니, 죄송해요. 어머니가 부르세요」

"괜찮아, 가봐. 혹시 무슨 일 있으면 연락 줘. 곰 이동문이 있으니까 금방 달려갈 수 있어."

「네, 알겠어요. 유나 언니도 빨리 돌아오세요」

통화가 끊겼다.

바다로 갈 준비는 순조로운 것 같다. 그렇다면 얼른 의뢰를 해결하고 돌아가야겠네.

그리고 피라미드로 가는 당일.

제이드 씨 일행 외에도 또 하나의 파티가 참가하기로 했다고 한다.

출발하기 전에 바리마 씨 집에 모이기로 했다.

먼저 바리마 씨의 집에 머무는 나와 제이드 씨 일행이 찾아왔고, 마지막으로 다른 하나의 파티가 찾아왔다.

“얼마 전의 곰?”

방에 들어오자마자 남자는 나를 보고 말했다.

누구? 어디선가 만난 적 있었나?

내가 고개를 갸웃거리자 옆에 있던 카리나가 작은 목소리로 알려줬다.

“저를 밀치려 했던 모험가예요.”

아아, 그때구나. 그럼, 그 뒤에서 이쪽을 보고 덜덜 떨고 있는 건 나를 블러디 베어라고 불렀던 모험가인가.

그리고 간단하게 자기소개 등이 이루어졌다.

파티는 5명. 리더는 아까 그 남자로, 이름은 우라간. 다른 멤버의 이름도 들었지만 잊어버렸다. 뭐, 외울 필요가 없으니까 괜찮겠지.

그리고 바리마 씨가 의뢰 내용의 최종 확인을 했다.

“그럼, 저희는 이 곰과 따님을 피라미드까지 호위하면 되는 거죠?”

며칠 전, 카리나를 떨쳐냈던 모험가들은 피라미드까지의 호위를 맡았다고 했다. 아무래도 바리마 씨와 의논한 결과 그렇게 됐다고 한다.

그리고 제이드 씨 일행은 피라미드 안까지 따라와 주기로 했다.

“정말로 피라미드 안까지 따라가서 딸의 호위를 해줄 수 있나요?”

“대부분 유나가 지킬 거라서 저희는 보조만 할 거예요.”

"그거라도 도움이 됩니다."

바리마 씨는 진심으로 고마워했다.

뭐, 실제로 받아준 건 두 파티뿐이라 감사하고 싶겠지.

준비를 마치고 우리는 마을을 나섰다.

카리나를 포함하여 제이드 씨 일행은 모두 후드가 달린 망토를 입어서 더위를 피했다. 그러나 나는 곰 옷차림을 하고 있었다.

"유나 씨, 정말로 덥지 않으세요?"

"이 옷은 내열 효과도 잘 되어 있어서 괜찮아."

카리나가 걱정해줬다. 하지만 덥지도 않고 춥지도 않다. 정말로 딱 좋은 느낌이다.

"그렇군요. 그래도 유나 씨를 보고 있으면 더워져요."

뭐, 그 마음을 모르는 건 아니다. 제이드 씨 일행에게는 설명해 줬지만, 모르는 우라간 일행도 이상한 눈초리로 바라보고 있다.

마을 밖으로 나온 나는 곰돌이와 곰순이를 소환하여 나는 곰돌이에, 카리나는 곰순이에 탔다.

제이드 씨 일행은 라가르트를 두 마리 빌려 각각 제이드 씨와 멜 씨, 토우야와 세니아 씨가 타고 있다. 우라간 파티도 각각 라가르트를 타고 있었다.

우라간 일행은 곰돌이와 곰순이를 보고 놀랐지만 제이드 씨가 무언가 설명을 하자 미묘한 얼굴을 지었다.

그래도 납득을 한 것인지 나에게 물어오는 일은 없었다. 정말로 제이드 씨에게는 감사한다.

그건 그렇고, 도마뱀을 닮은 라가르트가 즐비하니까 곰돌이와 곰순이가 여기 있으면 안 될 것처럼 느껴졌다.

뭐, 그래도 타야한다면 곰돌이와 곰순이를 고르겠지만…….

피라미드 근처까지 다다르자 사막의 모래가 움직이는 것을 알 수 있었다.

곰 탐지 스킬을 사용하자 꽤 많은 샌드 웜이 있었다.

"어이, 수가 많아."

우라간이 당황한 목소리를 냈지만 그런 건 다들 알고 있었다.

그러나 모두에게 보이지 않는 것까지 보고 있는 나로서는 생각보다 더 많이 있다는 것을 알 수 있었다.

"어쩔 셈이야. 뭉쳐서 한 번에 피라미드까지 달려갈 거야?"

"유나, 어떻게 할래?"

제이드 씨가 나에게 물었다.

"어째서 그 곰에게 묻는 거야?"

"바리마 씨에게 되도록 그녀의 지시를 따르라고 들었잖아."

"어이, 이봐, 랭크 C 파티의 리더님이 무슨 말을 하는 거야. 정말로 이런 곰 아가씨의 지시를 따를 작정이야?"

제이드 씨의 말에 우라간은 코웃음을 쳤다.

그러고 보니, 내 랭크는 모르던가?

참고로 우라간 파티는 C에 가까운 랭크 D라고 했다.

"그야 따라야지. 이 중에서 가장 세거든."

"진심으로 하는 말이야?"

"너도 유나의 실력을 안다면 이해하겠지."

"곰을 따르다 죽는 건 사양하겠어."

"그때는 도망치면 돼. 의뢰인에게도 허가를 받았잖아."

바리마 씨는 위험을 느끼면 무리하지 말고 돌아와도 된다고 말했다.

"알겠어. 그때는 도망치도록 하지."

뭐, 그 부분은 자유롭게 하면 된다. 카리나는 내가 지킬 테니까.

"그래서, 유나, 어쩔래?"

멜 씨가 물어왔다.

어떻게 할지 물어도…… 나는 탐지 스킬을 보고 조금 생각했다.

"귀찮으니까 전부 무찌를까요?"

피라미드 내부가 어떻게 되어 있는지 모르고 안까지 쫓아오면 그것도 귀찮다. 그렇다면 먼저 토벌하는 편이 안전하고 돌아갈 때도 편해진다.

"이봐, 진심이야?"

"어차피 쓰러뜨려야 하니까."

앞으로의 일을 생각하면 쓰러뜨리는 편이 좋다. 그렇다면 그게 나중이 될지 먼저가 될지의 차이일 뿐이다.

"어이, 쉽게 말하지 마. 이렇게 많다고."

"괜찮아. 뭐, 모두가 열심히 해줘야 하지만 말이야."

"진심이냐."

토우야가 믿기지 않는 얼굴을 했다.

"이봐 우리에게도 설명을 해줘."

내가 샌드 웜을 파내면 다른 멤버가 일격을 가한다. 간단한 작업이다.

그 이야기를 제이드 씨가 나 대신 우라간에게 설명해줬다. 제이드 씨의 이런 배려가 새삼 고맙다.

조금 전부터 트러블이 생기지 않도록 먼저 나서서 대처해주고 있다.

그러고 보니 바보레인저를 상대할 때도 대단했지. 제이드 씨는 이런 상황에 익숙한 걸지도 모른다.

"그런 게 가능한 거야?"

제이드 씨에게 설명을 들은 우라간은 놀란 목소리를 높였다.

"가능한 건 우리가 보증하지. 문제는 우리가 샌드 웜이 모래 안으로 숨어들기 전에 무찌르는 게 가능하냐 그러지 않냐는 거야."

"후후, 아가씨가 정말로 그런 게 가능하다면 모래 안으로 도망치기 전에 쓰러뜨려 주지."

제이드 씨 왈, 샌드 웜 자체는 약하다고 했다. 단지, 모래 안에 있는 게 성가시다는 것. 그건 우라간도 똑같이 생각하는 모양인지 가능하다면 해 보이겠다는 느낌이었다.

뭐, 할 수 밖에 없겠지만…….

"이 곰 아가씨가 샌드 웜을 모래에서 꺼내준다고 하니, 그걸 우리가 처리하는 거야. 그것만 하면 되니까 한 마리도 놓치지 말자고."

우라간이 동료에게 말을 하자 모두가 커다란 목소리로 대답했다.

샌드 웜의 수를 모르니까 할 수 있는 대사지. 모두가 생각하는 것보다 많다고.

"그래서 분배는 어떻게 할 거야? 우리 쪽이 인원이 많으니까 많이 받겠지?"

"나는 필요 없으니까 전부 줄게."

"그렇지, 우리는 토벌한 뒤에 피라미드로 갈 거야. 마물 해체를 그쪽에서 해준다면 우리 몫의 반을 주지."

"거래 성립이네."

우라간이 웃었다. 제이드 씨도 웃는다.

이 거래는 어느 쪽이 이긴 걸까?

우라간은 보수를 많이 받을 수 있어서 기쁘고, 제이드 씨는 해체를 떠넘길 수 있어서 기뻐 보였다.

샌드 웜이 많아서 마석 등의 보수가 많아지는 것을 기뻐할까. 아니면 많은 양의 해체를 떠맡게 되어서 슬퍼할까. 이건 훗날 우라간만 알겠지.

"카리나는 위험하니까 곰순이랑 여기에 남아 있어. 절대로 곰순이에게서 떨어지면 안 된다.”

“네, 유나 씨, 조심하세요.”

“괜찮아. 얼른 무찌르고 돌아올게. 곰순이도 카리나를 부탁해. 무슨 일 생기면 마을로 돌아가도 되니까 말이야.”

곰순이는 조금 싫은지 「크~응」 하고 울었다.

아무래도 카리나를 지키는 것이 싫은 게 아니라 나를 두고 가는 게 싫은 모양이다.

“나는 괜찮아. 여차하면 토우야를 희생시키고 도망칠 거니까.”

“어이!”

토우야가 들은 것 같다. 나와 곰순이의 중요한 이야기를 엿듣다니 남자로서 실격이야.

뭐, 그런 토우야는 무시하고 곰순이를 설득했다.

“그럼, 카리나를 부탁할게.”

내가 곰순이의 머리를 쓰다듬어주자 곰순이는 「크~응」 하고 울었다.

그리고 나는 곰돌이의 등에 탔고 그 뒤에 어째서인지 멜 씨가 타게 되었다.

“뒤에 마법을 쓸 수 있는 사람이 타면 편하잖아.”

그렇다고 했다. 내가 봤을 땐 곰돌이를 타고 싶은 거로만 보이는데…….

“검을 휘두르면 멜이 위험할지도 모르니까 부탁해.”

제이드 씨에게 그 말을 들으니 거절할 수 없다.

"장난치면 떨어뜨릴 거예요."

"그런 짓 안 해."

그렇게 말하면서 내 옷을 붙잡았다.

그런 뒤 세니아 씨가 카리나의 호위를 자처하고 곰순이의 등에 탔다.

아무리 봐도 곰순이를 타고 싶어 하는 것뿐이잖아.

"카리나는 내가 지킬 테니까 안심해."

그래도 세니아 씨가 함께 있어 준다면 안심이다.

성격은 조금 이상해도 세니아 씨의 나이프 다루는 실력은 일류다. 샌드 웜 정도라면 간단하게 무찌를 수 있겠지.

각각의 준비가 끝나서 샌드 웜 토벌 작전을 개시했다.

선두를 곰돌이가 달린다. 그 오른쪽 뒤를 라가르트에 탄 제이드 씨와 토우야가 달리고, 왼쪽 뒤를 라가르트를 탄 우라간 파티가 달렸다.

땅을 향해 바람 마법의 공기탄을 날리자 울프 정도 크기의 샌드 웜이 튕겨 올라왔다. 그것을 제이드 씨와 토우야가 조각냈다.

그 뒤에서 우라간 파티는 놀라고 있었다. 그렇게 놀랄 겨를이 없다고.

나는 오른쪽, 왼쪽, 오른쪽, 오른쪽, 왼쪽 순서로 공기탄을 지면에 날렸다. 그럴 때마다 샌드 웜이 모래에서 튕겨 나와 모래 위로 떨어졌다. 샌드 웜은 지면에 떨어진 물고기처럼 파닥이며 모래 안으로 도망치려고 했지만 우라간 파티도 곧장 공격해서 놓치지 않았다. 또는 멜 씨가 바람 마법으로 샌드 웜을 공격해 무찔렀다.

좋은 느낌이야.

"그럼, 속도를 올릴게요."

곰돌이가 속도를 올렸다.

"이봐!"

"기다려, 곰!"

"장난치지 마!"

들리지 않는 척을 하고 계속 샌드 웜을 튀어나오게 했다. 월척이네. 샌드 웜이긴 하지만…….

"젠장!"

"너희들! 모래 안으로 못 도망가게 해."

우라간도 포기한 듯 열심히 뒤따라왔다.

뭐, 무리일 것 같으면 나도 공격에 참여하면 된다.

저쪽에 5마리가 모여있네. 커다란 공기탄을 날리자 다 같이 튀어 올랐다. 이게 샌드 웜이 아니라면 조금 기쁠 테지만, 아무래도 벌레 계열은 거북해서 기쁘지 않다.

나는 탐지 스킬을 사용하면서 샌드 웜이 많이 모인 장소를 중점적으로 노려 공격했다. 우리가 지나온 곳에는 샌드 웜의 시체로 길이 생겼다.

333 곰 씨, 샌드 웜을 토벌하다

우라간 일행이 뒤에서 시끄럽게 불만을 토로했지만, 모두 제대로 토벌하고 있다.

순조롭다.

땅을 향해 공기탄을 날린다. 샌드 웜이 모래 안에서 나와 공중에 떠오른다. 샌드 웜이 육지에 올라온 물고기처럼 떨어진다. 그곳에 멜 씨가 마법을 날린다.

멜 씨는 곰돌이의 등에 옆구리를 가져다 대고 한 손을 내 어깨에 둔 채 마법 공격을 날렸다. 멜 씨는 내 곰 장갑이 향하는 위치를 보고 타이밍을 맞춰서 정확하게 샌드 웜에게 치명상을 입혔고, 제이드 씨 일행이 일격을 가했다. 그게 몇 번이나 반복된다.

멜 씨의 수호 덕분에 제이드 씨 일행의 체력 소모를 억제할 수 있었다.

“유나! 아직도 남았나?”

뒤에서 제이드 씨가 숨을 헐떡이며 물어왔다. 멜 씨 덕분에 체력 소모가 적어졌다고 해도 지치지 않는 것은 아니다. 서서히 체력이 줄어간다.

곰 탐지 스킬로 확인하자 처음의 수보다는 반 정도 줄었다. 꽤 무찔렀는데도 아직 많이 남아 있었다. 정말로 많은 샌드 웜이 피라미드 주변에 모여들었던 모양이다.

"아직 이쪽으로 가지 않아서, 많이 남았어요."

샌드 웜의 사체를 보면 돌지 않은 장소는 명백하다.

우리를 먹이로 인식해서 조금씩 모여들고 있지만 샌드 웜은 아직도 많았다.

"우라간! 아직 괜찮나?"

"다, 당연히 괜찮지. 나를 누구라고 생각하는 거야."

제이드 씨가 우라간에게 확인했고 우라간은 센 척하면서 대답했다. 허세를 부리는 게 훤히 보였다.

그래도 약한 소리를 하는 것보다는 좋다.

그럼, 그 말에 힘입어 나머지 샌드 웜을 처리하러 가볼까요.

"내가 뒤에서 도와줄게."

뒤에 탄 멜 씨가 모두에게 말했다.

나는 샌드 웜을 계속 파내었다. 그렇다 치더라도 따분한 작업이다. 이게 생선이나 먹을 수 있는 거였다면 기쁠 텐데. 샌드 웜이 많아도 전혀 기쁘지 않다.

같은 작업이 이어졌다.

"이봐, 곰!"

뒤에서 우라간이 불렀지만 흘려듣는다.

"거기 검은색!"

내 이름은 검은색이 아니다.

"아직, 이냐……."

뒤에서의 목소리가 작아진다.

"유나 뒤쪽이……."

"조금만 더요."

"부탁해. 멈춰줘……."

"이걸로 마지막이야."

마지막 공기탄을 날렸다. 이 부근의 샌드 웜은 이것으로 전멸이다.

뒤를 보자 전원이 숨을 헐떡이며 쓰러져 있었다. 마지막에 약한 소리를 하긴 했지만 검을 계속 휘두른 우라간은 꽤 근성이 있는 모양이다.

우라간 이외의 파티 멤버는 여기저기 멈춰 있었다.

"젠장, 이렇게 움직이는 건 오랜만이야."

"더는 못 움직여."

우라간 파티는 숨을 헐떡이며 라가르트의 등에서 쓰러져 있었다. 하지만 이러쿵저러쿵해도 따라 온 것은 대단하네.

정말로 무리라면 나 혼자서 할 생각이었다.

우라간 파티와 달리 제이드 씨 일행이라면 괜찮을 거라고 생각했기 때문이다.

"더는 움직이고 싶지 않아."

토우야가 불만을 토로하며 쓰러져 있었다.

“그래도 정말로 이렇게 많은 샌드 웜을 무찌를 줄은 몰랐어.”

제이드 씨가 주변에 죽어 있는 샌드 웜을 보면서 말했다.

대충 백은 손쉽게 넘고, 몇백 단위였다.

확실히 조금 많네. 그래도 왕도에서의 1만 마리와 비교하면 대단히 적다. 이것으로 피라미드 주변에 있던 샌드 웜은 대부분 토벌했다. 곰 탐지 스킬로 확인해도 조금 보이는 정도였다. 이 정도라면 내버려 둬도 될 거다. 애초에 몇 마리를 쓰러뜨리기 위해 이동하는 건 귀찮다.

“이것으로 피라미드 안으로 들어갈 수 있겠네. 해체는 부탁하지.”

제이드 씨가 지친 우라간에게 사정없이 말했다.

“우, 웃기지 마! 이 많은 걸 우리보고 다 해체하라고?”

“약속했잖아. 유나의 몫과 우리의 몫의 반을 줄 테니까 너희가 해체를 맡기로 말이야.”

제이드 씨는 우라간을 응시했다.

설마, 제이드 씨는 샌드 웜의 수를 파악하고 있던 건가?

그래서 그런 거래를 했던 거야?

제이드 씨의 파티는 어느 쪽이든 나와 카리나와 함께 피라미드 안으로 가야 했다. 그렇지만 샌드 웜의 처리도 필수다. 몫의 절반을 건네면서 자신들은 해체에 참여하지 않고 보수를 얻을 수 있다, 라는 건 너무 과한 생각인가?

“분명히 그렇게 말했지만…….”

우라간은 모래땅 위에 무수히 죽어 있는 샌드 웜을 봤다.

오늘 하루 만에 끝날까?

뭐, 샌드 웜은 울프와 달리 필요한 소재가 거의 없어서 마석을 꺼내고 나면 다른 마물이 다가오지 않도록 처리하기만 하면 된다. 그러니 한 마리에 많은 시간은 걸리지 않을 거다. 하지만 수가 많다. 그리고 위치는 사막 한가운데. 해체하기엔 환경이 좋지 않다.

"일을 여러 개 했다고 생각하면 되잖아."

"젠장, 하면 되잖아. 그렇지만 우리 몫은 확실하게 받을 거야."

분명히 이번 토벌로 많은 보수를 손에 넣게 되겠지. 그걸 알고 있는 우라간은 떨떠름해 하면서 제이드 씨의 말을 받아들였다. 리더인 우라간이 납득하니 동료도 불만을 말하지 않았다.

뭐, 열심히 처리해주지 않으면 다른 마물이 찾아오기 때문에 곤란하다.

우리는 우선 카리나가 있는 곳까지 돌아가기로 했다.

원래의 목적은 카리나를 데리고 피라미드에 들어가는 것이다. 샌드 웜은 대부분 토벌했으니 안심하고 피라미드로 갈 수 있게 되었다.

카리나가 있는 장소로 향해 이동했을 때, 곰돌이가 오른쪽을 향해 「크~응」 하고 울었다.

"왜 그래?"

모래가 움직인다. 샌드 웜?

곰돌이가 경계심이 깃든 소리를 냈다.

탐지 스킬을 사용했다. 반응은 샌드 웜. 한 마리 정도는 남아도 괜찮겠지.

"곰돌아, 괜찮아."

이쪽으로 오면 무찌르면 된다. 방치해도 상관없을 거다.

그렇게 생각하고 있는데 작은 모래 산이 점점 다가왔다. 그 모래의 움직임이 서서히 커졌다. 그 사실에 모두도 알아차린다.

"뭐지?"

작은 모래 파도가 일고 있다고 생각한 순간, 모래가 크게 솟구치고 커다란 샌드 웜이 모래 안에서 나타났다.

"뭐야!"

"이렇게 커다란 게 있었던 거야?"

전에 왕도 근처에서 무찔렀던 웜 정도 크기의 샌드 웜이 나타났다.

곰돌이가 경계했던 건 이것 때문인가 보네.

일반적인 샌드 웜이라고 생각했더니 모습을 보인 건 한 단계 커다란 녀석이었다. 탐지 스킬에는 샌드 웜이라고만 표시되어 있었다. 얼마 전의 벌 때도 그랬지만, 보통 사이즈와 큰 사이즈는 구별해주면 좋겠다. 이 부분이 탐지 스킬의 아쉬운 점이다.

나는 거대 샌드 웜과 대치했다.

설마, 부모였나? 부모가 여기에 있어서 보통 사이즈의 웜이 모여들었던 거야?

그게 아니라면 여기서 낳은 건가?

그렇다고 해도 샌드 웜은 커지면 커질수록 기분이 나쁘네. 끈적거리는 침이 가장 기분 나쁘다.

"유나!"

"젠장, 도망쳐!"

"유나! 어떻게 할 거야?!"

뒤에 있는 멜 씨가 소리쳤고 우라간 파티는 도망쳤다. 제이드 씨는 나와 우라간을 번갈아 바라봤다. 싸울지 도망칠지 고민하는 듯 보였다.

앞으로의 일을 생각하면 토벌하는 편이 좋은 게 당연하다. 나는 곧바로 결정했다.

무엇보다 앞으로 나아가는 데 방해가 된다.

"제가 무찌르고 올게요. 모두는 카리나 쪽으로 가세요."

여기는 여러 명이 함께 싸우는 것보다 혼자인 편이 싸우기 쉽다.

나는 곰돌이의 등에서 내렸다. 귀찮으니 후딱 해치우기로 했다. 커다란 웜의 토벌 방법은 이미 경험했다.

"유나, 나도—."

"멜 씨도 곰돌이랑 카리나가 있는 곳에서 기다려주실래요?"

근처에 있었다가 공격을 당하면 큰일이다.

"유나, 정말로 괜찮겠어?"

"괜찮아요."

제이드 씨에게 대답하고 나는 혼자서 샌드 웜을 향해 달렸다. 샌드 웜은 나를 먹이로 인식한 건지 커다란 입에서 침을 흘리며 기어서 다가왔다.

설마, 나를 곰으로 착각하고 있는 건가?

곰 VS 거대한 샌드 웜의 싸움이 시작된다.

나는 내 쪽으로 거대한 샌드 웜의 주의를 돌리기 위해 화염 마법을 날렸다. 예상한 대로 샌드 웜의 몸에 명중했지만 치명상은 입히지 못했다.

뭐, 지금의 마법은 주의를 돌리기만 했다면 문제는 없다. 가장 피해야 하는 건 카리나와 다른 사람들 쪽으로 가버리는 거다. 곰순이를 타고 있는 카리나라면 도망칠 수 있겠지만 라가르트를 탄 제이드 씨 일행은 도망치지 못할 수도 있다.

어설프게 마을로 도망쳐도 마을에 샌드 웜을 불러들이는 꼴이 된다. 그러니 샌드 웜의 주의를 내게로 돌린다.

그리고 화염 마법을 맞은 샌드 웜은 내 쪽으로 머리를 향했다. 아무래도 잘 먹힌 모양이다. 샌드 웜은 나를 뒤따라왔다.

나는 거리를 두면서 타이밍을 쟀다. 커다란 마물을 토벌하는 방법은 체내 파괴. 그게 가장 간단하고 효과적이다. 몸 안에 중요한 소재가 있으면 이 방법은 사용하지 못하지만 지금은 필요한 소재가 없으니까 문제가 될 건 없다.

샌드 웜의 공격을 피하면서 타이밍을 기다리고 있는데 샌드 웜이 나를 향해 입을 크게 벌렸다.

기다리고 있었습니다.

거리, 타이밍, 딱 들어맞는다.

나는 손에 모으고 있던 마력을 한 번에 해방했다. 내 앞에 작은 곰 화염이 죽 나열됐다.

"곰들아, Go!"

내가 팔을 앞으로 뻗자 곰 화염은 샌드 웜의 커다란 입을 목표로 하여 날아갔다. 그리고 침을 흘리며 쫓아오는 샌드 웜의 입속으로 돌진했다. 곰 화염은 샌드 웜의 체내를 돌아다니며 안쪽에서부터 타들어 갔다. 그와 맞추듯 샌드 웜은 괴로워하면서 몸을 이리저리 꺾었고 몸을 땅에 몇 번이고 부딪쳤다. 보통의 마법으로는 무리지만 내 곰들은 간단하게는 꺼지지 않았다. 안쪽까지 나아갔다.

곰 화염을 체내에 넣은 거대한 샌드 웜은 괴로운 듯 계속해서 땅에 몸을 부딪쳤다. 나머지는 기다리면 움직임이 잦아들 거다. 그것으로 토벌 완료다.

그렇게 편하게 생각하고 있는데 샌드 웜의 몸이 흐물흐물 꺾였다. 그 순간, 샌드 웜의 몸이 나를 향해 다가왔다. 더는 반격하지 않을 거라고 생각했던 나는 반응이 늦었다. 곰 장갑으로 즉시 막았지만 밀려났다.

나는 모래 위를 뒹굴뒹굴뒹굴뒹굴 굴렀다.

그 후 몸을 일으키고는 조금 휘청거렸다.

조금 어지럽지만 몸은 괜찮다. 역시, 곰 장비야.

그러나 방심은 가장 큰 적이라고 했던가. 이대로 쓰러뜨릴 수 있다고 생각해서 방심을 해버렸다.

조금 전의 힘이 마지막 힘이었던 건지 샌드 웜의 움직임은 서서히 약해졌고 조용히 땅에 쓰러져 움직이지 않았다.

일단 나는 탐지 스킬로 죽어 있는 것을 확인했다. 방심해서 공격을 한 방 맞아버렸지만 무사히 토벌할 수 있었다.

토벌했다는 사실을 알리기 위해 제이드 씨 일행 쪽을 보자 곰순이를 탄 카리나가 이쪽으로 오는 게 보였다.

"유나 씨!"

카리나는 곰순이의 등에서 뛰어 내린 후 내 가슴에 뛰어들었다.

"유나 씨, 유나 씨."

카리나는 작은 손으로 내 옷을 붙잡아 몇 번이고 몇 번이고 내 이름을 불렀다.

얼굴을 보니 눈이 빨갛다. 설마, 울고 있었어?

나는 다정하게 카리나의 머리에 손을 올렸다.

"혹시 세니아 씨에게 무슨 짓을 당한 거야?"

곰순이에 탄 세니아 씨를 보면서 물었다.

"나는 아무 짓도 안 했어. 울린 건 유나지."

세니아 씨가 의미 모를 이야기를 했다. 언제 내가 카리나를 울렸지?

조금 전까지 샌드 웜과 싸우기만 했는데. 카리나를 울릴 법한 짓은 하지 않았다. 울렸다면 곁에 있던 세니아 씨다.

"유, 유나 씨……."

카리나는 내 가슴에서 울었다.

나는 세니아 씨에게 눈으로「왜 이래요?」라고 물었다. 이유를 알지 못하면 위로도 못해준다.

"유나가 커다란 샌드 웜에게 혼자서 다가갔잖아. 그래서 카리나가 걱정돼서 울기 시작했어. 걱정을 끼친 유나가 울린 거야."

그렇군 카리나가 운 이유는 알았다. 걱정을 끼친 모양이다.

"심지어 유나가 튕겨 나갔을 때는 대성통곡을 해서 진땀 뺐다고. 어서 미안하다고 말해."

아아, 멀리에서 보면 그렇게 보이려나. 커다란 샌드 웜이 나타나서 도망치는 우라간 일행. 단독으로 샌드 웜에게 향한 나. 게다가 그 샌드 웜에게 내팽개쳐진 나.

사망 플래그가 계속 서 있는 거나 마찬가지지. 싸우는 나에게는 아무 일도 아니었지만 말이다.

"걱정하게 해서 미안해. 그래도 내가 강하다는 건 들었잖아. 그 정도는 괜찮아."

크라켄의 이야기도 들은 카리나다. 커다란 샌드 웜이 나온 정도로 당황할 일도 아닌데.

"알고 있는 것과 보는 건 다르죠. 그렇게 커다란 마물을 향해 혼자서 가다니……."

얼굴을 들어 나를 바라봤다. 그 눈은 새빨개져 있었다.

"저, 저, 유나 씨가 먹히는 줄 알았어요."

눈물 젖은 눈으로 호소했다.

"튀, 튕겨 나갔을 때는, 이제 무리라고……."

카리나의 눈물이 멈추지 않았다.

나는 곰 박스에서 손수건을 꺼내 들고 눈물을 닦아줬다. 정말로 걱정을 끼친 모양이다.

"걱정해줘서 고마워."

나는 카리나가 진정할 때까지 머리를 쓰다듬어줬다.

책임을 느끼고 따라왔지만 역시 카리나는 평범한 10살 소녀구나.

내가 카리나를 위로하고 있는데 제이드 씨와 우라간이 다가왔다.

"정말로 무찌른 거야?"

우라간은 몇 번이고 거대 샌드 웜과 나를 번갈아 봤다.

제이드 씨와 우라간은 샌드 웜을 만지고 확인했다.

"믿기지 않아."

"그 마음은 이해해."

토우야가 동의했다.

"우선 넣어놓을게요."

이대로 꺼내둘 수는 없다.

커다란 샌드 웜의 해체를 우라간 일행에게 맡기는 것도 조금 그러니 곰 박스에 담았다.

다음에 크라켄을 낚을 때 쓰일지도 모른다. 그래도 샌드 웜은 보통의 웜과 비교해서 맛이 없다고 했던가. 뭐, 시험해 보고 낚지 못할 것 같으면 바다에 버리면 될까?

커다란 샌드 웜이 사라진 것을 본 우라간은 눈을 동그랗게 뜨고 놀랐다. 나에게 무언가 말하고 싶어 했지만 물어오지 않아서 무시했다.

그런 모습을 본 제이드 씨가 우라간에게 무언가 설명을 했다.

"갑자기, 커다란 샌드 웜이……저 곰의 손안으로……."

"……포기해."

포기하라고 들렸는데 뭐를 포기하란 거지?

제이드 씨에게 조금 따지고 싶다.

334 곰 씨, 피라미드에 들어가다

“그럼, 슬슬 피라미드에 들어가 볼까.”

어떻게든 카리나를 진정시킨 나는 피라미드를 향해 출발할 것을 제안했다.

우라간 일행은 조금 쉬더니 볼멘소리를 하면서도 샌드 웜 해체를 하러 갔다. 제이드 씨 일행은 이제부터 나와 함께 피라미드 안으로 들어가게 된다. 그렇기에 조금이라도 피로를 회복하려는 듯 커다란 바위 그늘에서 쉬고 있었다.

“카리나, 괜찮니?”

“네, 괜찮아요. 저기, 갑자기 울어서 죄송해요.”

“그래도 이것으로 내가 강하다는 건 알았잖아. 그러니까 카리나는 안심해도 돼. 무슨 일이 있어도 지켜줄 거니까.”

“네.”

샌드 웜과 싸운 걸로 울릴 줄은 몰랐다.

실제로 피나와 다른 아이들조차도 내가 커다란 마물과 싸우는 장면을 본 적은 없다. 만약 피나와 노아가 내가 마물과 싸우는 모습을 지켜봤다면 어떻게 될까. 노아 쪽은 「유나 님, 대단하세요」라며 눈을 반짝일 것 같은데, 피나는 걱정하려나?

우선 피나와 아이들 앞에서 싸울 일이 생긴다면 신경을 써야겠네.

아무리 치트 장비를 입고 있어도 우는 아이에게는 이기지 못한다.

"그런데 유나 씨, 정말로 아무렇지 않으세요? 웜의 공격을 당했는데."

분명히 공격을 받고 뒹굴뒹굴 굴렀다.

"괜찮아. 조금 굴러서 그런지 눈이 빙글빙글 돌았지만 말이야."

조금 휘청이는 흉내를 내보인다. 그러자 카리나가 웃기 시작했다.

"후후, 눈이 빙글빙글 돌았다뇨."

딱히 웃길 작정으로 한 말은 아니지만 웃겼던 모양이다.

"저, 정말로 유나 씨가 멀리 튕겨서 굴렀을 때는 숨이 멎는 줄 알았어요. 그런데 유나 씨는 상처 하나 없네요."

"정말 그래. 도대체 어떤 몸을 가지고 있는 거야?"

분명 쉬고 있었던 멜 씨가 다가와 내 몸을 만졌다. 그렇게 만지지 말아주실래요. 어쩐지 만지는 방식이 징그러워서 나는 멜 씨의 손에서 도망쳤다.

그렇게 섭섭해하며 쳐다봐도 안 된다. 나는 방어 태세를 갖췄다.

"분명, 곰의 가호라고 했던가? 그런 게 있다고는 믿기지 않는데. 유나를 보고 있으면 정말로 있는 것처럼 보인단 말이야."

아뇨, 저주와도 같은 잔혹한 가호가 존재하죠.

그래도 그 저주의 가호 덕분에 이세계를 만끽하고 있지만…….

"곰의 가호요? 저도 곰의 가호가 있다면 강해지거나 곰돌이랑 곰순이를 부를 수 있게 되나요?"

"글쎄? 만약 얻는다면 이런 복장을 하게 될지도 몰라."

나는 나 자신을 가리켰다.

카리나가 가만히 내 곰 옷차림을 말없이 바라봤다.

"……귀여운 것 같아요."

뭐지. 잠깐의 간격은…….

"그래도 곰을 부를 수 있다면 고민되는데."

멜 씨가 곰 인형 옷차림을 하는 건가요?

어울리려나?

세니아 씨라면 키가 멜 씨보다 작아서 어울릴 것 같은데, 멜 씨는…….

"유나, 뭔가 말하고 싶은 게 있는 모양인데."

"기, 분, 탓, 이, 겠, 죠. 그것보다도 슬슬 출발할까요."

눈을 피하고 나는 곰돌이의 등에 올라탔다.

멜 씨는 무언가 말하고 싶어 했으나 순순히 출발 준비를 했다.

카리나는 곰돌이에 타고 멜 씨와 세니아 씨는 라가르트를 탔다. 두 사람은 곰돌이와 곰순이를 타려고 했지만 정중하게 거절했다. 이번에는 필요가 없으니까.

샌드 웜도 대부분 사라져 피라미드까지 공격 당할 일도 없어졌지만, 샌드 웜 시체의 옆을 달리게 됐다. 으음~ 큰 유충 같은 물체의 옆을 지나는 건 기분이 안 좋네. 얼른 우라간에게 처리를 하라고 해야겠다.

그런 웜의 해체를 성실하게 하는 우라간에게 인사했다.

"의뢰는 피라미드까지의 호위였는데, 더는 필요 없지?"

"응, 이 주변의 샌드 웜은 대부분 해치웠으니까. 임무는 다했어."

웜은 무찔렀으니 피라미드까지 안전하게 갈 수 있었다. 그러니 우라간의 파티는 충분히 역할을 마쳤다.

카리나는 우라간 쪽을 보더니 고개를 숙여 감사 인사를 했다.

"모두, 고마웠습니다."

"우연히 이 곰이 샌드 웜을 파낼 수 있다고 해서 도왔을 뿐이야."

우라간이 내 쪽을 보고 코웃음을 쳤다.

"게다가 감사 인사를 들을 일도 아니지. 이건 일이야. 너의 부친에게 제대로 돈을 받을 테니까 안심해."

우라간은 그렇게 말한 뒤 「일에 방해가 되니까 얼른 가」라고 말했다. 나에게는 부끄러워하는 것처럼 보이는데 기분 탓이겠지. 게다가 일이라고는 해도 착실하게 한다면 감사 인사 한마디 정도는 할 수 있는 거다.

이 상황에서 이런 말을 하는 건 어울리지 않아서 우리는 우라간의 말에 따라 그대로 피라미드로 향했다.

우라간 일행과 헤어지고 피라미드 입구에 도착했다. 우리를 커다란 입구가 맞아줬다. 미궁 탐색은 게임을 떠올린단 말이지. 마물의 방이나 활활 타는 화염의 방, 항상 등장하는 함정도 있다. 오랜만이군.

내가 입구를 보고 있는데 제이드 씨 일행이 나를 불렀다.

제이드 씨 쪽을 바라보자 입구 옆에 흙 마법으로 만든 작은 창고 같은 게 있었다.

"여기는?"

"라가르트를 세워두는 곳이에요. 아버님과 모험가들이랑 여기 왔을 때, 작은 웜이 공격을 해도 여기로 도망치면 된다고 들었어요."

제이드 씨 일행은 그 작은 창고 안에 라가르트를 데리고 들어가 물이 든 통과 먹이를 준비해뒀다. 어느 정도의 시간 동안 피라미드 안에 있을지 모른다. 확실히 예비 식량은 필요하다.

내가 모두의 모습을 보고 있는데 토우야가 로프를 가지고 다가왔다.

뭐지?

"거기 공간이 비어 있어. 내가 묶어줄게."

그렇게 말하고는 곰돌이에게 로프를 걸려고 했다. 하지만 곰돌이는 가볍게 뒤로 피했다. 로프를 든 토우야는 균형을 잃고 지면으로 넘어졌다. 그 후 곰돌이가 토우야의 등을 가볍게 밟았다.

"후앗."

이상한 목소리가 토우야의 입에서 나왔다.

"토우야, 놀지 마!"

"나는 여기 곰한테 로프를 채우려고 했을 뿐이야."

"유나의 곰에게는 필요 없다는 걸 알잖아."

멜 씨는 곰돌이에게 등을 밟히고 있는 토우야의 엉덩이를 밟았다.

"지금부터 피라미드에 들어갈 거라서 분위기를 밝게 만들려고 약간의 농담을 한 건데……. 그런데 밟다니."

"곰돌이에게 로프를 거는 장난은 내가 용서치 않아."

멜 씨는 토우야를 밟은 다리에 힘을 넣었다. 그걸 본 곰돌이도 따라서 토우야를 밟은 다리에 힘을 넣었다.

"잠, 무거워. 무겁다고. 숨이 안 쉬어져. 내가 잘못했어. 다시는 안 할 테니까 비켜 줘!"

토우야가 바둥거렸다. 그걸 보고 멜 씨가 다리를 치우자 곰돌이도 다리를 치웠다.

"젠장, 무겁잖아. 그러니까 살을 빼라고……."

몸을 일으키려던 토우야를 멜 씨가 재차 밟았다.

"후앗."

개구리가 뭉개지는 것 같은 소리를 냈다. 애초에 개구리가 뭉개졌을 때의 소리는 들은 적 없지만…….

"뭣하면 토우야를 묶어두고 가버릴까. 식사는 라가르트와 같은 걸로 괜찮지?"

멜 씨가 그런 말을 하자 이야기를 듣고 있던 세니아 씨가 찬성의 손을 들어 올린다. 거기에 제이드 씨까지 합세했다. 더욱더 성가셔지나 싶었는데 제이드 씨가 두 사람을 말려줬다. 도움을 받은 토우야는 제이드 씨의 등 쪽으로 내뺀다.

정말로 재미있는 파티이다.

그리고 드디어 피라미드 안으로 들어가게 되었다. 카리나는 후드를 벗고 아이템 봉투에 넣었다. 그것을 보고 제이드 씨 일행도 후드를 벗었다.

"안은 그다지 덥지 않구나."

"네, 여기서부터는 후드를 쓰지 않아도 괜찮아요."

"그럼 다행이네. 입고 있으면 움직이기 힘들잖아."

각자의 아이템 봉투에 넣고 나서 피라미드 안을 나아갔다.

안의 통로는 생각보다도 넓어 모두가 옆으로 일렬로 서도 폭이 여유로웠다. 천장도 높고 압박감도 없다.

선두에 제이드 씨와 토우야, 그 뒤에 곰순이에 탄 카리나. 그 좌우에 멜 씨와 세니아 씨가 걸었다. 후방은 나와 곰돌이가 지키기로 해서 뒤에서 걸었다.

우선 탐지 스킬로 확인했다. 근처에 마물의 반응은 없다. 하지만 뭐가 있을지 모르기 때문에 방심은 금물이다. 거대 샌드 웜 때처럼 방심해서 튕겨 날아가기라도 하면 또 카리나가 걱정할 것이다.

"안은 밝네."

"아버님이 이 피라미드에는 어떤 장치가 되어 있어서 안을 밝히고 있다고 하셨어요. 저는 점심때에만 와봐서 잘 모르지만, 밤이 되면 어두워진다고 해요."

호오, 그런 시스템이군.

게임과 만화에서는 누군가가 준비했는지 모를 횃불이 있거나 아무것도 없는데 밝은 경우가 있다. 누가 횃불과 양초를 준비한 건지. 어째서 아무것도 없는데 밝은 건지 지적했었던 기억이 있었다.

그래서 이 피라미드의 안을 비추는 빛도 어떻게 되먹은 시스템이냐고 지적을 하고 싶어진다.

어느 쪽이 되었건 밝은 건 좋은 일이다.

척척 아무 말 없는 채로 걷는다. 의외로 깨끗하다. 조금 조심성 없긴 하지만 이런 곳은 두근거린단 말이지.

"마물은 없는 모양이군."

"그러게. 바깥에 그만큼 있으면 안에도 있을 거라고 생각했는데."

없어서 천만다행이다.

"카리나를 안까지 데리고 가면 되는 거지?"

"그런데 어째서 카리나를 데리고 가는 거야?"

"토우야, 이야기 안 들었어? 그녀의 마력과 찾는 물건이 호응해서 어느 방향인지 알 수 있다잖아."

"마법 도구 같은 건가?"

"네, 무척 중요한 거예요."

"뭐, 방향을 안다면 찾는 것도 수월하겠지."

제이드 씨 일행에게는 마법 도구 정도로 이야기를 해뒀다. 거짓

말을 하는 것 같아서 미안하지만 어쩔 수 없다. 뭐, 게다가 거짓말도 아니다. 마법 도구인 건 틀리지 않았다.

우리는 기다란 통로를 걸어갔다. 통로는 경사가 져 있어서, 따라가다 보니 조금씩 아래로 내려갔다.

한동안 걷고 있는데 큰 원형 투기장 같은 공간이 나왔다.

"여기는?"

"여기에서 지하로 가기 위한 통로와 피라미드 위로 가는 미궁의 계단으로 나뉘어 있어요. 저 계단 위를 봐주실래요?"

카리나가 말해준 방향을 봤다.

지하로 가는 통로 옆에 위로 올라가는 계단이 있었다. 그 위에는 관람석은 아니지만, 그 위치에 구멍이라고 해야 할지 아니면 입구라고 해야 할지, 사람이 한 명 정도 지나갈 수 있는 구멍이 있었다.

문제라면 그 입구가 하나나 둘이 아니라는 것이다. 2층 부분에 원을 감싸듯이 무수한 입구가 있었다. 100개 이상은 족히 될 것 같다.

"미궁의 입구예요."

"설마, 전부?"

"네."

이런 첫 시작부터 무리한 게임인데. 심지어 나날이 안의 모양이 바뀐다고 했다.

맵핑도 할 수 없다. 만약 내가 게임에서 이런 던전을 마주하게 된다면 쓰레기 게임이란 딱지를 붙일 거다. 초반부터 무리한 게임만큼 재미없는 게임은 없다.

이건 꼭 수정판의 지도를 발견해야겠어.

335 곰 씨, 피라미드의 지하로 가다

"그건 그렇고, 이야기로는 들었지만 정말로 수가 엄청나네."

멜 씨가 무수한 미궁의 문을 바라봤다.

확실히 많다. 만약 이게 게임이었다면 클레임의 폭풍이 일 것이다. 인터넷에서 논란이 되는 건 안 봐도 뻔하다.

"이러면 아무도 미궁에 도전하지 않겠어."

"게다가 수백 년 전에 공략되었다고 하니까, 도전하려는 사람이 더 없겠지. 안에 보물이 남겨져 있다고 하는 사람도 있지만, 이득이 될 만한 게 너무 없어. 만약 미궁을 클리어해도 아무것도 얻지 못하면 괜히 헛수고한 거니까. 그런 가능성이 적은 일에 도전하는 바보는 없겠지."

분명, 이 정도의 미궁을 클리어해도 아무것도 없다면 시간 낭비이기도 하고 얻을 수 있는 게 없다.

나도 부정확한 요소를 위해 괜한 노력을 하는 타입은 아니다.

"유나, 우리는 주변을 조금 둘러보고 올 테니까 기다려줘."

제이드 씨 일행은 주변의 안전을 확인하러 가버렸다. 탐지 스킬로 확인했는데 이 층에 마물은 없다. 광산 골렘을 토벌하고 알았던 사실이지만 탐지 스킬은 층이 나뉘어진 경우, 그 층에 있는 마물에만 반응했다. 그러니 이 바로 밑에 마물이 있다고 해도 현 상황에서는 알 수가 없다.

"그건 그렇고, 카리나의 선조는 잘도 미궁을 돌파했네."

나는 무수한 입구를 올려다봤다.

카리나의 선조, 너무 대단하다. 잘도 이런 자비 없는 피라미드의 미궁에 도전했다.

만약 내가 클리어를 목표로 했다면 통로를 파괴해서 목적지를 억지로 찾았을 것이다. 물론 피라미드의 형태는 흔적도 남지 않을 가능성이 크다. 보석을 손에 넣는 것이 목표라면 그래도 상관없을 거다.

"그건 같은 파티에 있던 엘프인 무무르트 님이라는 분이 미궁을 클리어하는데 매우 공헌하셨다고 들었어요."

"무무르트?"

어디선가 들은 적이 있는 이름이 나왔다.

……으음~ 어디서였더라?

"함정은 드워프인 코딜코 님이 해제하며 나아갔다고 들었어요. 물론 저희 선조도 미궁을 클리어하는데 공헌하셨다고 들었고요."

드워프인 코딜코는 들은 적 없지만 무무르트는 어디선가 들은 적이 있다. 어디서였지?

분명 들은 적이 있는데…….

음음음음, 입술을 앙 다물고 생각했다.

"무슨 일 있으세요?"

"아니, 그 무무르트라는 이름을 들은 적이 있어서 말이야."

"무무르트 님이요? 설마, 다른 미궁에서도 활약하셨나요?"

그런 것 같지 않다. 애초에 옛 모험가의 전설이나 이야기는 전혀 모른다. 어딘가 다른 곳에서 들었을 거다.

엘프라고 하면 사냐 씨잖아. 그리고 루이밍에. 모친인 탈리아 씨, 부친이…….

"……아! 생각났다."

나는 손바닥을 콩 두들겼다.

할아버지다.

사냐 씨의 할아버지이자 엘프 마을의 촌장인 무무르트 씨잖아. 드디어 생각나서 후련하다.

딱히 잊고 있었던 건 아니고 살짝 기억이 안 났을 뿐이다. 누구든 이름 하나, 둘 정도는 기억이 안 날 때가 있잖아.

누군가에게 변명하듯 스스로 말을 했다.

"무언가 생각나셨나요?"

"그 무무르트라는 분은 엘프지?"

"네."

"남자?"

"네, 남자라고 들었어요."

"어쩌면 아는 엘프일지도 몰라."

"설마……."

내 말에 카리나가 믿기지 않는 얼굴을 했다.

그야 수백 년 전에 이 미궁을 클리어했던 인물과 아는 사이라고 하면 놀라겠지.

"무무르트라는 이름의 엘프를 알고 있는데, 지금은 엘프 마을의 촌장을 맡고 있고 손자도 있으니까 연령은 대충 맞지 않을까?"

분명히 몇백 살일 거다.

동성동명에 같은 종족일 가능성도 있지만 본인일 가능성이 크다.

곰 이동문도 있으니 다음에 살짝 가서 물어볼까?

만약 기억하고 있다면 당시의 이야기를 들을 수 있을지도 모른다. 무무르트 씨가 기억하고 있을 때의 이야기이지만. 아무리 그래도 몇백 년 전의 일이다. 잊었을 가능성도 있다.

"다음에 만났을 때 물어볼게. 진짜라면 대단하잖아."

내가 그렇게 말했을 때 카리나의 표정이 순간 어두워졌던 것 같다. 그러나 한 번 더 봤을 때는 웃는 얼굴로 「네, 부탁드릴게요. 저도 이야기를 들어보고 싶어요」라고 대답했다.

아무래도 표정이 어둡게 보였던 건 기분 탓인 모양이다.

그리고 주위를 둘러보러 갔던 제이드 씨 일행이 돌아왔다.

"딱히 위험해 보이진 않아."

"우리는 밑으로 가면 되는 거지?"

우리의 목적은 미궁을 클리어하는 게 아니라 지하에 떨어뜨린 수정판을 찾는 것이다.

그래서 지하로 가게 되었다.

우리는 수정판을 찾으러 계단을 내려간다.

계단을 내려가자 피라미드의 인공적인 공간에서 자연적으로 만들어진 동굴로 바뀌었다. 계단에서 내려간 곳에는 넓은 공간이 펼쳐졌고 청백으로 빛나는 물체가 동굴을 밝히고 있었다. 어쩐지 이곳도 빛의 마법은 필요 없는 모양이다.

주변을 봤다. 커다란 종유석 같은 것으로 만들어진 기둥이 있는데, 부수면 무너지려나?

마법을 사용할 땐 조심해야겠네.

"자, 어디로 가면 돼?"

모두가 카리나에게 시선을 보냈다. 지금부터 갈 곳은 카리나의 안내가 필요하다.

카리나는 눈을 몇 초 동안 감은 뒤 천천히 떴다.

"저쪽이에요."

카리나는 전방을 가리켰다.

"그렇지만, 아래쪽에서 느껴져요."

"그렇다는 건 조금 더 아래로 가야 하는 건가."

전에 카리나가 말했던 대로다.

구멍을 파고 싶어지네. 방향과 거리를 안다면 통로를 만들어 목적지까지 일직선으로 연결해서 미끄럼틀처럼 미끄러져 내려가는 게 좋을지 모른다.

그건 마지막 수단으로 두고 우리는 카리나가 가리킨 방향으로 걸어갔다.

탐지 스킬을 사용하자 어디서 들어왔는지 모르지만 샌드 울프와 샌드 웜의 반응이 있었다.

뭐, 이쪽에는 제이드 씨 일행도 있으니 위험한 마물이 아니다.

"유나 씨, 정말로 찾을 수 있을까요?"

"카리나가 장소만 알려준다면 찾을 거야."

불안해하는 카리나에게 대답했다. 뭣하면 통로를 만드는 방법이 있었다.

"마물도 없네."

조금 더 앞 방향에 있답니다.

커다란 동굴이 이어졌는데 자연적으로 만들어진 동굴이라 바위 같은 표면이 있고, 작은 구멍으로 보이는 것도 있었다.

"그래도 평소에는 모험가가 마물을 토벌하러 왔다고 들었으니 있겠지?"

"아마 이 앞이겠지."

멜 씨가 종이를 보고 대답했다.

"이 앞에 마물이 떨어지는 장소가 있다고 해."

"떨어진다니? 무슨 의미야?"

"나도 몰라. 모험가 길드에서 들었는데 마물이 떨어져서 그곳이 사냥터로 변했대."

"지도에 따르면 이 앞이겠네."

선두를 걷던 제이드 씨가 팔을 옆으로 뻗어 멈추도록 지시를 내렸다.

"샌드 웜이 있어."

곰순이에게 카리나를 지키라고 부탁하고 나는 곰돌이 위에서 상황을 살펴봤다.

확실히 샌드 웜이 있네. 10마리 정도의 샌드 웜이 구불구불 움직이고 있었다.

하지만 지면이 모래가 아니라서 숨지도 못하는 모양이다.

"그런데 떨어진다는 건 뭘 말하는 걸까?"

그렇게 멜 씨가 중얼거린 순간, 무언가가 위에서 떨어졌다.

샌드 웜이다. 혹시 모래를 파고들다 떨어졌나?

위를 봤지만 천장이 높아 어떻게 되어 있는지는 알 수 없었다. 떨어진 샌드 웜은 지면에 떨어지더니 아무런 일도 없었다는 듯 구불거렸다.

"정말로 샌드 웜이 떨어져 내려왔네."

"그런데 이곳은 모험가만의 사냥터가 아닌 모양이야."

더 구석진 곳에서 샌드 울프가 나타났다.

"아무래도 먹잇감을 빼앗으러 왔다고 여기고 있는 모양이군."

"카리나, 찾는 물건은 어느 쪽이지?"

제이드 씨의 물음에 카리나는 샌드 울프가 있는 쪽을 가리킨다.

"그럼, 쓰러뜨리고 앞으로 나아갈 수밖에 없겠어."

제이드 씨의 말에 모두가 무기를 준비했다.

"멜, 샌드 웜은 맡겨도 되지?"

"모래로 파고들지만 않으면 한낱 벌레에 불과하지."

"그럼, 샌드 울프는 나와 토우야, 세니아 셋이서 처리하지."

"저기, 저는요?"

"유나는 카리나를 지켜주면 돼. 그게 임무잖아. 잡다한 마물 정도는 이쪽에서 처리할게."

그렇게 말하고는 제이드 씨 일행은 샌드 웜과 샌드 울프를 토벌하러 갔다. 멜 씨는 안전한 거리에서 마법으로 샌드 웜을 쓰러뜨렸다.

그리고 제이드 씨 쪽은 눈 깜짝할 사이에 샌드 울프의 토벌을 마쳤다. 참고로 멜 씨가 싸우는 동안에도 샌드 웜이 떨어져 내렸다.

어쩌면 이곳은 소재를 무한으로 구할 수 있는 최적의 장소일지도 모른다.

마물을 무찌른 우리는 안쪽으로 갔다.

조금 내려가 더 걸어가자 갈림길이 나왔다. 모두가 카리나에게 시선을 보냈다.

"이쪽에서 느껴져요."

카리나의 지시대로 걸어갔다. 멜 씨는 갈림길이 나올 때마다 지도에 적었다.

길이 내리막길로 되어 있어서 우리는 더욱 아래로 향했다. 가끔 만나는 마물은 제이드 씨 일행이 처리했다.

편해서 좋네. 곰돌이의 등에 탄 채 앞으로 가기만 했다.

앞에 걷고 있던 제이드 씨가 발을 멈춘다.

"다리가 무너져 있어."

누군가가 만들었다고 여겨지는 나무와 로프로 만든 다리가 반쯤 부서져 있었다. 아래는 절벽일까?

부서진 다리를 보고 있던 멜 씨가 아래를 봤다. 그 순간, 조금 몸을 뺐다.

"이건 기분 나쁜데."

멜 씨가 다리 아래를 보고 말했다. 나는 뭐지, 라고 생각하며 다리 아래를 봤다.

응, 이건 보면 안 되는 거였어. 샌드 웜이 빽빽이 들어찬 상태로 꿈틀거리고 있었다. 낚시의 미끼 양동이에 들어간 지렁이와 같은 상태이다. 괜스레 마법으로 불태우고 싶어진다. 곰의 화염을 날려 버리면 분명 잘 탈 텐데.

그렇게 생각하고 있는데 위에서 샌드 웜이 떨어져 내려와 동료 미끼에 합류했다. 이렇게 쌓인 거구나.

어쩌면 사막에 모여들었던 샌드 웜이 이곳으로 떨어지는 건가?

"아무래도 샌드 웜이 떨어져 내린 탓에 다리가 부서진 모양이네."

"어쩌지?"

"제가 다리를 만들게요."

나는 곰돌이의 등에서 내려와 흙 마법으로 다리를 만들어갔다. 덤으로 지붕까지 달았다. 위에서 마물이 떨어졌을 때 다리 위에서 버터버리면 방해가 되니까.

"마력의 양이 대단하네."

"곰의 가호 덕분이에요."

비장의 기술, 곰의 가호로 정리하기. 설명이 귀찮을 때는 이거면 된다.

다리도 만들었으니 아래에 있는 샌드 웜은 무시하고 걸어가기로 했다.

"카리나, 밑은 보면 안 돼."

"이미 늦었어요. 곰순이 위에서 봐버렸어요. 떨어지면 어쩌나 무서워요."

나도 낚시용 미끼인 지렁이처럼 샌드 웜이 꽉 들어차 있는 곳에 떨어지면 난리칠 자신이 있다. 절대로 떨어지고 싶지 않다.

"두 사람은 어리군. 저런 벌레 같은 걸 무서워하다니. 나는 어른이라서 괜찮아."

앞을 걷던 토우야가 우리를 어린애 취급했다.

밀어서 떨어뜨려도 되나? 괜찮지? 저 등을 조금만 밀어도 괜찮겠지.

내가 그런 생각을 하고 있는데—.

"에잇."

세니아 씨가 토우야의 등을 밀었다.

"으아아아아아아아."

균형을 잃고 흔들리는 토우야.

"떠, 떨어진다."

아래에 있는 샌드 웜들은 입을 벌려 토우야를 기다리고 있었다.

어떻게든 균형을 잡아서 떨어지지 않고 끝났다.

으~응, 아쉬워.

"아쉽다."

세니아 씨의 말과 나의 생각이 일치했다.

"뭐가 아쉽다는 거야. 떨어지면 어쩌려고!"

"토우야는 어른이니까 웜의 무리에 떨어져도 괜찮아."

"괜찮지 않아. 떨어지면 죽을 거라고."

"난 또 웜을 좋아하는 줄 알았네. 나는 어린애라서 저런 기분 나쁜 것보다 이쪽의 폭신폭신한 곰 쪽이 좋아."

세니아 씨는 곰돌이를 안았다.

이번만큼은 세니아 씨의 말에 찬성이다. 멜 씨도 카리나도 세니아 씨의 말에 찬성하며 응응, 하고 고개를 끄덕였다.

"제이드~."

토우야는 제이드 씨에게 도움을 청했다.

"나도 웜보다 유나의 곰이 좋아."

제이드 씨에게도 버림받는 토우야.

그런 풀이 죽은 토우야를 두고 우리는 앞으로 걸어갔다.

다들, 성가시다고 생각했구나.

"기, 기다려."

토우야가 징징대며 쫓아왔다.

336 곰 씨, 스콜피온과 싸우다

아래에서 샌드 웜이 꿈틀거리는 와중에 다리를 건넌 우리는 앞으로 나아갔다.

"그건 그렇고, 생각보다 넓네."

게임이면 이 정도는 당연한데. 현실이랑 다른 건가. 지하 100층이라는 이야기를 들으면 열받겠지만……. 그러면 무조건 구멍을 팔 거다. 아니, 반이라도, 4분의 1만이라도 구멍을 팔 거다.

"이제 곧이에요. 근처예요."

카리나는 눈을 감고 말했다. 그 말을 믿고 우리는 카리나의 지시를 따라 걸었다.

많이 내려온 느낌이다.

"여기는?"

모래땅이다. 내려오고 있는데 모래가 부슬부슬 떨어지고 있었다. 곰 지도로 확인하자 바로 위는 피라미드가 아니고 조금 어긋나 있었다. 사막에서 떨어지고 있는 건가?

"뭔가 있을 것 같은데."

제이드 씨가 모래땅을 봤다.

나도 제이드 씨의 말에 동의했다. 탐지 스킬을 사용해서 확인했다. 그러자 처음 보는 마물의 이름이 나왔다. 이름은 스콜피온.

즉, 전갈 마물이라는 거겠지.

"유나, 알겠니?"

멜 씨가 물었다. 정확하게는 내가 아니라 곰에게 물은 거지만…….

내가 마물을 탐지하는 건 곰돌이 덕분이라고 생각했다.

그래서 나도 그렇게 보이게끔 행동을 하고 있었다.

"곰돌아, 알겠어?"

"크~응."

연기가 뛰어난 곰돌이는 그럴듯하게 울어 보였다.

나는 스콜피온의 반응이 있는 장소로 공기탄을 날렸다. 그러자 모래 안에서 조금 검은 색인 울프 정도 크기의 전갈이 나왔다.

어째서 이렇게 커다란 전갈이 있는 거지? 이러니까 판타지에는 놀랄 수밖에 없다.

제이드 씨 일행은 곧바로 무기를 준비했지만 스콜피온은 모래 안으로 숨어버렸다.

"정말로 유나의 곰은 대단하군."

"하지만 스콜피온은 성가신데……."

"어쩌지, 달려서 도망칠까?"

"아니, 그건 위험해."

토우야의 의견에 제이드 씨는 고개를 젓는다.

스콜피온은 모래 안에 숨어있었다. 이쪽 세계에서는 어떨지 모르지만, 게임이라면 웜보다도 지능이 높아 근처로 올 때까지 가만히 있는 경우가 많다. 근처에 먹잇감이 다가오면 꼬리의 독침으로 먹잇감을 마비시켜 움직임을 둔화시킨 후 포식했다.

탐지 스킬로 확인하자 스콜피온은 꽤 광범위하게 흩어져 있었다.

웜과 같이 파낼 수는 있지만 제이드 씨 일행이 웜처럼 손쉽게 무찌를 수 있느냐가 문제다. 한 마리에 시간이 걸리면 다른 스콜피온이 모여들 가능성도 있었다.

"제이드 씨, 제가 파내면 무찌르는 건 간단해요?"

"미안, 스콜피온과는 싸운 적이 없어. 사막에서도 일부 장소에서만 서식하고 있어서 좀처럼 만나지 못하지. 들은 이야기로는 껍질이 단단해서 나와 세니아의 미스릴 무기라면 무찌를 수 있지만, 토우야의 검으로는 간단하게 무찌를 수 없을 거야."

즉, 토우야는 이번엔 도움이 안 된다는 이야기로군.

토우야는 무언가 말하고 싶어 했지만 입을 닫았다.

"그리고 세니아의 나이프가 닿는 위치까지 다가가려면 독침이 있는 꼬리가 무서워."

나이프로 공격하기 위해선 가까운 곳까지 다가가야 하니까 그럴 거다. 게다가 TV에서 봤던 전갈 꼬리의 움직임은 빨랐다.

"멜 씨의 마법은요?"

"미안, 스콜피온을 상대로 써본 적이 없어서 효과가 있을지 모르겠어."

멜 씨의 마법은 먹힐지 잘 모르겠다고 했다. 그렇다는 건 지금으로서는 제이드 씨 이외엔 전력이 되지 않는다.

"그래도 약점은 물이니까 도움이 될지도 몰라."

"물이 약점이에요?"

"그래, 물을 끼얹으면 한순간이지만 스콜피온이 경직된다고 들었어. 그 틈에 스콜피온을 공격하는 게 가장 효율적인 방법이라고 해."

"그리고 배쪽이 약하대."

세이나 씨가 약점을 추가했다.

지면에 기어 다니는 전갈을 뒤집어야 한다는 뜻인가.

으음~ 어떻게 하지?

"곰 아가씨가 다리를 만들면 되지 않나?"

"독침을 날릴 수도 있어서 위험해."

토우야의 아이디어를 멜 씨가 부정했다.

그렇게 되면 옆이 막힌 다리를 만들면 될 것 같은데, 이번에는 꽤 거리가 있었다. 만들어도 좋지만 만약을 생각하면 무찌르고 싶다. 앞으로 갈 곳에서 협공을 당할 가능성도 있었다.

스콜피온의 특징은 물을 끼얹으면 경직된다. 배가 연하다. 모래 안에 숨어있다. 독침을 날린다.

으음~ 어쩌지.

"저 혼자서 다녀올게요."

고민한 결과, 나는 모두에게 그렇게 대답했다.

"유나 씨!"

"유나!"

"위험해!"

내 말에 모두가 놀랐다.

"무찌르지 않으면 카리나가 안심하고 지나갈 수 없잖아요."

"그래도 혼자 간다니, 우리도 도울게."

"맞아, 딱히 무찌르지 못하는 마물도 아니니까."

"아뇨, 됐어요. 제가 후딱 쓰러뜨리고 올게요."

모두의 마음만 받아둔다.

제이드 씨 일행이다. 빈말로 하는 말이 아니라는 건 안다. 하지만 위험하다는 것에는 변함이 없다. 눈앞에서 부상이라도 당한다면 불편할 거다.

"후딱이라니, 간단하게 말하는데, 괜찮은 거야?"

"시험해 보고 싶은 게 있으니까 그게 실패하면 다른 방법을 생각할게요."

순순히 다리를 만들어도 되니까.

"유나 씨, 조심하세요."

카리나가 걱정스럽게 나를 봤다.

"금방 쓰러뜨리고 돌아올게."

내가 모래땅에 한 발 내딛자 스콜피온이 조용히 움직이는 것을 탐지 스킬로 알 수 있었다. 먹잇감을 사냥하듯 조용히 이동했다.

나는 크리모니아에 막 도착했을 때 샀던 싸구려 철 나이프를 곰 박스에서 꺼냈다.

나이프에 마력을 보낸 뒤 모래 안에 몸을 담그고 있는 스콜피온을 향해 날렸다. 모래 안에 있던 스콜피온이 나이프가 꽂힌 채로 모래에서 나왔다. 하나만으로는 치명상을 입지 않는 모양이다. 나는 또 하나의 나이프를 머리를 향해 던졌다. 머리에 명중된 스콜피온은 숨이 끊어진다.

“유나, 곰돌이랑 떨어져 있어도 스콜피온의 위치를 아는 거야?”

“곰돌이랑 곰순이는 저랑 마음이 연결되어 있거든요.”

내가 그렇게 말하자 곰돌이와 곰순이가 동시에 「크~응」 하고 울었다.

우선 나이프에 마력을 담으면 싸구려라도 단단한 껍질을 찌를 수 있다는 것이 판명됐다.

물? 배? 약점? 그건 그거고 이건 이거다.

쓰러뜨릴 수만 있다면 문제 될 건 없지.

그런데 스콜피온에 꽂혔던 나이프를 뽑아내니 칼은 엉망진창이 되어 있었다. 한 번만 쓰고 버리게 될 것 같다.

내 마력에 견디지 못했던 모양이다.

뭐, 원래 일회용으로 샀던 거고 사용할 곳도 없었던 나이프라 상관없다.

게다가 어설프게 마법을 쓴다면 다른 스콜피온에게 발각되어 모여들 수도 있다. 만약 불러들이는 꼴이 된다면 근처에 있는 카리나에게도 위험이 끼친다.

그러니 이번엔 한 마리 한 마리 조용히 무찌를 수 있는 나이프를 사용하기로 했다.

나는 걸으면서 몸을 숨기고 있는 스콜피온을 향해 마력을 담은 나이프를 던졌다. 100개 샀으니 수는 충분할 거다.

나이프를 꺼낸다. 마력을 담는다. 탐지 스킬로 확인. 스콜피온을 향해서 날린다. 이것의 반복이다.

대체로 1마리당 2~3개면 무찌를 수 있었다. 스콜피온의 꼬리에만 조심했다.

가끔 나를 향해 독침을 날려오는 스콜피온도 있었지만 사전에 흙 마법을 준비한 나에게 사각은 없다.

그러나 앞으로 한 마리만 남은 상태에서 일회용 나이프의 재고가 떨어져 버렸다.

어쩔 수 없으므로 나는 미스릴 나이프를 꺼내 마력을 담아 마지막 1마리를 향해 날렸다.

일격에 스콜피온의 움직임이 멈췄다.

오오, 위력 업. 역시 드워프인 가잘 씨가 만든 미스릴 나이프다. 뽑아냈는데 칼날이 상하지 않고 처음 그대로였다.

저렴한 나이프와 비교하면 가잘 씨에게 실례지만 역시나라고 말하고 싶다.

모두 무찌른 나는 스콜피온을 회수하면서 제이드 씨 일행이 있는 곳으로 돌아왔다.

"끝났어요."

내가 돌아왔을 때, 토우야와 곰돌이가 나를 향해 달려들었다.

어, 왜 그래?

"위험해."

나를 붙잡으려 드는 토우야에게서 휙 하고 2, 3걸음 옆으로 피했다.

뭐야?

그 의문은 곧바로 풀렸다.

토우야가 내가 있던 곳을 지나쳐 간 순간, 위에서 스콜피온이 떨어졌다.

나는 놀란 탓에 반응이 늦어졌다. 하지만 달려온 곰돌이가 왼발로 스콜피온의 몸통을 밟아버리고 오른발로 꼬리를 밟았다.

"곰돌아!"

나는 곧바로 제정신으로 돌아오고 곰 장갑에 쥐고 있던 미스릴 나이프로 스콜피온의 꼬리를 잘라낸 뒤 몸통을 찔렀다. 스콜피온은 움직임을 멈췄다.

식은땀이 나왔다. 지금은 아무래도 조급해져서 식은땀이 나버렸다.

토우야를 보니 모래에 얼굴을 처박고 쓰러져 있었다.

"저기, 토우야, 괜찮아?"

"그래, 괜찮아."

내가 걱정되어 말하자 토우야는 얼굴에 모래를 묻힌 채 몸을 일으켰다.

"저기, 고마워."

토우야가 말해주지 않았더라면 스콜피온에게 공격을 당했을지도 모른다.

그래도 곰돌이가 「그렇지 않아. 내가 구했어」라는 얼굴로 나를 봤다.

"곰돌이도 고마워."

구해준 곰돌이의 머리를 쓰다듬어줬다.

곰돌이만 쓰다듬으면 곰순이가 토라지니 곰순이도 쓰다듬는다.

"곰순이도 카리나를 지켜줘서 고마워."

"유나, 괜찮아?"

멜 씨가 서둘러 다가왔다.

"괜찮아요. 토우야가 말해줬거든요."

"그런데, 토우야, 잘도 알아차렸네."

"그게, 곰 아가씨를 보고 있는데 위에서 소리가 나는 것 같았거든. 신경이 쓰여서 위를 봤더니 스콜피온이 떨어지고 있었어. 결코 곰 아가씨가 가지고 있는 미스릴 나이프가 부러워서 보고 있던 게 아니라고."

그거, 본심을 털어놓고 있는 거지?

그래도 그 덕분에 피할 수 있었다.

"참고로 내 쪽이 그 곰보다 빨랐다."

토우야가 자랑하듯 말하자 곰돌이가 분한 듯 울었다.

분명 그렇긴 하지만 정말로 어른스럽지 못하다. 조금 전까지의 감사한 마음이 사라져버렸다.

그 한 마디가 없었더라면 호감도가 올랐을 텐데.

"그래서 유나, 그 나이프는……."

토우야만이 아니라 세니아 씨가 나의 미스릴 나이프에 흥미를 가진 듯 물어왔다.

"전에 세니아 씨가 나이프로 싸우는 걸 보고 미스릴 나이프를 만들었어요."

그렇게 말하자 세니아 씨는 조금 볼을 붉히고 기뻐했다.

세니아 씨의 이도류는 멋있으니까.

사실은 피나의 해체용 나이프만 만들 생각이었다. 그런데 미스릴을 예상보다 많이 얻게 되어서 무기용 나이프도 만들었다.

"보여줄 수 있어?"

나는 미스릴 나이프를 세니아 씨에게 건넸다.

세니아 씨는 칼날부터 자루까지 천천히 훑어봤다.

"엄청, 예뻐. 게다가 무기로서도 정말 좋은 나이프야."

"왕도의 가잘 씨라는 드워프가 만들어줬어요. 괜찮으면 세니아 씨도 부탁해 보세요."

"가잘……."

내가 가잘 씨의 이름을 꺼내자 뭔가를 찾듯이 미스릴 나이프를 응시했다.

"……찾았다."

"뭐가, 있는데요?"

세니아 씨가 작은 손가락으로 나이프 자루에 가까운 칼 부분을 가리켰다.

그곳에는 뭔가가 새겨져 있었다.

"도공 가잘 씨가 진심을 다해 만든 무기에는 이름이 새겨져 있어. 가잘 씨는 웬만해서는 이름을 새기지 않는 걸로 유명하지. 부럽네."

그렇구나. 가잘 씨, 한마디도 하지 않아서 몰랐잖아요. 알려주셨으면 좋았을 텐데…….

"심지어 곰의 문장까지 있어."

"가잘 씨가 시간이 남아서 새겨주셨어요."

"말도 안 돼."

내가 한참이 지나도 가지러 오지 않아서 심심해서 새겼다고 했다.

"제길, 나도 이 의뢰만 마치면 왕도에서 미스릴 검을 만들어야지."

토우야, 그 발언은 사망 플래그 같으니까…….

우선, 스콜피온을 무찌른 우리는 앞으로 전진했다.

카리나가 말하길 목적지는 근처라고 했다.

337 곰 씨, 수정판의 위치를 확인하다

“이 앞이에요. 이미 근처예요.”

카리나는 곰순이 위에서 기뻐했다.

이대로 무사히 지도인 수정판을 회수하고 수정판을 써서 물의 마석을 교체하면 목표 달성이다.

“샌드 웜 토벌 때는 미궁은 어떨까 싶었는데 꽤 편한 일이었네.”

앞을 걷는 토우야가 그런 말을 꺼냈다.

“무슨 말을 하는 거야. 샌드 웜을 토벌할 수 있었던 것도, 다리를 만든 것도 유나잖아.”

“스콜피온을 무찌른 것도 유나지.”

“힘든 일은 전부 유나가 했으니까 그렇지.”

“분명 그렇긴 하지만, 우리도 싸웠잖아.”

“토우야가 편한 일이라고 하니까 유나가 없었다면 힘들었을 거라는 이야기를 하는 거야.”

“나한테 미스릴 검만 있었어도 스콜피온 정도는…….”

“그렇겠네. 조금 전의 토우야의 말대로 왕도로 돌아가면 미스릴 검을 살까. 파티의 전력을 끌어올릴 수 있을 거야.”

“하긴 그렇네. 토우야가 미스릴 검을 갖는다면 제이드의 부담도 덜겠지.”

"이의없음."

저번 골렘 때는 「아직 일러」라고 말했는데 토우야도 성장한 모양이다.

모두에게도 허락을 받았으니 토우야가 기뻐할 거라고 생각했는데 미묘한 얼굴을 하고 있었다.

"토우야, 왜 그래?"

"……돈이 없어."

"어이!"

나도 이끌려서 지적을 할 뻔 했다. 아까는 산다고 했잖아. 돈이 있던 거 아니었어?

한 시간 정도는 따지고 싶었다.

"믿기지 않는다니까."

"토우야, 저질이야."

"그러니까 그렇게 저금하라고 했었잖아."

"그렇지만, 다들 이르다고 해서……."

변명하려 들지만 제이드 씨가 토우야의 등을 퍽 하고 쳤다.

"조금이라면 내가 내줄게."

"제이드!"

토우야는 제이드 씨의 말에 기뻐했다.

제이드 씨는 착하네.

그런 두 사람을 본 멜 씨는 한숨을 쉬었다.

"어쩔 수 없지. 그러면 나는 빌려줄게."

포기한 얼굴로 말하는 멜 씨.

"나도 빌려줄게, 갚지 않으면 미스릴 나이프의 희생물이 될 거야."

세니아 씨는 나이프를 꺼내 들어 토우야 앞에서 휘둘렀다.

"으으, 다들, 고마워."

모두 토우야를 괴롭히지만 이러니저러니 해도 사이가 좋은 파티네.

미스릴 광석은 미스릴 골렘(종이호랑이)를 무찔렀을 때 얻었던 게 남았다. 제이드 씨 일행에게는 이번을 포함해서 골렘 때도 신세를 졌다. 그러니 나로서는 미스릴 광석을 조금 선물하고 싶은데 필요 없어 보인다.

토우야는 모두의 말에 기뻐하고 있고, 모두는 흐뭇하게 토우야를 보고 있었다. 내가 괜한 짓을 할 필요는 없다.

이대로 아무런 일 없이 수정판을 발견하면 좋을 텐데. 토우야 말대로 생각보다도 편하게 마칠 수 있을 것 같다.

우리는 언덕을 내려갔다.

"이 앞이에요."

만약 곰순이에 올라타지 않았더라면 카리나는 당장에라도 도망칠 법한 분위기다. 언덕을 다 내려오고 곧바로 통로가 이어졌다. 통로를 걸어가자 넓은 공간이 나왔다.

"여기는……."

눈앞에 커다란 공간이 펼쳐졌다.

우리는 공간의 위쪽으로 나온 모양이다. 그리고 아래를 본 후 모두가 눈앞에 펼쳐진 광경에 절규했다.

"뭐야, 이건……."

우리의 시야에 펼쳐진 것은 스콜피온의 무리. 무리의 한가운데에는 믿기지 않을 정도로 커다란 스콜피온이 있었다.

단단해 보이는 껍질에 휘감겨 사람의 몸 따위는 손쉽게 잘라버릴 커다란 집게를 가졌고, 커다란 꼬리를 이리저리 흔들고 있었다.

울프 정도 크기인 스콜피온이 작게 보였다. 몸통의 크기만으로 10미터는 족히 넘는다. 무엇보다도 색이 꺼림칙하다. 새까만 색을 띠고 있어서 색이 공포를 불러일으킨다.

"뭐야, 이 커다란 스콜피온은……."

"크다."

"농담이겠지."

"들은 적은 있지만 보는 건 처음이야."

제이드 씨 일행도 놀라고 있어서 알아차리지 못하도록 조용히 관찰했다.

나는 탐지 스킬로 확인했다. 『스콜피온』이라고 표시된다. 그러니까, 좀…….

다른 스콜피온과 크기가 다르니까 이럴 땐 빅 스콜피온이나, 검정이니까 다크 스콜피온, 아니면 블랙 스콜피온 같은 이름을 붙이는 방법도 있잖아. 우두머리면 킹 스콜피온이라도 괜찮고 말이야.

"저걸 무찌르는 건 힘들 것 같은데."

"게다가 주변에 있는 스콜피온이 방해가 돼. 제대로 싸울 수도 없어."

"싸울 필요는 없지. 잃어버린 걸 찾으면 그만이야."

분명 세니아 씨의 말대로다. 어디까지나 수정판을 찾으러 온 거지 스콜피온을 무찌르는 것이 목적은 아니다.

30마리가 넘는 스콜피온과 커다란 스콜피온을 무찌를 필요는 없다.

"그래서 카리나, 찾는 물건은 어디에 있어?"

제이드 씨가 물었다.

여기 어딘가에 떨어져 있다면 어떻게든 주워야 했다. 가능하다면 스콜피온이 없는 곳이면 좋겠는데.

카리나는 눈을 감고 수정판의 장소를 찾으려 했다.

그리고 천천히 눈을 떴다.

"……거짓말. 거짓말이야."

작은 목소리로 중얼거린다.

카리나는 곰순이에서 내려와 믿기지 않는 듯 커다란 스콜피온을 바라봤다.

"거짓말…… 어째서, 여기까지 왔는데."

"카리나, 왜 그래?"

"유나 씨……."

카리나는 당장에라도 울 것 같은 눈으로 나를 봤다.

"수, 수정판은 저 커다란 마물 안에 있어요."

"……농담이지?"

"저건 쓰러뜨릴 수 없어."

카리나의 말에 제이드 씨와 토우야가 커다란 스콜피온을 바라봤다.

"틈을 봐서 줍는 거랑 무찌르는 건 다르지."

세니아 씨의 말대로다. 떨어져 있다면 나와 멜 씨의 마법으로 주의를 끌고 그 틈에 주울 수 있을지도 모른다. 하지만 스콜피온 체내에 있다면 무찔러야 한다.

"쓰러뜨리는 거라면 모험가를 조금 더 모으든지 높은 랭크의 모험가를 불러야겠지, 안 그러면 무리야."

"멜 씨네 파티로도 무찌를 수 없어요?"

내 물음에 멜 씨는 조금 생각했다.

"으음~ 꽤 어려워. 목숨을 걸고 싸운다면 이길지도 모르지만. 그래도 그런 경우엔 희생을 각오해야겠지. 싸운다면 누군가가 죽을지도 몰라. 죽지 않더라도 크게 다칠 테고."

"그래도 그건 저 주위의 스콜피온이 없다는 게 조건이지. 저 작은 스콜피온이 방해를 할 거야."

멜 씨의 말에 세니아 씨가 조건을 붙였다.

확실히 저 작은(울프 사이즈라서 나로서는 작지 않다) 스콜피온은 성가시긴 하지. 싸우게 되면 무조건 달려들 거다.

먼저 작은 스콜피온을 무찌른다고 해도 수가 많기도 하고 큰 스콜피온이 조용히 지켜볼 것 같지는 않다.

"이건 한 번 되돌아가서 바리마 씨의 의견을 묻는 편이 좋겠어."

"그렇네, 아무래도 버거운 싸움은 피해야지."

"한 번 돌아가는 게 맞아."

"나에게 미스릴 검만 있었어도……."

분위기를 풀기 위한 말이겠지만, 아무도 토우야의 혼잣말은 지적하지 않았다.

카리나는 가만히 큰 스콜피온을 응시하고 있었다.

으음~ 무찌를 방법은 있나?

멜 씨의 말대로 작은 스콜피온이 방해가 된다.

작은 스콜피온이 없다면 진검승부라도 괜찮은데. 위에서 작은 스콜피온을 공격해서 먼저 토벌한 뒤에 싸울까?

내가 무찌를 방법을 생각하고 있는데 모두는 돌아가기로 의견을 일치시켰다.

"카리나도 그걸로 괜찮지?"

"……네."

카리나는 입술을 깨물더니 작게 분한 듯 대답했다.

카리나도 승낙해서 모두는 지나온 길을 돌아가려고 했지만, 나는 움직이지 않았다.

"유나 씨?"

"카리나는 제이드 씨네랑 같이 먼저 돌아가."

내 말에 모두가 놀란 표정을 지었다.

"유나, 설마 싸울 생각이니?"

"스콜피온은 샌드 웜과는 달라. 껍질은 단단하고 움직임도 빠르지. 위험해."

"지금은 무리를 할 상황이 아니야. 일단 바리마 씨에게 이야기한 뒤에 해도 늦지 않아."

모두가 나를 말리려 했다. 하지만 눈앞에 정상이 있었다. 저 커다란 스콜피온은 지금 데젤트 마을에 있는 모험가를 모두 모아도 무찌를 수 없을 것이다. 왕도나 다른 나라에서 강한 사람을 불러온다고 해도 시간이 걸린다.

게다가 무엇보다도 이곳에는 곰 치트를 가진 내가 있었다. 여기에서 싸우지 않는다면 언제 싸울 건가.

나는 카리나의 머리에 퐁 하고 손을 올렸다.

"유나 씨……."

"괜찮아. 확실하게 수정판은 손에 넣을 테니까."

카리나는 고개를 몇 번이나 저었다.

"안 돼요. 위험해요. 더는 괜찮아요. 아버님에게 보고할 거예요. 유나 씨는 여기까지 데려와 준 걸요. 약속을 지켜주셨어요. 아무리 유나 씨가 강하다고 해도 위험해요. 저런 마물에게는 이길 수 없을 거예요."

"아니야, 내 임무는 수정판을 손에 넣고 카리나와 함께 돌아가는 거야."

"유, 유나 씨……."

카리나는 내 곰 옷을 작은 손으로 쥐었다.

나는 카리나의 머리 위에 손을 두고 제이드 씨 일행을 바라봤다.

"카리나를 부탁할게요."

"정말로 싸울 셈이야?"

"그런 거라면 우리도 같이—."

"멜 씨와 여러분의 일은 찾는 물건의 장소까지 저와 카리나를 호위하는 거였잖아요. 이미 의뢰는 달성했어요. 나머진 제 일이에요."

"그러면 유나도 돌아가야 해."

"맞아, 아무리 중요한 물건이라도 여기에서 목숨을 걸고 싸울 필요는 없어."

세니아 씨와 멜 씨가 걱정하며 저지했다.

딱히 목숨을 걸고 싸울 생각은 없다. 곰 치트가 있어서 싸우는 것뿐이다. 게다가 여기에서 싸우지 않는 건 게이머로서 창피한 행위이다.

"못 이길 것 같으면 반드시 도망칠 테니까 괜찮아요."

“정말로 무리하지 않을 거야?”

“제게 만약의 일이 생긴다면 카리나가 책임을 느끼게 될 테니까요.”

나는 카리나의 머리 위에 한 번 더 퐁 하고 손을 얹었다.

“유나 씨…….”

“……알았어. 카리나는 책임을 지고 입구까지 데리고 갈게. 그러니까 유나도 꼭 돌아와야 해.”

죽으러 가는 사람처럼 이야기하지 말았으면 좋겠다.

그런 사망 플래그는 필요 없다고요.

나는 죽지 않아. 무리일 것 같으면 순순히 포기하고 도망칠 거야.

“곰순이도 카리나를 부탁해.”

“크~응.”

곰순이는 내게 몸을 기대왔다.

“오늘은 같이 자자.”

“크~응.”

곰순이는 카리나가 있는 곳으로 이동하더니 허리를 숙였다. 오늘 곰순이는 내 말을 잘 알아듣는다. 돌아가면 많이 놀아줘야겠네.

“정말로 무리는 하지 마.”

“안 해요.”

모두가 지나왔던 통로로 이동하자 나는 입구를 흙 마법으로 막았다.

“유나!”

"유나 씨, 어째서 막는 거예요!"

벽의 반대쪽에서 카리나가 외치는 소리가 들린다.

"스콜피온이 이쪽을 통해서 카리나 일행을 따라가면 큰일이잖아."

나를 발견하면 여기까지 올라올지도 모른다. 그렇게 되면 최악의 상황에는 양동을 당하게 된다.

게다가 무엇보다도 카리나와 제이드 씨 일행이 돌아오는 것을 막기 위함이다. 어떤 싸움이 될지 모르지만 동굴이 무너질 위험에 휘말릴지도 모른다. 치트를 전부 사용해서 싸우게 될지도 모른다. 되도록 그런 모습은 보이고 싶지 않다. 그리고 내가 싸우는 모습을 보고 카리나가 또 울어버린다면 곤란하다.

입구를 막아두면 돌아올 수는 없다.

"그럴 수도 있지만……."

"유나 씨……."

벽 반대편에서 카리나의 울 것 같은 목소리가 들려왔다.

"유나 씨…… 죽지 마세요."

곰 치트가 있으니까 괜찮아.

위급할 때는 곰 이동문도 있고 오히려 모두가 있으면 쓸 수 없다.

"아가씨, 돌아오면 같이 맛있는 거라도 먹으러 가자고."

"토우야가 사는 거지?"

"유나, 돌아오면 한 번 더 곰돌이를 타게 해줘."

"조금만이에요."

“다음에 나이프를 써서 겨뤄보고 싶어.”

“조금은 봐주셔야 해요.”

어쩐지 벽 너머로 마지막 인사를 나누는 것처럼 되었는데, 관둬주길.

나는 살아서 돌아갈 거다.

카리나와 다른 사람들은 입구에서 멀어졌다.

그럼, 싸움을 시작해볼까.

338 곰 씨, 거대 스콜피온과 싸우다

혼자 남은 나는 거대 스콜피온에게 시선을 보냈다.

"자, 남겨진 건 좋은데 어떻게 할까, 곰돌아?"

함께 남은 곰돌이에게 묻는다.

"크~응."

그런 거 몰라, 와 같은 얼굴을 하는 곰돌이.

그건 그렇겠지.

"곰 화염으로 태워버릴까."

잠깐 상상을 해봤다. 껍질을 태울 수는 없어도 안은 열로 구워질지도 모른다. 냄비에 불을 가하면 열기는 내부까지 전해진다. 안으로 열이 전달되면 속이 익어버릴 것이다.

곰돌이를 보자 「크~응」 하고 울면서 작게 고개를 저었다.

어째서지?

곰돌이는 몸을 일으키더니 자신의 배에 손을 가져갔다.

"배가 아파?"

"크~응."

곰돌이는 고개를 젓는다.

아무래도 아닌 모양이다.

곰돌이는 머리를 움직이며 커다란 스콜피온을 바라봤다.

"스콜피온?"

곰돌이의 배…… 스콜피온…… 그것에 이끌어지는 대답은…… 그게…….

탁, 아아, 알았다.

"수정판이구나."

내 대답이 맞았는지 곰돌이는 기뻐했다.

자신의 배를 만졌던 건 스콜피온의 안에 있는 수정판을 나타낸 것 같다.

그랬지. 수정판의 강도가 어느 정도인지도 모른다. 곰 화염의 열을 견뎌낼 수 있을 것 같지는 않다. 곰 화염은 꽤 온도가 높으니 곰 화염으로 수정판을 달구면 망가질지도 모른다. 아니, 틀림없이 망가질 거다.

하지만 그렇게 되면 전격 계열 마법도 쓸 수 없다. 체내에 어떠한 영향을 줄지 모르기도 하고 전격이 흘러서 수정판이 깨져버릴지도 모른다. 그렇게 생각하니 내부 파괴의 마법은 쓸 수가 없을 것 같다.

나머지는 물, 얼음, 바람, 흙이 되는데 어느 것 하나 치명상을 줄 수 있을 것 같지 않다.

싸우기 전엔 곰 치트를 사용하면 간단하게 쓰러뜨릴 수 있을 거라 생각했지만, 체내에 있는 수정판을 생각하니 사용할 수 있는 공격 방법이 제한됐다.

이건 의외로 골치가 아픈 싸움이 될지도 모르겠다.

알려준 곰돌이의 머리를 쓰다듬으며 고맙단 말을 해둔다.

우선 거대 스콜피온과 싸우기 전에 방해가 되는 작은 스콜피온을 처리하기로 했다.

나는 수십 미터 정도의 높이에서 몸을 쑥 내밀어, 바로 아래 부근을 걷고 있는 스콜피온을 향해 얼음 화살을 날렸다.

얼음 화살은 스콜피온의 등에 꽂혔다. 그러나 아무 일도 없었다는 냥 걸었다.

껍질이 단단한 탓인지 얼음 화살에 위력이 없었던 것인지 이 정도의 공격으로는 무찌를 수 없는 것 같다.

송사리라고 생각해서 조금 쉽게 봤나?

조금 더 단단하고 날카롭고 빨라야 할 것 같다.

얼음 화살이 꽂힌 스콜피온은 꼬리를 위로 올렸다. 그리고 위에 있는 내게로 침을 날려왔다. 나는 곧바로 몸을 물러 피했다.

나는 다시 앞으로 기어가 아래를 봤다. 그러자 스콜피온이 모여들기 시작했다.

잠깐, 빠르잖아.

얼음 화살을 하나 날렸을 뿐인데.

얼마나 연락망이 잘 되어 있는 거야. 그래도 여기에 있으면 괜찮겠지.

그렇게 생각했는데 스콜피온이 벽을 기어올랐다.

농담이지? 심지어 올라오는 속도가 빠르다.

하지만 이것으로 통로의 벽을 막았던 것은 옳았다는 게 판명됐다. 스콜피온이 이곳에서부터 카리나 일행을 쫓아가는 일은 막았다.

나는 기어오르는 스콜피온의 바로 위로 이동했다. 스콜피온은 본능대로 벽을 기어올랐다. 바로 위에 서자 텅 빈 머리가 맞춰 주세요, 하고 말하는 것처럼 보였다.

나는 작은 입을 탁탁, 거리면서 올라오는 스콜피온의 입을 노려서 단단하고 날카롭고 빠른 얼음 화살을 날린다. 얼음 화살은 스콜피온의 입에 꽂혔고 스콜피온은 지면으로 떨어진 뒤 움직임을 멈췄다.

어떤 생물이든 그렇겠지만 입은 약점이다. 이빨 같은 것으로 막지만 않으면 체내를 파괴하고 끝이 난다.

나는 기어 올라오는 스콜피온의 입을 슈팅 게임처럼 맞춰서 떨어뜨렸다. 수는 많지만 확실하게 줄었다.

단순한 작업으로 스콜피온을 전멸시킬 수 있을 거라 생각했는데 거대 스콜피온이 천천히 움직였다. 그리고 머리가 내 쪽을 향했다. 부리부리한 검은 눈이 나를 쫓았다. 기분 나빠.

거대 스콜피온은 엉덩이를 높게 올리더니 그 끝을 내게로 조준

했다. 나는 곧바로 머리를 숙여 피했다. 거대 스콜피온으로부터 몇 발의 침이 날아들었다.

침은 스콜피온이 올라오려 했던 벽과 내 뒤의 벽에 꽂혔고, 일부 벽이 무너져 내렸다. 그 덕분에 올라오려 하던 스콜피온들은 지면에 떨어졌다.

침은 내 팔 정도의 두께였고, 끝이 뾰족했다. 맞는다면 곰 장비라도 괜찮을지 불안해진다. 충격은 견뎌내겠지만 날카로운 끝부분이 어떻게 될지 모르겠다. 곰 옷이 뚫릴 거라고는 생각되지 않지만 부딪쳤을 때의 이미지가 떠오르지 않았다. 그렇다고 해서 시험 삼아 맞아볼 생각은 없다.

거대 스콜피온은 공격 태세를 풀지 않고 계속 침을 날렸다. 작은 스콜피온들도 포기하지 않고 벽을 오르려 했다. 이건 위험할지도……. 작은 스콜피온의 상대를 하면서 거대 스콜피온과 싸우는 건 골치 아프다. 가능하다면 조금 더 수를 줄이고 싶었다.

나는 작은 스콜피온을 공격하면서 곰돌이를 불렀다.

곰돌이를 꺼낸 채로 둔다면 위험하기에 송환하기 위해서다. 물론 곰돌이의 전투 능력을 의심하는 건 아니다. 하지만 스콜피온의 공격만이 아니라 내 공격에 휘말릴 수도 있었다.

그렇지만 곰돌이는 조금 싫은 느낌으로 「크~응」 하고 울었다.

"나는 괜찮다니까."

"크~응."

나는 곰돌이를 쓰다듬었지만 곰돌이는 싫어했다.

"위험하잖아. 부탁할게."

"크~응."

"미안, 다 싸우면 또 부를게."

나는 싫어하는 곰돌이를 송환했다. 걱정해주는 건 기쁘지만 나도 곰돌이가 걱정된다. 만약 곰돌이에게 만약의 일이 생긴다면 후회할 거다. 분명 스스로를 용서할 수 없겠지. 곰돌이와 곰순이는 내 소중한 가족이다.

곰돌이를 송환한 나는 혼자서 거대 스콜피온과 대치했다.

"그럼, 날아다녀 볼까요!"

나는 거대 스콜피온이 날려 보내는 침을 조심하면서 작은 스콜피온을 확실하게 쓰러뜨렸다.

벽을 기어오르는 스콜피온이 사라져간다. 70퍼센트에서 80퍼센트는 무찌를 수 있었다.

나머진 지면을 기어 다니고 있었다.

나는 양손에 곰돌이 나이프와 곰순이 나이프를 감아쥐었다.

검은 자루의 미스릴 나이프는 곰돌이 나이프, 하얀 자루의 나이프는 곰순이 나이프라고 이름 지었다. 여전한 네이밍 센스이지만 가잘 씨가 내 곰 장갑의 색에 맞춰 만들어 줬다. 그래서 그 색에 맞춘 이름을 붙였다.

나는 나이프를 양손에 감아쥔 채 수십 미터 정도의 높이에서 뛰어내려, 작은 스콜피온을 향해 달리기 시작했다. 그리고 지면에 있던 작은 스콜피온을 향해 물 마법을 날렸다. 물을 끼얹으면 스콜피온은 순간적으로 경직된다. 나는 오른손에 든 곰돌이 나이프로 꼬리를 자르고 목에 곰순이 나이프를 찔렀다.

내가 2마리, 3마리를 잘라내며 무찌르고 있는데 거대 스콜피온이 천천히 몸을 움직였다. 꼬리가 나를 쫓고 있었다. 그리고 상상한 대로 침을 연사하며 날려 보냈다.

"잠깐."

나는 다리에 힘을 주고 옆으로 피했다. 그대로 거대 스콜피온의 주위를 오른쪽으로 돌아 달리며, 작은 스콜피온의 움직임을 물 마법으로 저지하고 곰돌이 나이프와 곰순이 나이프로 처치했다.

그건 그렇고, 정말로 카리나 일행이 돌아가서 다행이다.

내가 싸우고 있는 모습을 보이고 싶지 않았다.

물론 치트의 힘을 보여줄 수도 없고 무서움에 떨게 했을지도 모른다. 무엇보다 곰 인형 옷차림으로 마물과 싸우는 모습 같은 건 너무 초현실적이라 보여주고 싶지 않다.

나는 거대 스콜피온의 주위를 달리면서 작은 스콜피온을 무찌르고 수를 줄였다. 그동안에도 거대 스콜피온은 나를 향해 침을 날려 보냈다.

성가셔!

그래도 작은 스콜피온을 무찌르지 않으면 내 발목을 잡게 될 거다. 그렇다고 해서 거대 스콜피온을 무시할 수는 없다. 거대 스콜피온이 휙 하고 그 자리에서 돌더니 꼬리를 뻗어 원심력으로 꼬리를 돌렸다.

빨라!

거대 스콜피온의 꼬리가 나를 덮쳐왔다. 나는 위로 뛰어올라 피했다. 커다란 꼬리가 내가 있던 위치를 대단히 빠른 속도로 지나갔다. 꼬리가 지나간 곳에는 작은 스콜피온이 있었다. 작은 스콜피온은 꼬리에 휘말려 튕겨 날아가 벽에 충돌한 뒤 숨통이 끊어졌다.

스콜피온의 사체는 그 위력을 나타내듯 뭉개져 있었다.

그런 공격을 당했다면 절대 견딜 수 없을 거다. 설령 아프지 않더라도 싫다.

그래도 이것으로 스콜피온이 줄었다. 다른 스콜피온은 순순히 옆으로 파낸 서식지로 도망치기 시작했다.

이건 이것대로 럭키인가?

이것으로 주위를 신경 쓰지 않고 거대 스콜피온과 싸울 수 있게 됐다.

지금부터가 진짜 승부다.

커다란 물 구슬을 만들어 거대 스콜피온을 향해 날렸다. 스콜피온은 회전시킨 꼬리로 물 구슬을 파괴시킨다. 파괴된 물 구슬은 스콜피온에게 끼얹어졌지만 움직임은 멈추지 않았다.

송사리 스콜피온과는 다른 모양이다.

다음으로 베어 커터를 날렸다. 커다란 집게로 막아낸다. 상처가 조금 난 정도이다. 역시 단단한 건 자를 수 없는 건가.

다음으로 커다란 바위를 만들어 있는 힘껏 회전을 시킨 뒤 날렸다. 스콜피온은 양손의 집게로 얼굴을 지켰다.

바위는 스콜피온의 껍질을 아주 조금 들어가게 했다.

힘 기술이 유리할까.

하지만 스콜피온의 안에 있는 수정판이 충격으로 깨지진 않을지 걱정된다.

스콜피온 안에 있는 수정판이 신경이 쓰여서 마음껏 공격할 수가 없다.

게다가 좁은 공간이 생각보다도 싸우기 힘들었다. 거리를 두는 게 어렵다.

스콜피온이 다가왔다. 오른손의 큰 집게로 나를 잡으려 든다. 나는 왼쪽으로 돌아 달리며 피했다. 하지만 그 순간 휙 하고 스콜피온의 큰 몸이 회전했다.

나는 점프를 해서 처음 들어왔던 입구인 고지대 부분에 착지했다.

한숨 돌리며 대처 방법을 생각하려 했지만 상대는 그런 시간은 주지 않았다. 꼬리를 내 쪽으로 돌리더니 침을 날려 보냈다.

내 뒤쪽 윗벽이 침의 충격으로 무너져 내렸다.

잠깐은 생각할 시간을 주렴.

아아, 태워버리고 싶다. 전격을 쓰고 싶다. 체내를 구워버리고 싶다. 마음대로 공격하고 싶다. 스트레스가 쌓였다. 약한 상대가 자기의 분수도 모르고 우쭐대며 공격을 해오는 기분이다.

코를 꺾어버리고 싶어진다.

지면에 내려와 스콜피온의 정면에 섰다.

정면에 서니 얼굴이 무섭다. 기분 나쁘다. 기어서 다가온 스콜피온은 집게를 휘둘러 내리쳤다. 나는 옆으로 피하고 전방으로 점프를 했다. 그리고 스콜피온의 머리를 디딤돌로 삼아 등으로 올라섰다.

절호의 찬스.

나는 곰돌이 나이프에 마력을 보내 껍질을 찔렀다.

좋아, 나이프의 공격은 통했다.

곰돌이 나이프와 곰순이 나이프로 등을 베어갔다.

그러나 몸 안까지 닿지 않았는지 피 같은 건 나오지 않았다. 껍질 부분이 두꺼워서 나이프는 몸 안까지 도달하지 않은 모양이다.

이건 나이프가 아니라 장검으로 만들었으면 좋았으려나? 원래라면 나이프로 상처를 입힌 부분에다 마법을 날리고 싶지만 몸 안에 있는 수정판이 가까울지도 모른다 생각하니 할 수 없었다.

내가 스콜피온의 등에서 당황하고 있는데 꼬리가 덮쳐왔다. 나는 곰돌이 나이프를 가로로 한 번에 베어버렸다. 꼬리의 끝이 잘려 나갔다. 이것으로 침을 날리는 것은 못 할 거다.

하지만 그렇게 생각한 건 잠깐이었다. 꼬리 끝이 부풀어 오르더니 곧바로 새로운 바늘 끝이 나왔다.

이건 뿌리 쪽을 잘라내지 않으면 안 되는 건가?

그럼, 어떻게 해야 할까.

339 곰 씨, 거대 스콜피온을 토벌하다

스콜피온의 등 위에 올라탄 나를 향해 꼬리가 덮쳐왔다. 나는 발을 내디뎌 피했다. 하지만 내딛은 게 잘못이었다. 꼬리가 부메랑처럼 되돌아와서는 공중에 있는 나를 덮쳐 내팽개쳤다. 튕겨 나간 나는 벽 근처까지 굴렀다.

긴장을 푼 건 아니지만 아직 무의식적으로 게임을 하는 감각인 걸까?

게임이라면 데미지를 받아도 회복 아이템이 있었다. 그래서 다소 터프하게 싸우는 방식이라도 문제는 없었다.

이 세계에는 회복약 같은 것이 없다. 지금까지 본 적이 없다.

그러니 만약의 일을 생각한다면 조금 더 진지하게 싸워야 했다.

곰 장갑의 손으로 지탱하며 지면에서 몸을 일으키려고 했다. 손끝에는 물웅덩이가 있었고, 곰 장갑이 물에 잠겼다. 아무래도 나는 물 웅덩이 속으로 날려진 모양이다.

이게 신님에게 받은 곰 인형 옷이 아니었더라면 하얀 옷이 새까맣게 더럽혀졌을 거다.

그런데, 물?

나는 주위를 봤다. 주위에는 물웅덩이가 여기저기 생겨 있었다. 처음 왔을 때는 없었던 거다.

아마 내가 물 마법을 날려서 생긴 물웅덩이다.

아무래도 이곳의 지층은 암반으로 되어있어서 흙과 모래처럼 물을 흡수하지 않는 것 같다. 물이 잘 빠지지 않아 웅덩이가 생긴 거겠지.

스콜피온을 무찌를 좋은 방법이 떠올랐다.

그걸 사용하면…… 하나로는 시간이 걸린다. 그렇다면, 여러 개인 경우엔…….

응, 이거라면 가능할 것 같다.

나는 흙으로 된 곰 골렘을 5마리 정도 만들어 냈다. 눈앞에 곰 골렘이 나란히 선다. 그리고 스콜피온을 향해 곰 골렘을 날렸다. 골렘에는 공격은 시키지 않고 스콜피온의 주위를 달리게 만들어 주의를 끌도록 했다. 그동안에 나는 벽을 따라 달린다.

벽을 따라 달리면서 벽에 뚫려 있는 구멍을 흙 마법으로 막았다. 가끔 작은 스콜피온의 모습이 보여서 놀랐지만 신경 쓰지 않고 구멍을 막았다.

그동안에도 곰 골렘이 스콜피온의 주위를 달려 주의를 끌어줬지만, 곰 골렘은 단단한 집게에 맞거나 꼬리의 공격으로 인해 파괴되어 갔다. 나는 곰 골렘이 파괴되는 것을 보면서 벽에 뚫린 구멍을 막았다.

그리고 마지막 곰 골렘이 집게에 붙잡혀 잘리고 뭉개졌다.

흙으로 만들었어도 곰이 파괴되는 건 기분이 나쁘다.

하지만 곰 골렘 덕분에 이 동굴을 전부 돌 수 있었다. 이것으로 스콜피온을 무찌를 준비는 끝났다.

이대로 스콜피온을 쓰러뜨리는 작업에 돌입해도 좋지만 그렇게 하면 내 기분이 풀리지 않는다. 조금 전 꼬리에 맞은 앙갚음도 끝나지 않았고 곰 골렘도 파괴되었다. 그 몫은 확실하게 이자를 쳐서 갚아주기로 했다.

나는 다시 흙으로 된 곰 골렘을 한 마리 만들어 스콜피온의 눈앞을 달리게 했다. 스콜피온의 주의가 곰 골렘에게 빼앗겨 있는 동안에 사각에서 스콜피온에게 다가갔다. 그리고 움직이는 스콜피온의 등에 올라탔다. 등에 올라탔다는 것을 알아차린 스콜피온은 꼬리를 휘둘러 내리쳤지만 나는 피하며 꼬리의 뿌리 부분까지 다가갔다.

여기라면 꼬리로 공격하는 것도 집게로 공격하는 것도 불가능하겠지.

감아쥔 곰돌이 나이프를 스콜피온의 꼬리의 뿌리 부분을 향해 꽂았다. 이것만으로는 두꺼워서 잘라낼 수는 없다. 나이프를 한 번 뽑고 또다시 찌르려 한 순간, 스콜피온이 몸을 회전시켜 나를 떨쳐내려 했다.

곧바로 곰돌이 나이프를 꽂아 휩쓸리지 않게 했다.

스콜피온은 회전을 멈추지 않았다. 왼손에 든 곰순이 나이프도 찔러서 몸 바로 앞까지 나이프를 당겼다. 결국 꼬리의 뿌리 부분을 잘라냈다.

그리고 오른손의 곰 장갑에 마력을 모아 베어 커터를 날렸다.

베어 커터, 베어 커터, 베어 커터, 베어 커터, 베어 커터.

스콜피온의 입에서 「기기기기기기기기」 하고 울부짖는 듯한 소리가 흘러나왔다. 그리고 회전이 멈춘 것과 동시에 꼬리가 잘렸고, 원심력으로 나는 꼬리와 함께 벽까지 날아갔다.

꼬리가 잘린 스콜피온은 입을 고속으로 탁탁탁탁 소리 내며 눈알을 굴렸다.

조금 화나게 했나.

그래도 조금 전의 앙갚음은 했다.

원래라면 2라운드에 돌입해도 괜찮지만 수정판을 생각하면 공격은 이쯤으로 해둔다.

화가 난 스콜피온은 몸을 한 번 일으켜 세우더니 나를 향해 엄청난 속도로 덮쳐왔다. 곰 신발에 힘을 담아 천장 근처까지 날아올랐다.

스콜피온은 내가 사라져도 멈추지 못하고 벽에 들이박았다.

머리에서 상당한 피가 흘러나왔다.

나는 천장 부근의 벽 쪽에 흙 마법으로 발을 둘 곳을 만들어

착지했다.

스콜피온은 나를 발견하지 못하고 광분해 있었다.

설령 내가 위에 있는 걸 찾아낸다고 해도 꼬리가 없어서 침을 날릴 수도 없다.

그럼, 토벌 준비를 해볼까요.

나는 흙 마법으로 발을 둘 공간을 넓혔다. 그리고 곰 이동문을 꺼냈다. 그것도 하나가 아니다. 나열하듯 곰 이동문 10개를 만들었다. 그리고 그중 하나를 사용해서 미릴러 마을에 있는 곰하우스로 이동했다.

오랜만의 미릴러 마을이다.

오래 있을 여유는 없어서 곧바로 곰 하우스를 나선다.

밖으로 나오자 여러 가지로 개발이 진행된 듯 건물이 세워져 있었다. 그런데 곰 하우스 주변에만 아무것도 없었다. 마치 내 곰 하우스를 피하는 것처럼 건물이 세워져 있었다.

설마, 따돌림 당하는 거야?

뭐, 지금은 그런 걸 생각할 상황이 아니다. 곰 하우스를 나선 나는 다른 사람에게 들키지 않도록 산속을 달리거나 울타리를 뛰어넘어, 아무에게도 들키지 않고 마을 밖으로 나왔다. 그리고 그대로 마을에서 벗어나 해안가를 달려 사람이 오지 않는 곳까지 갔다.

여기까지 왔으면 되려나?

나는 파도 치는 쪽 근처에 마법으로 2미터 정도 깊이의 구멍을 팠다. 그리고 그 구멍 밖에 1개, 구멍 안에 9개의 곰 이동문을 만들었다. 그리고 각각의 곰 이동문을 조금 전의 피라미드 지하에 만든 곰 이동문으로 연결했다.

그리고 1개만 구멍 밖에 만든 곰 이동문을 이용하여 피라미드 지하로 돌아갔다.

나는 아래를 봤다.

아직 스콜피온은 화나 있네. 이건 머리를 식혀 줘야지, 안 되겠군.

나는 마무리로 곰 이동문과 바다 사이에 있는 모래를 마법을 사용해 치웠다.

그러자 9개의 곰 이동문을 통해 대량의 바닷물이 폭포처럼 흘러들어왔다.

바닷물은 스콜피온의 몸쪽으로 계속 쏟아졌고 점점 차올랐다. 이것으로 조금은 머리가 식었을까?

위에서 상황을 보자 머리가 식혀지기는커녕 「기기기기기기」 하고 으르렁거리며 더욱 분노하는 것처럼 보인다.

하지만 이것으로 끝이다. 결국 스콜피온은 바닷물에 잠기게 될 거다.

스콜피온이 벽을 기어오를 수도 있어서 걱정했지만 허둥지둥 지면을 돌아다니기만 할 뿐 벽을 기어오르려고는 하지 않았다. 혹시, 너무 커서 벽은 못 타나?

만약 기어오르는 것 같으면 쳐서 떨어뜨리려 했는데 그럴 걱정도 없는 것 같다.

흘러들어온 바닷물로 수위가 올라가지만 전부 잠기려면 아직 시간이 걸릴 것 같다.

나는 감시를 부탁하기 위해 곰돌이를 소환했다. 그러자 곰돌이는 곧바로 나에게 들이댔다. 「크~응」, 「크~응」, 「크~응」 하고 화가 난 건지 불만을 이야기하는 것처럼 느껴졌다.

"걱정시켜서 미안."

"크~응."

"이제 괜찮아."

"크~응."

곰돌이를 쓰다듬고 안아주니 겨우 곰돌이가 용서해줬다.

걱정해주는 건 기쁘지만 내 마음도 알아주면 좋겠다.

"그럼, 잠시 쉴 테니까 스콜피온이 무슨 짓 하면 알려줘."

부탁을 받은 곰돌이는 「크~응」 하고 기뻐했다.

나는 곰돌이의 배에 기대어 폭포처럼 흐르는 바닷물의 소리를 들으며 쉬기로 했다.

곰돌이에게 안겨서 누워 있는데 점점 편해져 간다. 바닷물의 폭포 소리도 의외로 나쁘지 않다.

무엇보다 곰돌이의 배가 기분 좋다.

긴 시간 동안 꿈과 현실의 사이에서 꾸벅꾸벅 졸고 있는데 몸이 흔들렸다.

뭐지?

눈을 뜨자 곰돌이가 내 몸을 흔들고 있었다.

"곰돌아?"

"크~응."

곰 이동문에서는 여전히 「쏴~~」 하고 폭포처럼 물이 흘러내리는 소리가 들렸다. 잘도 이런 곳에서 졸고 있었다. 지쳤었나?

"무슨 일 있어?"

"크~응."

나는 몸을 일으켜 스콜피온의 상태를 살펴봤다.

동굴 바닥에 있는 스콜피온은 가만히 있었다. 죽었나?

나는 탐지 스킬로 확인했다. 동굴 바닥과 탐지 스킬에 나와 있는 마물의 위치를 확인했는데 반응이 없다. 이것으로 거대 스콜피온의 토벌은 완료다.

알려준 곰돌이에게 고맙단 말을 했다.

그리고 바닷물의 흐름을 막기 위해 곰 이동문을 사용해서 해안으로 이동했다. 흙 마법으로 방벽을 만들고 곰 이동문으로 흐르는 바닷물을 막은 뒤 곰 이동문의 문을 닫아 이동문을 전부 회수했다.

그리고 귀찮지만 미릴러 곰 하우스까지 돌아가 곰 하우스에 있는 곰 이동문을 사용해서 동굴로 돌아왔다. 마지막으로 동굴에 있는 곰 이동문도 회수하면 끝이다.

자, 남겨진 문제는 어떻게 스콜피온을 회수할지인데, 그건 다 생각해 놨다.

땅굴을 파면 바닷물을 내보내기에 시간이 걸린다. 게다가 바닷물을 흘려보낼 공간이 없으면 보내는 것도 불가능하다. 그러니 바닷물은 이대로 두고 스콜피온만을 회수하기로 했다.

나는 자신의 주변에 바람 마법으로 비눗방울을 만들었다.

전에 크라켄을 토벌하려고 했을 때 생각했던 방법이다.

이거라면 싸우는 건 불가능하지만 짧은 시간 동안 물 안에 들어갈 수 있다고 생각해서 만들어봤다.

하지만 이건 쓸만한 게 못되었다.

산소가 길게 유지되지 않았다. 비눗방울에 들어가 있는 산소만큼만 물속에 있을 수 있었다.

뭐, 생각해보면 당연한 이야기다. 산소는 숨을 쉬면 사라진다. 단순한 거다.

하지만 스콜피온을 회수할 정도의 시간이라면 문제는 없다.

"그럼, 잠깐 회수하고 올 테니까 기다리고 있어."

곰돌이에게 기다리도록 말하고 나는 바닷물 속으로 들어갔다. 내가 들어간 공기 방울은 천천히 내려가 거대 스콜피온이 있는 곳까지 도달했다. 그리고 도착하자마자 스콜피온에게 손을 뻗어 곰 박스로 회수했다.

이것으로 임무 완료. 겸사겸사 잘라낸 꼬리와 초반에 무찔렀던 작은 스콜피온도 회수하여 곰돌이가 있는 곳으로 돌아갔다.

이제는 카리나가 있는 곳으로 돌아가기만 하면 된다.

하지만 돌아가는 길이 없다는 것을 알아차렸다. 내가 들어온 통로는 바닷물 안에 잠겨 있었다.

뭐, 출구가 없다면 지상까지 뚫으면 된다. 나는 올라가는 계단을 만드는 것처럼 땅을 파기로 했다.

미릴러 마을과 크리모니아 마을 사이에 있는 산에 터널을 팠을 때를 생각하면 간단한 일이다.

나는 바위를 파내고 모래를 밀어 헤쳐서 위로 올라갔다. 위를 향해 파며 나아가자 드디어 지상으로 나왔다.

오오, 눈부셔. 나는 곰 후드를 깊게 눌러쓰고 빛을 차단했다.

무사히 밖으로 나올 수 있었다.

바닷물은 그대로 두고 돌아왔는데, 얼마 안 가서 이 바닷물은 모험가에 의해 발견되고 연구자가 이 피라미드의 지하에 바닷물과 물고기가 있는 이유를 연구했다는 것은 별개의 이야기다.

……내 탓이 아니지?

340 카리나, 곰 씨를 걱정하다

곰 옷차림을 한 이상한 여자아이. 무척 상냥하고, 귀엽고, 모험가로는 생각되지 않는 여성. 국왕 폐하에게 부탁을 받아 사막을 건너 물의 마석을 가지고 와준 사람. 내 마음이 뭉개질 것 같을 때 가만히 손을 건네준 사람.

모두가 무리라며 맡아주지 않았는데 웃는 얼굴로 받아들여 줬다. 샌드 웜의 무리를 무찌르고 저를 수정판 근처까지 데리고 가 줬어요.

그런 유나 씨가 혼자서 믿기지 않을 정도로 커다란 스콜피온과 싸우겠다고 말을 꺼냈습니다.

저는 벽을 바라봤습니다. 이 벽 너머에는 유나 씨와 곰돌이가 있죠.

유나 씨, 수정판은 됐으니 무사히 돌아와 주세요.

"크~웅."

불안해 하는 제게 곰순이가 다가와 주네요. 위로해주고 있는 걸까요.

저는 곰순이를 쓰다듬었어요. 유나 씨와 같은 무척 착한 곰이랍니다.

"카리나, 출발하자."

제가 벽을 보고 있는데 멜 씨가 말을 건네옵니다.

이곳에 언제까지고 있을 수는 없으니 이동을 합니다.

저는 곰순이의 등에 탔어요. 미련이 남았지만 곰순이가 걷기 시작합니다.

"유나라면 괜찮을 거야."

남겨진 유나 씨를 걱정하고 있는데 멜 씨가 친절하게 말을 걸어 주네요.

"그래도 그렇게 큰 마물을 혼자서 상대하는 건……."

"카리나도 큰 샌드 웜을 쓰러뜨리는 모습을 봤잖니? 유나는 정말로 강한 모험가니까 분명 무찌르고 돌아올 거야."

"게다가 곰돌이가 같이 있으니까 걱정마."

멜 씨와는 반대쪽을 걷던 세니아 씨가 말을 건넵니다. 그렇게 말하지만 곰돌이와 함께 당할지도 몰라요.

만약 저였다면 무서워서 다리가 굳어버려 움직이지 못할 겁니다.

"무엇보다 유나가 싸우겠다고 했으니까 그 말을 존중해야 하지."

"그게 모험가야."

그런 게 모험가인 건가요?

저는 절대로 모험가는 되지 못하겠네요.

"그래도 말이야, 그런 커다란 스콜피온은 본 적이 없단 말이지. 혼자서 무찌를 수 있을까? 게다가 작은 스콜피온도 무지막지하게 많았잖아."

뒤에서 걷는 토우야 씨가 말을 합니다.

토우야 씨의 말이 맞아요.

그 수의 마물을 유나 씨 혼자서 쓰러뜨리다니 무리일 거예요.

"유나는 작은 스콜피온을 간단하게 무찔렀잖아."

"그래도 그 좁은 공간에서 심지어 커다란 스콜피온까지 있는데. 전에는 한 마리씩 스콜피온을 쓰러뜨렸지만, 그 공간에 들어가면 한꺼번에 공격해올 거라고."

"그렇긴 하지만……."

토우야 씨의 말에 멜 씨는 동의를 해버립니다.

그렇다는 말은 역시 무찌르지 못한다는 게 되는 건가요.

"그래도 유나가 남겠다고 했으니 무찌를 방법이 있겠지. 골렘 때도 혼자서 쓰러뜨리러 가버렸던 아이니까."

"그때는 놀랐지. 모두가 포기하고 술을 마셨던 다음 날에 아가씨가 광산에서 돌아오더니 골렘을 쓰러뜨렸다고 했으니까."

"유나가 싸우는 모습을 본 사람은 적어. 그래도 강한 마물을 토벌했다는 것은 모두가 인정하지. 그걸 증명하듯 모험가 길드의 랭크도 높아. 무찌르지 못한다는 걸 알게 되면 알아서 도망칠 거야."

모험가 랭크는 C였어요. 15살인데 이 정도면 대단한 거라고 하네요. 게다가 크라켄이라는 마물도 무찔렀어요.

"어떻게 무찔렀는지 물어봐도 알려주지 않았지. 곰돌이가 쓰러뜨린 거일지도 몰라."

"그렇게 되면 이 곰도 강할지도 모르겠군."

토우야가 곰순이를 바라봅니다.

유나 씨가 호위로 붙여줬다는 건 강한 걸까요?

곰순이는 자기에 관해 말하는 걸 알고 있는 듯 「크~응」 하고 귀엽게 울었습니다.

"뭐, 그 아가씨는 이상한 아가씨니까."

"후후, 그렇지. 유나는 이상한 여자아이야."

"얼마나 강한지 알 수 없으니까."

모두가 말한 대로 유나 씨는 매우 이상한 사람이에요.

"그래도 대부분의 모험가는 아가씨가 싸우는 모습을 본 적이 없지."

"아마 다른 사람에게 보이고 싶지 않은 거겠지."

"사막의 샌드 웜 때도 유나 혼자서 무찌를 수 있었어. 그걸 숨기기 위해 우리에게 돕게 만들었던 거야."

세니아 씨는 그렇게 말하지만 정말로 그만한 수의 샌드 웜을 유나 씨 혼자서 무찌를 수 있었던 걸까요.

"모래 안에 숨어있는 스콜피온도 처리할 수 있잖아. 만약 내게 그런 실력이 있었다면 모두에게 뽐낼 텐데."

이야기를 들으니 유나 씨가 상상도 못 할 실력을 갖춘 사람으로 들리네요. 크라켄을 무찔렀다는 게 사실이라면 유나 씨는 정말로 강할 거예요. 그런데 유나 씨가 샌드 웜과 스콜피온이라는 마물을 무찌르는 모습을 봤지만 귀여운 곰 옷차림을 보고 있으면 도저히 그렇게는 여겨지지 않아요.

“그래도 아가씨가 어떻게 싸울지 궁금하지 않아? 게다가 걱정되지 않아?”

“당연히 걱정되지. 그런 귀여운 여자아이가 혼자서 남겨진 거잖아.”

“유나가 싸우는 모습을 보고 싶어.”

“그럼, 보러 가자.”

토우야 씨는 세니아 씨의 말에 동의하고 되돌아가려고 했지만, 제이드 씨가 막았습니다.

“우리의 일은 카리나를 밖으로 데리고 나가는 거야. 세니아도 토우야의 말에 동조하지 마.”

“제이드한테 혼났네. 토우야 탓이야.”

“내 탓이냐.”

웃음이 터져 나옵니다.

“게다가 돌아가면 유나에게 방해가 될 거야.”

돌아가고 싶지만 제이드 씨 말대로 싸울 힘이 없다면 방해가 될 거예요. 우리는 제이드 씨의 말에 따라 지상으로 돌아갔습니다.

유나 씨가 쓰러뜨린 스콜피온의 길을 지나 유나 씨가 만든 다리를 건넙니다.

지나왔던 길을 편하게 돌아가니 유나 씨가 엄청나게 대단한 사람이라는 것을 새삼 다시 느끼게 되네요.

그리고 우리는 무사히 피라미드 입구까지 돌아왔습니다.

밖으로 나오니 아직 유나 씨가 걱정이긴 해도 조금은 긴장이 풀리는 것 같네요. 제가 생각했던 것 이상으로 긴장을 했던 걸지도 몰라요.

제이드 씨 일행은 라가르트의 상태를 보러 갔습니다. 저는 곰순이와 함께 피라미드 입구에 남아 유나 씨가 돌아오는 걸 기다렸어요.

"유나 씨……."

"그렇게 걱정되니?"

제가 유나 씨의 이름을 말하자 뒤에서 멜 씨와 세니아 씨가 다가옵니다.

"라가르트를 보러 가신 게—."

"우리는 카리나의 호위야. 마물이 공격해올지도 모르잖아."

"크~응."

제 곁에 있던 곰순이가 웁니다.

"후후, 당연하지. 곰순이는 믿고 있어."

멜 씨는 곰순이의 머리를 쓰다듬었습니다.

아무래도 곰순이는 자신이 있으니 안심하라고 말하고 싶었던 모양이에요.

사람의 말을 이해할 수 있는 정말로 대단한 곰이네요.

“아아, 유나는 좋겠다. 나도 이런 소환수를 원해.”

그 말에는 저도 동의해요. 곰돌이와 곰순이를 무척 갖고 싶네요.

“그리고 이 아이와 유나는 마음이 연결되어 있다고 하니까 유나에게 무슨 일이 생기면 알지 않을까.”

분명 그런 말을 했었죠.

“곰순아, 유나의 상황을 알겠니?”

“크~응.”

무슨 말을 하는지 모르겠어요. 그래도 그게 사실이라면 유나 씨에게 무슨 일이 생겼을 때 알지도 모릅니다.

우리가 피라미드 입구에 있는데 우라간 씨가 찾아왔어요.

주위를 보니 다른 사람들은 해체를 하고 있네요. 그 후로 계속 하고 있던 모양이에요.

“이봐! 돌아왔나?”

“일단은.”

“그래서, 찾던 물건은 찾았고?”

“으음~ 찾았는데 가지고 오지 못했다, 라고 하는 게 옳으려나.”

“찾았는데 가지고 오지 못했다고?”

멜 씨의 말대로 수정판이 있는 곳은 발견했어요. 하지만 가지고 올 수는 없었죠.

“그건 무슨 말이야?”

“아무래도 마물이 집어삼킨 모양이야.”

"그런 건 쓰러뜨리면 되잖아. 도망쳐 돌아온 건가?"

"멋대로 말하지 마. 거대한 스콜피온이었다고."

라가르트를 살피고 돌아온 제이드 씨가 대답했습니다.

"소문으로 들었을 거 아냐. 가끔 거대화된 마물이 나타난다고."

"엄청나게 컸어."

멜 씨는 크게 팔을 벌려 스콜피온의 크기를 표현하려고 해요. 하지만 그 이상으로 컸죠.

"농담이지?"

"보통은 그렇게 생각하겠지. 그래도 사실이야."

"그럼, 포기하고 돌아온 건가?"

멜 씨는 고개를 저었어요.

"유나가 혼자 남아서 싸우고 있어."

"……어이 이봐, 그 곰 아가씨를 혼자 남기고 왔다는 거야?!"

멜 씨의 말에 우라간 씨가 눈을 크게 뜨고 놀란 표정을 짓습니다.

"그래."

"이봐!"

멜 씨가 긍정하자 우라간 씨가 화를 내며 멜 씨의 멱살을 움켜쥡니다.

하지만 세니아 씨가 우라간 씨의 목에 나이프를 겨눴어요.

"당장 그 손을 놔."

"젠장!"

세니아 씨의 말에 우라간 씨는 내팽개치듯 멜 씨를 놓았어요.

싸움은 안 됩니다.

"너희를 잘못 봤군. 아무리 곰 아가씨가 강하다고 해도 그런 마물이 있는 곳에 혼자 남겨두고 오다니."

우라간 씨가 화를 내네요.

"유나가 혼자 남겠다고 해서 어쩔 수 없었어."

"우리도 말렸다고. 그런데 유나가 혼자서 싸우겠다고 하니까 막지 못했던 거야."

저도 말리고 싶었어요.

하지만 그러지 못했죠.

"곰 아가씨는 정말로 블랙 바이퍼와 타이거 울프를 혼자서 쓰러뜨린 게 맞아?"

"알고 있었어?"

"곰 아가씨에 관해 아는 녀석이 파티에 한 명 있거든. 그 녀석에게 이야기를 조금 들었어. 처음에 들었을 때는 코웃음을 쳤지. 「접근하면 위험하다」나, 「엮이지 않는 게 좋아」라는 말을 꺼내더라고. 그래서 이유를 물었더니 농담 같은 말이 계속 나오잖아. 그래서 이번 의뢰를 받았는데 그 곰 아가씨가 있어서 놀랐어. 게다가 너희 정도의 파티가 아가씨를 신뢰하는 것 같고, 거대한 샌드 웜을 토벌하는 장면을 보니 거짓이 아니라는 걸 알 수 있었지. 직접 이 눈으로 봐도 아직도 곰 아가씨가 강하다는 게 믿기지 않지만 말이야."

우라간 씨는 웃었어요.

"그런 유나가 싸워보겠다고 하니 어쩔 수 없잖아."

"그렇다고 해서 너희까지 돌아올 필요는 없었잖아. 만약의 일을 생각하면 남는 게 보통이잖아."

"후후."

멜 씨가 웃습니다.

"뭐가 이상해?"

"그거야, 그렇게 유나를 걱정할 줄은 몰랐거든."

"……흥! 그런 거 아니야."

우라간 씨의 태도가 이상했던 건지 모두가 웃기 시작합니다.

맞아요. 처음 모험가 길드에서 만났을 때는 무서운 사람이라고 여겼어요. 하지만 저를 기억했던 건지 집에서 만났을 때 사과를 했죠.

그때는 의뢰주의 딸이라서 그랬나 싶었지만 원래는 상냥한 사람일지도 모르겠네요. 그래도 얼굴은 무섭습니다.

"그래서 이제부터 어떻게 할 건데?"

"유나를 기다릴 거야."

"그러면 시간이 남겠네. 해체를 도와줘."

우라간 씨는 엄지손가락을 자신의 뒤를 향해 휙휙 하고 가리켰어요. 그곳에는 해체 작업을 하는 우라간 씨의 파티 멤버가 있었죠.

"가능하면 마법사가 도와주면 도움이 될 거야. 물론, 해체해준 만큼 분배하는 양을 조절할 거야."

제이드 씨와 멜 씨가 서로의 얼굴을 보더니 고개를 끄덕였습니다.

"알았어. 내가 갈 테니까 세니아, 카리나를 부탁해."

"그래, 내가 맡을게."

세니아 씨는 대답하더니 곰순이에게 안겼습니다.

멜 씨는 어이없다는 표정을 지었지만 제이드 씨와 토우야 씨를 데리고 해체 작업을 하러 갔습니다.

"곰순아, 유나 씨에게 무슨 일 있으면 알려줘."

"크~응."

유나 씨, 무사히 돌아와 주세요.

341 곰 씨, 수정판을 손에 넣다

지상으로 나온 나는 주변을 둘러봤다.

"으음, 여기는?"

휙 하고 몸을 회전시키자 뒤에 피라미드가 있었다. 하지만 입구는 보이지 않았다. 곰 지도로 확인하니 아무래도 피라미드의 뒤로 나와버린 모양이다.

나는 나왔던 통로의 출구를 막고 곰돌이의 등에 올라타 피라미드의 정면으로 향했다.

돌아 들어가듯 정면의 입구로 향하고 있는데 전방에서 대단한 속도로 하얀 물체가 다가왔다.

곰이다. 아니, 곰순이다.

카리나를 태운 곰순이가 모래바람을 날리며 다가왔다. 카리나가 열심히 떨어지지 않기 위해 애쓰고 있었다. 뭐, 그렇게 매달리지 않아도 떨어지지 않지만 지금의 카리나는 그럴 상황이 아닌 것 같다.

나는 곰돌이의 등에서 내려왔다. 이대로라면 곰돌이와 곰순이가 부딪쳐버린다.

"곰순이, 스톱, 스톱, 멈춰!"

곰순이는 속도를 낮추고 내게 다가왔다.

"크~응, 크~응."

"곰순아, 다녀왔어."

곰순이의 머리와 턱을 쓰다듬어줬다. 곰순이는 기뻐했다.

"확실하게 카리나를 지켜줬구나. 곰순아, 고마워."

"크~응."

내가 곰순이를 칭찬하는데 곰순이에게 매달려 있던 카리나가 얼굴을 들었다.

"유, 유나씨?!"

카리나는 곰순이에게서 내려오더니 나에게 안겨들었다.

"유나 씨, 무사했군요. 저, 걱정했어요."

"크~응."

지지 않겠다는 듯 곰순이도 달라붙었다.

더해서 카리나도 달라붙었다.

"둘 다 진정해."

"유나 씨!"

"크~응."

나는 견디지 못하고 뒤로 쓰러져 버렸다. 물론 힘을 주면 똑같이 밀수는 있었지만 카리나와 곰순이를 상대로 그런 짓은 할 수 없다.

둘은 쓰러진 나를 덮쳤다.

그런 나를 곰돌이가 얼굴을 내밀어 보고 있었다.

"곰돌아, 구~해~줘."

곰돌이에게 도움을 요청하자 「크~응」 하고 울기만 할 뿐 도와주지 않았다.

너무해.

우선 둘을 비키게 하고 몸을 일으켰다.

아무래도 꽤 걱정을 끼친 모양이다.

"무사해서 다행이에요."

카리나는 눈물을 글썽이고 있었다.

머리를 쓰다듬으며 위로해주는데 라가르트를 탄 제이드 씨 일행이 다가왔다.

"유나?!"

"곰순이가 갑자기 달려가길래 무슨 일인가 싶었는데."

"곰순이가 달려가서 놀랐어."

제이드 씨와 멜 씨, 세니아 씨가 다가왔다.

하지만 토우야의 모습은 보이지 않았다.

"저기, 다녀왔어요."

"그런데 어째서 유나가 밖에 있는 거야? 우리는 입구에서 기다리고 있었는데."

"같은 길을 돌아가는 게 귀찮았거든요. 마법으로 살짝살짝 구멍을 파서 밖으로 나왔어요."

"『살짝살짝』이라니."

제이드 씨 일행은 어이없다는 얼굴을 했다.

어쩐지 전에도 같은 대화를 했던 것 같은 기분이 든다.

"그래서 스콜피온은 무찔렀어?"

"뭐, 일단은."

그 말에 모두가 놀란다.

"그래서 제이드 씨 일행에게 부탁이 있는데 해체를 부탁해도 될까요? 물론, 답례는 할게요."

나는 해체를 하지 못한다. 그렇다고 크리모니아로 가지고 돌아가서 피나에게 부탁할 수도 없다.

일단 마을로 돌아가 바리마 씨에게 해체할 수 있는 사람을 구해달라고 하는 것도 가능하지만, 그러면 스콜피온을 보게 될 거고 여러 가지로 귀찮아진다. 스콜피온에 관해 알고 있는 제이드 씨 일행에게 부탁하는 편이 좋다.

"딱히 보답은 필요 없어. 그 마물의 해체를 경험할 수 있는 것만으로도 충분해."

"경험했다고 해도 다음번에 우리가 그 마물을 해체할 일이 있을지 모르지만 말이야."

제이드 씨 일행은 흔쾌히 해체를 승낙했다.

우리는 해체를 하기 위해 피라미드 입구까지 이동하게 되었다. 내가 곰돌이의 등에 올라타려고 하자 곰순이가 슬프게 「크~웅」 하고 울었다.

곰순이가 나에게서 떨어지려 하지 않았다. 아무래도 나를 태우고 싶은 모양이다.

"곰순이도 처음에는 괜찮았는데 도중부터 쓸쓸해 했거든."

오늘은 곰순이에게 카리나의 호위를 부탁해서 타지 않았지.

"카리나, 이번에는 곰돌이 등에 탈래?"

"아, 네, 알겠어요. 곰돌아, 부탁할게."

"크~응."

곰돌이도 순순히 카리나를 태웠다.

응, 여기에서 곰돌이가 응석을 부리지 않아서 다행이다. 서로 나를 태우고 싶어 하면 몸은 하나밖에 없으니 곤란하다.

곰돌이도 곰순이도 눈치가 빨라서 도움이 된다. 내가 곰순이의 등에 올라타자 곰순이는 기쁜 듯 달리기 시작했다.

"자, 잠깐만요."

곰돌이에 탄 카리나가 쫓아왔다. 그 뒤로 제이드 씨 일행도 쫓아왔다.

피라미드 입구에 다다르자 토우야가 쓸쓸하게 혼자서 서 있었다.

"모두 너무하는군. 나를 두고 가다니."

"그거야, 갑자기 곰순이가 달려가니까 그랬지."

"자고 있던 게 잘못이지."

멜 씨와 세니아 씨가 토우야에게 매정하게 굴었다.

그래도 사람이 싸우고 있을 때 자고 있던 거야? 나도 조금 전까지 자고 있었으니 다른 사람에게 할 말은 아니지만.

"어쩔 수 없잖아. 해체로 피곤했는걸."

"그건 다 똑같아."

"제이드~."

토우야는 도움을 청하듯 제이드 씨를 봤다.

"미안, 잊고 있었어."

"제이드~~~."

토우야의 절규가 사막에 울려 퍼진다.

뭐, 그런 토우야는 내버려 두고 주위를 봤다.

"저기, 우라간 씨 일행은요?"

주위를 봤지만 우라간 씨 일행의 모습은 없었다.

"해체가 끝나고 마을로 돌아갔어. 처음엔 유나를 기다리겠다는 식으로 말했는데 해체로 지쳤길래 마을로 돌려보냈어."

"우리도 해체를 도왔다고."

그래서 토우야는 피곤해서 자버렸구나.

뭐 그 전에는 마물과 싸우기도 했고 긴장으로 피곤했을 것이다.

그렇게 생각하니 제이드 씨 일행은 대단하네.

"그럼, 해체하고 우리도 마을로 돌아가자."

나는 곰 박스에서 거대 스콜피온을 꺼냈다.

"정말로 무찔렀구나."

"크네."

모두가 스콜피온의 주위를 한 바퀴 돌았다.

"꼬리가 없네. 잘랐나."

"등에도 나이프로 찌른 흔적이 있어."

스콜피온의 등에 올라탄 세니아 씨가 대답했다.

하지만 그건 데미지를 주지 못했다.

"그런데 치명상은 뭐지?"

"꼬리 아닐까?"

"꼬리를 자른 정도로 무찌를 수 있다면 아무도 고생하지 않을 거야."

"그럼, 어떻게 무찔렀지?"

모두의 시선이 나를 향했다.

"그 부분은 이래저래."

""""""……""""""

모두의 시선이 따갑다.

곰 이동문을 사용해서 바닷물에 빠뜨렸다고는 말 못 한다.

곰 박스에 들어가 있을 때 바닷물은 다 빠진 모양이라 스콜피온은 젖어있지 않았다. 하지만 몸 안에 남아 있을 가능성도 있었다. 어떻게든 바닷물이 나오지 않기를…….

나는 신님에게 빌었다.

머리속에 나를 이 세계에 데리고 왔다고 여겨지는 곰 신님의 상상도가 떠올랐다.

들어맞을 것 같지는 않다.

"그런데 정말로 유나 씨가 이렇게 커다란 마물을……."

카리나는 겁내며 작은 손으로 스콜피온을 만지려 했다.

그 모습을 보니 장난기가 샘솟았다. 나는 조용하게 슬며시 카리나의 뒤로 이동했다. 그리고 귓가에—.

"우왓!"

"꺄!"

카리나는 놀라서 엉덩방아를 찧었다.

"괜찮아?"

"유, 유나 씨……."

카리나는 눈물을 글썽거리며 호소하듯 나를 바라봤다.

조금 너무했나.

"미안."

"유나 씨, 너무해요. 저, 엄청나게 놀랐다고요."

"미안, 미안. 겁내면서 만지려고 하는 카리나를 보니까 귀여워서, 무심코 그만."

"무심코가 아니죠. 정말로 놀랐어요. 죽는 줄 알았잖아요."

"설마, 실례한 건?"

작은 목소리로 물었다.

카리나는 내 말에 곧바로 볼을 빨갛게 붉혔다.

"시, 실례하지 않았어요! 이제 유나 씨 같은 건 몰라요!"

아무래도 화나게 만든 모양이다.

장난이었는데, 보기 좋게 실패해버렸다.

"카리나, 미안. 카리나가 귀여웠어."

"그런 귀여운 복장을 한 유나 씨에게 듣고 싶지 않네요."

카리나가 내 쪽을 바라봐주지 않았다.

10살 소녀를 다루기란 어렵네. 내가 10살 때는 어땠지?

떠올려봤다. 응, 귀여운 소녀였지. 진짜로…….

"슬슬 해체를 시작하고 싶은데, 괜찮나?"

제이드 씨 일행이 질렸다는 얼굴로 우리를 보고 있었다.

"죄송해요."

"미안해요."

나와 카리나는 제이드 씨 일행에게 고개를 숙이고 사과했다.

"그래서, 카리나가 찾던 물건을 꺼내기만 하는 거지? 카리나, 어느 부분에 있는지 알겠니?"

제이드 씨의 물음에 카리나는 스콜피온에 다가가 둥글게 한 바퀴 돌더니 멈췄다.

"이 부근이에요."

스콜피온의 뒤, 꼬리에 가까운 곳을 가리켰다.

"여기라, 이 껍질을 벗겨야겠어. 토우야, 여기 껍질을 벗기자고."

스콜피온은 가재나 새우가 꼬리를 뒤로 젖힌 것처럼 껍질이 이어져 있었다. 그리고 이어진 부분에는 홈이 있었다.

제이드 씨는 뒤에서 두 번째 껍질을 벗기도록 지시를 내렸다. 제이드 씨와 토우야는 나이프를 꺼내 들고 홈에 나이프를 넣었다.

"단단하네."

"세니아, 멜도 부탁해."

"어쩔 수 없네."

4명이 달려들어 껍질의 일부를 벗겼다.

새삼 껍질을 보니 꽤 두꺼웠다.

제이드 씨가 카리나가 가리켰던 곳을 해체하자 파란색 수정판이 나왔다.

"카리나, 이거야?"

"그, 그거예요!"

카리나는 기뻐하며 달려가 수정판을 받아들었다.

바닷물이 나오지 않아서 다행이다. 나왔더라면 설명이 귀찮았을 거다.

"이걸로 의뢰도 끝났네."

"그건 그렇고, 이 껍질은 단단하네."

토우야가 콩콩, 하고 두들겼다.

"그러게. 철보다 가벼우니까 방어구로 쓰면 좋을지도 몰라."

게임이라면 위화감 없이 무찌른 마물의 소재로 방어구를 만드는데. 막상 눈앞에 있으니 어떻게 방어구로 만드는 건지 모르겠다.

"그렇군. 갑옷은 좋아하지 않으니까 토시로 쓰고 싶네."

"가벼워서 좋을지도……."

"그럼, 이 떼어낸 껍질은 제이드 씨 일행에게 줄게요."

"줘도 괜찮아?!"

제이드 씨가 아니라 토우야가 기뻐했다.

나에게는 필요 없으니까.

"아니, 이런 좋은 걸 받을 수는 없지. 이건 유나가 무찌른 거야."

"제이드, 모처럼 아가씨가 준다고 하잖아."

토우야가 갖고 싶은 모양이다.

"그럼, 입막음 비용으로 하죠."

"입막음 비용?"

"이번 일을 그다지 퍼트리지 않았으면 좋겠어서요."

"모험가 길드에는 보고 안 할 거야?"

"여러 가지로 성가시게 될 테니 이번에는 보고하지 않을 생각이에요."

"모를 일이야. 나라면 자랑삼아 말할 텐데."

"딱히 거래를 하지 않아도 유나가 말하고 싶지 않다면 아무에게도 말하지 않을 거야."

"말 안 해."

모두가 토우야를 바라봤다.

"나도, 그런 껍질을 받지 않아도, 말하고 다니지 않을 거야."

"……."

제이드 씨 일행과 달리 토우야의 말에 신용이 안 가는 건, 왜 일까.

제이드 씨는 생각에 잠겼다.

"입막음이라면 우라간 일행에게도 부탁해야 할 텐데……."

"설마, 제가 스콜피온과 싸웠다는 걸 알고 있나요?"

"그래, 유나가 없는 이유를 물어봐서 스콜피온과 싸우고 있다고 말했어."

제이드 씨 일행에게 먼저 입단속을 해두면 좋았을 텐데. 우라간이 알고 있다면 우라간 일행에게도 입단속이 필요하다.

이상한 식으로 퍼져도 곤란하니까.

"뭐, 그 부분에 관해서는 돌아가서 이야기하자."

나는 벗겨낸 껍질을 포함하여 스콜피온을 곰 박스에 담았다.

나머지는 마석을 교체하는 거지만 슬슬 해가 저물어간다.

일단 바리마 씨에게 보고할 겸 마을로 돌아가기로 했다.

342 곰 씨, 바리마 씨에게 보고하다

저택으로 돌아오니 라사 씨가 반겨줬다.

"다녀왔어, 라사."

"카리나 님…… 무사히—."

라사 씨가 카리나를 부드럽게 끌어안았다.

10살 난 여자아이가 모험가들과 함께 마물이 있는 장소로 갔으니 일반적으로 생각하면 걱정이 되겠지.

이렇게 끌어안고 있는 모습을 보니 걱정하는 언니 같은 느낌이다.

"라사, 숨 막혀."

"죄송해요. 방금 막 돌아온 모험가들에게 이야기를 듣고 계속 걱정했어요."

돌아온 모험가들? 우라간 일행을 말하는 건가.

"모두가 있어서 괜찮았어."

"그렇지만, 셀 수 없을 정도의 샌드 웜. 게다가 거대한 샌드 웜도 있었다면서요. 이야기를 들었을 때는 기절하는 줄 알았어요."

이건 틀림없이 우라간이 보고를 한 모양이다.

"응, 하지만 유나 씨와 다른 분들이 무찔러 줘서 괜찮아."

"네, 모험가 여러분이 협력하여 무찔렀으니 괜찮다고 들었어요."

"대부분 유나 덕분이지만."

이야기를 듣고 있던 멜 씨 일행이 쓴웃음을 지었다.

확실히 내가 파낸 웜을 우라간 일행은 열심히 쓰러뜨려 줬다. 마지막까지 따라 와준 건 제이드 씨의 파티와 우라간 뿐이었지만.

게다가 우라간은 웜의 해체도 해줬으니 무척 도움이 됐다.

"유나 씨는 엄청 멋있었어. 이렇게 커다란 웜을 혼자서 쓰러뜨렸다니까."

팔을 크게 벌려 거대 웜을 표현하려는 카리나.

게다가 내 흉내를 내는 건지 팔을 뻗어서 마법을 날리는 포즈를 취했다. 나, 그런 모습이었니?

"후후, 대단하네요."

"앗! 라사, 안 믿는 거지. 정말이라니까. 이렇게 커다란 웜이 있었다고."

"후후, 믿어요. 모험가 여러분에게 들었거든요."

"그럼, 어째서 웃는 거야!"

그건 카리나가 표현하는 방식이 귀여웠기 때문일 거다.

미소 짓는 라사 씨에게 카리나는 볼을 부풀린다.

그런 카리나와 라사 씨를 보고 있던 제이드 씨가 미안해 하며 말을 건넸다.

"카리나, 슬슬 바리마 씨에게 보고하러 가고 싶은데……."

"죄송합니다."

"죄송해요. 라사, 나중에 이야기해줄게."

제이드 씨의 말에 이야기에 빠져 있던 걸 알아차린 라사 씨와 카리나는 사과했다.

그리고 우리는 라사 씨의 안내를 받아 바리마 씨가 있는 방으로 향했다.

방에 들어가니 바리마 씨가 놀란 표정으로 우리를 봤다.

"카리나?!"

"아버님, 돌아왔어요."

카리나는 방에 들어서자 바리마 씨가 있는 곳으로 달려갔다.

"카리나, 어디 다친 곳은 없는 거니?"

다가온 딸을 껴안듯 붙잡다가 바리마 씨는 얼굴을 고통으로 일그러뜨렸다.

"아버님!"

"괜찮아, 상처가 조금 아팠던 것뿐이야. 소중한 딸도 안아주지 못하니 한심하군."

"다치셨으니 무리하지 마세요. 다 나으시면 안아주세요."

"그럼, 얼른 나아야겠구나."

바리마 씨는 껴안는 대신 카리나의 머리를 쓰다듬었다. 그리고 우리 쪽으로 시선을 옮긴다.

"돌아온 모험가들에게 보고는 받았어요. 사막에 있는 샌드 웜 무리와 거대한 샌드 웜을 토벌해줬다고 들었습니다. 의뢰에 없었던 피라미드 주변 마물의 토벌. 모두에게는 뭐라고 감사 인사를 해야 할지 모르겠네요. 물론 이번 보수와는 별개로 더 드릴 테니 받아주세요."

"신경……."

내가 입을 열기 전에 제이드 씨는 순순히 「고맙습니다」라고 말했다.

토우야는 「아싸, 미스릴 검을 살 돈을 벌었네」라며 기뻐했고 멜 씨와 세니아 씨도 기뻐했다.

위험했다. 하마터면 거절할 뻔했어. 제이드 씨의 대응이 일반적인 모험가의 행동이겠지. 일한 몫의 보수를 받는 건 당연한 일이다.

만약 이곳에 온 것이 나 혼자였다면 「신경 쓰지 않아도 돼요」라든가 「제가 지나가는 길에 마물이 있었을 뿐이에요」라고 말하며 보수를 거절했을지도 모른다.

나만이 아니라 모두의 추가 보수를 거절할 뻔했다.

"그래서 피라미드 지하에 커다란 스콜피온이 나타났는데, 그 스콜피온의 몸 안에 목표물이 있었다고 들었습니다만, 정말인가요? 우라간 씨는 모두가 돌아오면 자세한 이야기를 들어달라 하더군요."

불안해 하며 물어왔다.

우라간 일행도 제이드 씨에게 들은 정도밖에 정보가 없었으니 우리에게 들을 수밖에 없다.

"아버님, 사실이에요. 하지만 걱정마세요. 커다란 스콜피온은 유나 씨가 무찌르고 수정판을 가지고 와주셨어요."

카리나는 아이템 봉투에서 수정판을 꺼내 들고 바리마 씨에게 건넸다.

"모두, 고맙습니다."

"모두라고 해도 유나가 혼자서 무찔렀어요."

"저희는 그다지 도움이 되지 않았습니다."

바리마 씨가 모두에게 감사 인사를 하자 멜 씨 일행이 정직하게 대답했다. 딱히 그런 말은 하지 않아도 되는데. 멜 씨 일행에게는 여러 가지로 도움을 받았다. 카리나도 알고 있는지 옹호를 했다.

"그렇지 않아요. 분명히 커다란 스콜피온을 무찌른 건 유나 씨지만, 멜 씨와 세니아 씨가 저를 곁에서 지켜줬던 걸 알아요. 토우야 씨도 제 뒤를 지켜주셨고, 제이드 씨가 앞에 나타나는 마물을 무찔러 주셨죠. 모두가 계셔서 저는 안심하고 지하로 갈 수 있던 거예요."

"후후, 카리나, 고마워. 그렇게 말해주니 기쁘네."

"카리나의 말이 맞습니다. 모두의 힘이 합쳐졌으니 이뤄낼 수 있던 거죠. 모두 다시 한 번 고맙습니다. 저녁 준비를 할 테니 드시고 가세요."

"아싸."

토우야가 좋아했다. 멜 씨가 그런 토우야의 옆구리를 팔꿈치로 찔렀다.

"고맙습니다."

멜 씨가 모두를 대변하여 감사 인사를 했다.

"그럼 식사 준비가 끝날 때까지 쉬세요."

제이드 씨 일행은 고맙다는 말을 하고 방을 나갔다.

"카리나."

마지막으로 나와 카리나가 나가려는데 바리마 씨가 카리나를 불러세웠다. 그리고 천천히 다가왔다.

"아버님?"

"이건 카리나가 가지고 있으렴."

"하지만, 이건……."

"카리나에게는 미안하지만, 한 번 더 피라미드에 가줘야 할 것 같구나."

뭐, 그렇겠지. 수정판을 쓸 수 있는 건 모친인 리스틸 씨와 카리나와 남동생인 노리스뿐이다. 배에 아기가 있는 리스틸 씨는 무리이고, 카리나보다 어린 노리스는 더 무리였다. 그렇게 되면 피라미드에 갈 수 있는 건 카리나뿐이었다.

카리나는 가만히 수정판을 바라봤다. 그리고 천천히 손을 수정판으로 뻗었다.

"……아버님, 알겠어요. 받을게요."

카리나는 소중히 수정판을 받아들었다.

바리마 씨와의 이야기가 끝나고 우리는 먼저 돌아온 우라간 일행을 만나러 갔다.

저택 안의 커다란 방에서 우라간 일행은 소파와 의자에 앉아 여유롭게 있었다. 그중 한 명이 「곰이 돌아왔다」라고 말하며 몸을 떨었다.

그러니까, 아무 짓도 안 했다니까.

"무사히 돌아온 모양이군."

"바리마 씨에게 보고하고 오는 참이에요. 우라간 씨 일행도 있었네요."

"보고하고 돌아가려 하는데 이 방에서 쉬라고 하더라고. 그리고 너희가 돌아오지 않으면 보러 가달라고 부탁 받았어."

확실히 딸이 돌아오지 않을 때의 보험은 필요하다.

모험가 길드에 부탁하는 것보다 이유를 알고 있는 우라간 일행에게 부탁하는 게 빠르다.

"그래서, 제이드 일행이 말했던 커다란 스콜피온은 무찌른 거야?"

"물론, 유나가 무찔렀지."

우라간이 나에게 물었는데 어쩐지 멜 씨가 자신이 무찌른 것처럼 자랑스럽게 대답했다.

뭐, 별로 상관없지만.

"소문대로라는 거군."

"소문대로라뇨?"

"우리끼리 하는 말이야."

내가 남의 소문을 말하는 건 괜찮지만 나에 관해 소문은 신경 쓰이잖아.

뭐, 어차피 곰이 어쩌고, 곰이 저쩌고, 곰이 이러쿵, 곰이 저러쿵 하는 소문이겠지.

"그렇지, 유나로부터의 부탁이 있는데, 유나가 큰 스콜피온을 무찔렀다는 사실을 비밀로 해줄 수 있나?"

나 대신 제이드 씨가 말해줬다.

"어째서지?"

"주목을 받기 싫대."

모두의 시선이 내게로 모였다.

응, 알고 있어. 하고 싶은 말은 아주 잘 알고 있다.

그래도 곰 옷차림으로 주목을 받는 거랑 커다란 마물을 무찌른 사실로 주목을 받는 건 다른 이야기다.

소문이 퍼져서 귀찮은 일이라도 생기면 곤란하다. 내가 먼저 관심을 보이는 건 상관없지만 귀찮은 일을 강요받는 건 싫다.

"아하하하하하."

우라간은 나를 보더니 웃기 시작했다. 그와 함께 한 명을 제외한 파티 멤버도 웃기 시작했다.

그렇게까지 웃지 않아도 될 것 같은데.

"모두, 웃는 걸 멈춰! 저 곰을 무시하는 건 관둬!"

한 명의 남자가 웃는 것을 저지하려고 소리를 질렀다.

나를 보면 무서워하는 모험가였다.

“아아, 그랬지. 너희도 웃는 건 그만둬. 그건 그렇고 무찔렀다니……, 정말로 말도 안 되는 아가씨였군 그래. 비밀로 하는 건 딱히 상관 없지만…….”

“정말요?”

“그래, 하지만 그 커다란 스콜피온을 보여줘. 나도 모험가거든. 제이드 일행이 도망칠 정도의 커다란 스콜피온이라는 녀석을 이 눈으로 확인하고 싶군.”

“딱히 도망친 건 아니야. 유나의 말을 따랐을 뿐이지.”

“그게 그거잖아.”

“만약 아가씨가 정말로 그렇게 커다란 마물을 토벌했다면 한 명의 모험가로서 보고 싶어.”

이상한 거래다.

보여주지 않으면 다른 사람에게 말하겠다. 뭐, 이야기해도 믿지 않는 게 대부분일 거다. 하지만 크리모니아의 모험가들이 알게 된다면 사실이라고 생각할지도 모른다.

하지만 보여주지 않고 소문이 나는 것보다는 보여주고 입막음을 하는 편이 나으려나.

제이드 씨 일행 쪽을 봤지만 끼어들려고 하지 않았다. 이 부분은 내 판단에 맡기는 모양이다.

“좋아요. 보여줄 테니 조용히 해야 해요. 만약 발설하면 저 남자처럼 될지도 몰라요.”

나를 보고 벌벌 떠는 모험가를 가리켰다. 뭐, 전혀 기억하고 있지 않지만…….

벌벌 떠는 모험가는 「절대로 말 안 할게」라고 누구보다도 빠르게 대답했다.

역시 처음 크리모니아에 도착했을 때 때렸던 사람 중 한 명인가?

아무래도 그때 때렸던 모험가의 얼굴은 기억하지 못한다.

"그래, 걱정 마. 약속하지. 모두 지킬 거다."

우라간이 그렇게 대답하자 다른 모험가들도 고개를 끄덕인다.

"그런데, 어디에서 보여주죠?"

이 스콜피온은 꽤 크다. 게다가 다른 사람에게는 보이고 싶지 않다. 그렇게 되면 스콜피온을 꺼낼 장소는 한정된다.

"뒤뜰이 넓으니까 거기라면 괜찮아요."

조용히 듣고 있던 카리나가 제안했다.

343 곰 씨, 거래를 하다

우라간 일행에게 스콜피온을 보여주게 되어 바리마 씨에게 뒤뜰의 사용 허가를 받게 되었다. 카리나는 「제가 된다고 했는데」라며 조금 투덜거렸지만, 아무리 그래도 이 저택의 주인인 바리마 씨의 허락은 필요하다.

바리마 씨에게 부탁하자 흔쾌히 승낙해주어서 다 같이 뒤뜰로 향했다.

뒤뜰은 확실히 넓었다. 역시 이 마을 영주의 집이다.

뒤뜰에 모인 건 제이드 씨 파티에 우라간 파티. 거기에 카리나와 바리마 씨도 구경하게 되었다.

"그럼, 조금 떨어지세요."

나는 모두에게 주의를 시킨 뒤 곰 박스에서 스콜피온을 꺼냈다.

둥!

보통의 스콜피온과 달리 진한 검은 색을 한 거대한 스콜피온이 뒤뜰에 나타났다.

우라간 일행과 바리마 씨에게서 한숨이 나왔다.

"엄청나게 크잖아. 이걸 혼자서 아가씨가……."

"대단해."

우라간 일행 모험가들은 놀랐다. 새삼 봐도 크다. 보통의 스콜피온도 나로서는 큰데 이 스콜피온은 괴물급이다.

한 번 봤던 제이드 씨 일행은 우라간 정도로 놀라지 않았다.

"이 마물의 몸 안에 수정판이……."

"저, 이런 마물과 유나 씨가 싸운다고 해서 얼마나 걱정했는지 몰라요."

카리나가 바리마 씨에게 어떤 상황이었는지 이야기를 시작했다.

"정말이지, 유나 씨가 돌아올 때까지 걱정이 돼서 어쩔 줄 몰랐다니까요. 아무리 기다려도 돌아오지 않았단 말이에요."

폭신폭신한 곰돌이에게 안겨서 자고 있었거든.

"그런데 유나 씨는 아무 일도 없었던 것처럼 돌아왔어요."

"그럼, 유나 씨가 부상이라도 당하길 바랐던 거니?"

얼마나 걱정을 했는지 이야기하는 카리나에게 바리마 씨가 부드럽게 물었다.

"그, 그럴리가요."

"그럼 순수하게 기뻐하면 돼. 확실히 카리나는 무척 걱정했을지도 모르지. 그래도 유나 씨는 이런 커다란 스콜피온과 목숨을 걸고 싸웠지 않니. 누구를 위해 목숨을 걸고 이 마물과 싸웠는지 잘 생각해보렴."

"아버님……."

바리마 씨가 카리나를 상냥하게 타일렀다.

"이 마물과의 싸움이 얼마나 위험했는지, 카리나도 이 크기를 보면 알겠지."

"……네."

으으, 어쩐지 좋은 이야기가 시작되고 있는데요.

처음엔 잘 싸웠지만 마지막엔 스콜피온이 바닷물에 잠겨서 죽을 때까지 곰돌이에게 안겨서 자고 있었다.

"유나 씨는 카리나에게 걱정을 끼치지 않으려고 아무런 일도 없었던 것처럼 행동한 거야."

그렇지 않은데요. 따님이 걱정하는 동안 자고 있었습니다.

바리마 씨의 말을 듣고 미안함에 참을 수 없어져서 조금 떨어지기로 했다.

제이드 씨 쪽으로 이동하자 우라간 일행이 스콜피온의 주변을 둥글게 돌고 있었다.

"이런 커다란 스콜피온은 처음 봤어."

"소문으로는 들었지만, 실제로 있었구나."

우라간은 스콜피온을 만지고 있었다.

"잘도 이런 큰 마물을 무찔렀군. 실제로 볼 때까지 반신반의였는데 증거를 보여주니 믿을 수밖에 없겠군. 제이드 네가 곰 아가씨를 믿는 이유를 알겠어."

"뭐, 어쩔 수 없지. 처음 유나를 보고 강한 모험가라고 여기는 사람은 없을 거야."

"나의 팔 힘을 가볍게 받아낼 정도니까 말이야."

그러고 보니 처음 만났을 때 카리나를 방해된다며 밀치려고 했었지.

"그런, 무서운 얼굴 하지 마. 그때는 이 마을에 막 왔을 때라 지쳐 있었다고. 그런데 저 딸이 성가시게 구니까—."

"으으……."

이야기를 듣고 있던 건지 카리나가 미안해 했다.

"그래도 지쳤다고 해서 어린아이를 밀쳐도 되는 건 아니지."

"그러니까 그 일은 사과했잖아."

우라간은 카리나 쪽으로 시선을 보냈다.

"이제, 사과도 받았으니까, 괜찮아요."

"그런데 왜 이 부분의 껍질이 없는 거지?"

우라간은 수정판을 꺼내기 위해 껍질을 잘라낸 부분을 봤다.

"우리가 해체해서 체내에 있던 물건을 꺼냈거든."

"꼬리는?"

"유나가 잘랐다나 봐."

내가 입을 열기 전에 멜 씨가 설명해줬다. 편해서 좋네.

우라간은 스콜피온의 껍질을 만지며 콩콩, 하고 가볍게 쳐봤다.

"엄청 단단하네. 이걸로 방어구를 만들면 좋겠어."

"나도 그렇게 생각했지."

우라간의 말에 토우야가 반응했다.

"게다가 스콜피온의 껍질은 열에도 강해. 그 우두머리의 껍질이라면 효과는 더욱더 높을지도 몰라."

그러고 보니 화염 계열의 마물은 만난 적이 없는데, 화산 지대 같은 곳에 가면 있을까?

설산에 스노우 울프가 있었으니 화염 계열의 마물도 있을지 모른다.

다음에 가볼까. 곰 장비가 있으면 화산 지대도 괜찮을 테니까.

그런데 근처에 화산 같은 게 있던가?

"아가씨는 이 소재로 방어구를 만들거나…… 하지는 않겠지."

우라간은 나를 보더니 혼자서 멋대로 답을 내려버렸다.

확실히 만들 예정은 없지만 일방적으로 단정을 짓는 건 좋지 않다.

게다가 무언가 말하고 싶어 하는 그 얼굴은 뭐지? 하고 싶은 말이 있다면 확실하게 말해. 그때는 곰 펀치가 날아가겠지만 말이야.

"유나는 이 옷차림이라 괜찮아. 그런 모험가 같은 방어구를 만들어도 안 어울릴 거야."

멜 씨가 옹호해줬지만 그건 칭찬하는 게 아니잖아요. 어느 쪽이냐면 폄하하고 있는 거?

하지만 나도 곰 장비가 없었다면 게임처럼 무찌른 마물의 소재로 장비를 만들었을까?

"그런데 모험가 길드에 보고하지 않을 거면 이건 어쩔 셈이지?"

"딱히 아무런 계획이 없어서 지인에게 해체를 부탁한 뒤에 아이템 봉투에 넣어두려고요."

"팔지는 않을 건가?"

"팔면 주목을 받게 되잖아요. 뭐, 돈이 필요해진다면 생각해볼게요."

크리모니아 가게의 매출도 있고, 터널 사용료도 들어왔다. 무엇보다 원래 세계에서 벌었던 돈도 남아 있었다. 현 상황에서는 돈에 궁하지 않으니 팔 필요가 없다.

"그러면 나에게 조금만 팔지 않을래?"

"갖고 싶어요?"

"모험가라면 갖고 싶지. 이런 좋은 소재를 마주할 기회는 좀처럼 없다고. 기회가 있을 때 손에 넣어 두지 않으면 후회하니까."

"분명 그렇겠네. 강도도 충분하고 철보다 가벼운 거라면 더욱 그렇지."

제이드 씨가 우라간의 말에 동의했다.

"제이드 씨, 판다면 얼마 정도로 생각해요?"

"모르지. 우라간도 말했지만, 좀처럼 나오지 않는 소재는 시세가 없는 것과 마찬가지니까."

"그러면 어떻게 팔아야 할지 모르겠는데. 일반 스콜피온의 2배 정도인가요?"

"그렇게 저렴할 리가 없잖아. 스콜피온을 2마리 쓰러뜨리는 것보다 이 스콜피온을 무찌르는 편이 훨씬 힘든걸."

제이드 씨는 어이없다는 듯 말했다.

그렇다고 해서 금액의 교섭은 귀찮다.

"그러면 입막음용으로 이번엔 그냥 드릴게요."

"……."

"……."

모두에게서 어이없다는 시선을 받았다.

그렇지만 귀찮으니까 어쩔 수 없잖아.

모험가 길드와 상업 길드에 가면 성가신 일이 되어버리고 갖고 싶다는 걸 무시할 수도 없다. 모르는 모험가였다면 무시하겠지만…….

오늘 다 같이 싸운 모험가들이다. 샌드 웜 토벌과 해체 작업을 대충했다면 나도 이런 말은 하지 않을 거다. 사막의 더위 속에서 성실하게 토벌과 해체를 했던 우라간이라서 하는 말이다.

"그러면 교환하기로 하지."

"교환이요?"

"그래, 이걸 너에게 줄게."

우라간은 아이템 봉투에서 천 봉투를 3개 꺼냈다.

뭐지. 돈이라도 들어있나?

"오늘 얻은 샌드 웜의 마석 300개다. 이것과 껍질의 일부를 교환하는 거야. 물론 아가씨가 이 스콜피온을 무찔렀다는 건 비밀로 하지."

마석 300개라. 쓸 용도가 있나? 그래도 무료로 주려고 했던 스콜피온의 일부를 마석과 교환하고, 덧붙여 발설하지 않겠다는 약속을 해준다면 나로서도 나쁜 거래는 아니다.

"딱히 상관없는데, 괜찮겠어요?"

"시간을 들이면 샌드 웜 정도는 얼마든지 무찌를 수 있어. 하지만 이 스콜피온의 소재는 손에 넣으려 해도 간단하게 얻지 못하지. 확실하게 말해서 우리 쪽이 이득이야. 알맞은 곳에 팔면 많은 돈을 벌 테니까 말이야."

"이봐, 잠깐 기다려, 멋대로 이야기를 진행하지 말라고. 그 마석은 우리의 몫도 들어 있잖아."

멋대로 마석을 거래 재료로 삼는 우라간을 토우야가 저지했다.

"너희도 이 껍질을 갖고 싶잖아?"

"뭐, 그건—."

"그러니 껍질을 마석과 교환하는 거야. 물론 너희의 몫도 있지. 사람의 수는 우리가 많으니까 조금 더 가져가겠지만, 우리가 받을 마석이 조금 더 많았으니 문제는 없겠지."

마석의 분배가 어떻게 되는지 잘 모르지만 우라간 일행이 많이 받게 되어 있었다.

제이드 씨 일행은 생각에 잠겼다.

"유나는 정말로 그래도 괜찮아?"

"괜찮아요. 약속만 제대로 지켜준다면 말이죠."

개인적으로는 돈보다 마석 쪽이 좋을지도 모른다.

필요 없으면 팔면 되는 거니까.

"그럼, 교섭 성립이네."

나는 마석이 든 봉투를 받아들었다.

"그럼, 제이드 씨 일행이 해체해준 껍질이면 될까요?"

나는 수정판을 꺼내기 위해 잘라냈던 껍질의 일부를 곰 박스에서 꺼냈다.

"크지 않아?"

일부라고 해도 곰돌이와 곰순이의 몇 배 정도 크기였다.

"귀찮으니까 제이드 씨 일행이랑 나누고 남으면 알아서 하세요."

"제이드……."

우라간이 제이드 씨에게 시선을 보냈다. 그걸 본 제이드 씨는 고개를 저었다. 우라간은 한숨을 내쉰다. 뭐지, 뻔한 걸 묻지 말라는 저 얼굴은…….

"그럼 정말 받는다! 괜찮겠지. 돌려달라고 해도 안 줄 거야!"

우라간은 내 말을 다시 확인했다.

"됐어요. 그래도 싸우진 마세요."

"이봐, 제이드. 네가 받아. 그리고 왕도에서 방어구를 만들자고. 남으면 반으로 나누는 거야. 그래도 되겠지?"

"그래도 저한테서 받았다는 말은 하지 마세요."

상인이나 모험가가 팔아달라 찾아와도 귀찮아진다.

"알고 있어."

제이드 씨는 스콜피온의 껍질을 아이템 봉투에 담았다. 제이드 씨가 들고 있는 아이템 봉투에는 물건이 얼마나 들어가는 걸까?

저 크기인데 아무렇지 않게 넣고 있는 모습을 보니 꽤 많은 양이 들어가는 것 같다.

"유나, 너는 모르니까 말해두는데, 집게랑 꼬리 부분이 가장 가치가 있어. 간단하게 팔아버리거나 주지는 마."

"그러면 집게 부분을 줄까요?"

"그러니까…… 지금 막 충고했는데 그런 말 하지 말라고. 아무튼, 충고는 했다."

나는 제이드 씨의 충고를 순순히 받아들였다.

뭐, 집게와 꼬리 부분에 가치가 있다고 해도 곰 장비가 있는 나에게는 필요가 없단 말이지.

344 곰 씨, 작아져라~ 얍이라고 주문을 외다

거래를 무사히 마치고 방으로 돌아오니 제이드 씨 일행은 우라간 일행과 스콜피온의 껍질로 어떤 방어구를 만들지 이야기를 시작했다.

그리고 얼마 지나지 않아 식사가 준비되어 라사 씨가 부르러 왔다.

"유나 씨, 이쪽에 앉으세요."

카리나는 나의 곰 장갑을 붙잡고 자신의 옆자리로 이끌었다.

"모두 맛있어 보이네."

테이블 위에는 여러 종류의 요리가 있었다. 모두 맛있어 보였다.

"네, 배가 고파서 얼른 먹고 싶네요."

카리나가 웃으면서 배를 만졌다. 귀여운 몸짓이다. 내가 같은 행동을 했다면 커다란 배를 만지는 것으로만 보이겠지.

그리고 모두가 자리에 앉자 바리마 씨가 모두에게 다시 한 번 감사 인사를 전했다.

"여러분, 이번엔 힘든 의뢰를 받아주셔서 고맙습니다. 무사히 찾던 물건을 찾을 수 있었던 것에 깊이 감사드립니다."

"그게 일이니, 신경 쓰지 않아도 돼요. 우리는 돈만 받으면 문제는 없죠."

“대부분 유나 덕분이지만요.”

우라간은 멜 씨의 말을 흘려듣고 이야기를 이었다.

“이제, 우리의 일은 끝난 거죠?”

“네, 모험가 길드에 추가 보수까지 전달해 둘 테니 받아주세요.”

추가 보수의 이야기는 이미 들었지만 모두 기뻐했다.

수정판과 물의 마석에 관해서는 말할 수 없어서 제이드 씨와 우라간 일행의 임무는 여기까지였다.

들어보니 제이드 씨 일행은 카르스 마을까지 가는 호위 일을 찾으면 데젤트 마을을 나설 거라고 했다. 그리고 왕도에서 우라간과 함께 스콜피온의 껍질로 방어구를 만든다고 했다.

방어구를 똑같은 모양으로 맞추는 건가?

그렇게 생각하니 조금 웃긴 것 같기도 하다.

멜 씨에게 「같이 갈래?」라며 권유를 받았지만 나에게는 아직 이 마을에서 할 일이 남아 있었다.

그러니 이번엔 멜 씨의 권유는 정중하게 거절했다.

“그럼, 다음은 왕도나 크리모니아에서 만나자.”

왕도에서 만난다면 모험가 길드가 될까?

하지만 왕도의 모험가 길드에는 그다지 얼굴을 비추고 싶지 않단 말이지. 크리모니아와 달리 아직 호기심 어린 눈초리를 받기 때문이다.

크리모니아라면 가볍게 시선을 보내는 정도고 계속 쳐다보지는 않는다.

내가 멜 씨와 이야기를 나누는데 카리나가 쓸쓸한 표정을 짓고 있었다. 카리나는 내가 보고 있는 걸 눈치채고 미소를 지었다.

무슨 일 있나?

내가 물어도 「아무 일도 아니에요」라고 대답했다. 내일 있을 일 때문에 불안하기라도 한 걸까?

식사도 중반에 들어갔다. 요리는 모두 호화로웠고 전부 향신료가 많이 사용되었다. 맛에 관해서는 아무런 문제가 없었다. 단지, 라사 씨는 양을 잘못 계산했다. 제이드 씨와 토우야, 우라간 일행이 먹고, 또 먹었다. 사양 않고 먹으니 엄청난 속도로 요리가 줄어들었다. 만들고, 또 만들어도 남자들의 위 속으로 사라졌다.

추가 요리도 나왔지만 우라간 일행은 부족하다고 느꼈다.

그런 남자들을 멜 씨와 세니아 씨는 질렸다는 모습으로 쳐다봤다. 물론, 나도 카리나도 마찬가지다.

결코 식사의 양은 적지 않았다. 남자들이 너무 많이 먹은 거다.

그 부분은 조금 더 사양하며 먹으라고. 상대는 영주님이잖아. 영주와 국왕 앞에서도 인형 옷 차림과 말투에 신경을 쓰지 않는 내가 할 말은 아니지만……. 일반적으로 생각하면 나는 불경죄를 추궁당해도 이상하지 않다. 그래도 그런 국왕이었다면 애초에 성 같은 곳에 가지 않았겠지.

식사가 끝나고 제이드 씨 일행은 숙소로 돌아갔다. 나는 바리마 씨의 집에서 방을 빌리고 있어서 오늘도 이 저택에 머무른다.

"유나, 곰돌이랑 곰순이에게도 인사 전해줘."

"또, 곰돌이랑 곰순이를 안을 수 있게 해줘야 해."

멜 씨와 세니아 씨와 작별 인사를 했다. 그리고 조금 떨어진 곳에서는 남자들이 모여 있었다.

"그럼, 이어서 가게에서 마시자고."

"더치페이다."

"랭크 C인 제이드 님이 랭크 D인 우리에게 돈을 내게 할 생각인가?"

"신입 모험가라면 몰라도 너희에게 사줄 돈은 없지."

아무래도 제이드 씨 일행은 우라간 일행과 술집에서 술을 마실 모양이다. 믿기지 않는 위를 가지고 있었다. 어디에 그렇게 들어가는 걸까. 나는 배가 불러서 힘든데. 대식가를 보고 있는 것만으로 배가 불러오는 건 어째서일까. 식사는 대식가들과 하는 게 아니군.

그런데 신입 모험가라는 정의는 뭐지. 만약 모험가가 된지 1년 이내라고 하면 나도 아직 신입 모험가다. 하지만, 모험가 랭크 C인 사람을 신입이라고는 말하지 않겠지.

나는 모두와 헤어지고 빌린 방으로 돌아왔다. 침대에 앉아 꼬맹이화 한 곰돌이와 곰순이를 소환했다. 그리고 자기 위해 흰 곰옷으로 갈아입었다.

"곰순아, 이리 와."

오늘은 약속대로 곰순이와 함께 자기 위해 곰순이를 불렀다. 이름이 불린 곰순이는 기뻐하며 다가왔다. 잘 때는 곰순이와 똑같은 차림이 된다.

"오늘은 보살펴주지 못해서 미안. 그리고 카리나를 지켜줘서 고마워."

곰순이에게 사과와 감사의 마음을 전했다. 그리고 곰순이를 품 안에 안은 채 이불 안으로 들어갔다. 곰돌이는 곰순이와 싸우려 들지 않고 내 옆에서 몸을 둥글게 말았다.

"곰돌아, 잘자."

동그랗게 만 곰돌이에게 손을 뻗어 쓰다듬었다. 곰돌이는「크~응」하고 대답을 해줬다. 나는 품 안에 안긴 곰순이의 온기를 느끼면서 잠이 들었다.

다음 날 아침, 눈을 뜨니 품 안에서 곰순이가 기분 좋게 자고 있었다. 아무래도 자는 동안 쭉 내 품 안에 있던 모양이다. 그게 아니면 내가 놓지 않았나?

자는 동안의 일은 모르니까, 내팽개쳐 있었다면 가여우니 다행이다.

일어난 나는 검은 곰으로 갈아입고 곰돌이와 곰순이를 일단 송환했다.

"그러면 유나 씨, 잘 부탁드려요."

아침 식사를 마친 나는 바리마 씨에게 마석의 교환을 부탁받았다. 나와 카리나는 물의 마석을 교체하러 가기 위해 다시 피라미드로 향했다.

오늘도 좋은 날씨다. 카리나는 어제와 똑같이 더위를 피할 수 있는 후드가 달린 망토를 걸쳤고 오늘은 곰돌이의 등에 타고 있었다.

곰순이와 교대한 것이다.

사막은 조용하다. 어제 그렇게 많던 샌드 웜의 모습은 보이지 않았다.

역시, 거대 샌드 웜이 원인이었던 모양이네. 그래도 어째서 거대 샌드 웜이 나타났던 거지? 우연일까, 아니면 피라미드의 마석이 영향을 끼친 건가?

마물의 마음을 알지 못하는 나로서는 답을 내릴 수도 없다.

우리는 마물에게 공격당하는 일 없이 피라미드에 도착했다. 그리고 그대로 쉬지 않고 피라미드 안까지 들어가 미궁의 입구에 다다랐다.

위를 올려다보자 동그랗게 감싸듯 되어 있는 벽에는 무수한 입구가 있었다.

"그래서 어느 구멍부터 들어가면 돼?"

무수히 많이 있는 입구를 보면서 카리나에게 묻는다.

내가 근처 입구를 엿보니 곧장 안쪽까지 이어지는 길도 있고, 꺾여 있는 길도 있었다. 보는 것만으로는 어디가 정답인지 알 수 없다.

"지금 알아볼게요."

카리나는 아이템 봉투에서 수정판을 꺼냈다. 그리고 입구가 있는 구멍 앞을 걷기 시작했다. 그리고 하나의 입구 앞에서 멈춘다.

"여기예요."

망설임 없이 대답했다.

"그 수정판이라는 거 나도 볼 수 있어?"

"네, 제 마력에 반응해서 지도가 표시되니까 제가 들고 있으면 누구나 볼 수 있어요. 하지만 제가 손을 떼면 지도가 사라져버리죠. 들어보실래요?"

카리나가 수정판을 건네왔다.

만져서 확인해보고 싶은 마음은 있지만 뇌리에 엘프 마을 신성수의 결계로 들어가 버렸던 기억이 떠올랐다.

만약 내가 손에 들고 지도가 표시되어 버린다면 일이 복잡해진다.

카리나에게는 변명도 못 할 거고 「제 언니였나요?」라는 말을 들어도 곤란하다. 리스틸 씨의 숨겨진 아이라는 의혹으로 발전할지도 모른다. 그러니 혹시 모를 일을 대비해서 만지는 건 관두기로 했다.

"아니, 괜찮아. 수정판은 카리나가 들고 있어."

나의 마력이 반응할지 확인해보고 싶지만 지금은 참아야 했다.

다시 보니 입구는 어른이 한 명 지나갈 수 있을 정도의 크기이다.

"이곳에서 곰돌이와 곰순이랑 헤어져야겠네요."

카리나가 아쉬워했다.

커다란 곰돌이와 곰순이가 지나갈 수 있을 정도의 폭은 아니다.

"괜찮아. 나는 마법을 쓸 수 있거든."

곰돌이와 곰순이 쪽을 봤다. 그리고 주문을 외웠다.

"작아져라~ 얍, 작아져라~ 얍."

딱히 주문은 필요 없지만 어릴 때 봤던 마법 소녀의 애니메이션을 떠올리고 반은 장난삼아 해봤다.

곰돌이와 곰순이는 내 말대로 작아져서 꼬맹이가 되었다.

""크~응.""

"이러면 같이 갈 수 있겠지."

"유, 유나 씨, 대단해요. 이런 것도 할 수 있어요?!"

"모두에게는 비밀이야."

카리나는 작아진 곰돌이와 곰순이를 품에 안았다.

"곰돌이, 곰순이. 너무 귀여워요. 유나 씨, 저도 작게 만들 수 있나요?"

"……."

카리나의 말에 순간 사고가 굳어버렸다.

"작아져서 작은 곰돌이와 곰순이에 탈 수도 있나요?"

아무래도 카리나는 정말 마법으로 작게 만들었다고 생각하는 모양이다.

약간의 농담이었는데 이대로 내가 작게 만드는 마법을 쓸 수 있다고 생각해도 곤란하니 당황해서 정정했다.

"미안, 내 마법으로 작아진 게 아니야. 곰돌이랑 곰순이가 작아질 수 있는 것뿐이지 다른 것도 작게 만들 수는 없어. 이 아이들이 특별한 거야."

"그런 건가요……."

내 말에 아쉬워하는 카리나.

그렇게 작아지고 싶었던 거니?

딱히 작아지지 않아도 곰돌이와 곰순이의 등에는 탈 수 있어.

"게다가 카리나가 작아지면 수정판을 들지 못하잖아."

"으으, 그렇네요."

카리나는 수정판을 보며 자신의 역할을 떠올린 것 같다.

"마석 교체가 끝나면 또 탈 수 있어."

"네."

카리나는 미소로 대답했다.

345 곰 씨, 미궁을 나아가다

우리는 미궁 안으로 들어갔다. 순서는 카리나, 나로 이어졌고 곰돌이와 곰순이가 뒤편이다.

통로는 좁아서 인형 옷 차림인 나로는 조금 좁게 느껴진다.

"카리나, 내가 앞을 걷지 않아도 되겠어?"

"네, 괜찮아요. 길만 틀리지 않으면 위험하지 않으니까요."

반대로 말해서 길을 틀린다면 위험하다는 뜻이다. 선두에 서 있는 카리나가 가장 위험한 위치에 있다는 의미가 된다.

"절대로 틀리지 마."

"네, 다시는 우쭐대다가 길을 틀리지 않을 거예요."

카리나는 수정판을 꽉 잡은 채 몇 번이고 수정판의 지도를 바라봤다.

나는 안전을 확인하기 위해 탐지 스킬을 사용하여 마물을 확인했다. 바리마 씨에게는 올바른 길을 통과하면 마물이 없다고 들었지만 직접 확인하지 않으면 안심이 안 된다.

현재 있는 층만 탐지를 할 수 있으니 층이 바뀔 때마다 확인하기로 했다.

탐지 스킬에 마물의 반응이 나왔지만 수는 많지 않다. 이런, 마물의 표시는 골렘으로 나왔다. 길을 틀리게 되면 골렘과 전투를 하게 되는 건가?

통로는 나아갈수록 서서히 넓어져 갔다. 곰돌이와 곰순이를 일반 사이즈로 되돌려도 괜찮을 정도가 되었다.

"카리나, 통로는 좁아지진 않아?"

"매번 길이 바뀌어서 몰라요. 하지만, 전에 왔을 때는 그런 적이 없었던 것 같아요."

"그럼, 곰돌이랑 곰순이를 일단 원래대로 되돌릴게. 만약 카리나가 길을 틀려도 곰돌이를 타고 있으면 안심이 되니까."

"틀리지 않을 거예요!"

빵빵하게 볼을 부풀렸다.

어째서 사람은 부풀어진 볼을 보면 손가락으로 누르고 싶어지는 걸까.

그런 마음을 억누르며 나는 곰돌이와 곰순이를 향해 주문을 외웠다.

"커져라~ 얍, 커져라~ 얍."

물론 주문 같은 건 필요 없다. 하지만 작아질 때 했으면서 커질 때는 하지 않으면 이상했다.

곰돌이와 곰순이는 원래의 사이즈로 돌아왔다. 카리나에게 곰돌이를 타도록 하고 나는 곰순이를 탔다.

"곰돌아, 카리나의 지시에 잘 따라줘."

"크~응."

“유나 씨, 곰돌이랑 곰순이는 더 커질 수 있나요?”

“못 해. 꼬맹이나 이 사이즈 중에서만 고를 수 있어.”

참고로 중간 사이즈로 만드는 것도 불가능하다.

어디까지나 평소 어른 사이즈인 곰에서 꼬맹이 사이즈로만 변할 수 있었다.

“그런가요.”

카리나는 자신이 작아지지 못했을 때처럼 또 아쉬워했다.

“커진 곰돌이가 커다란 스콜피온과 싸운 건 아닌지 생각했었어요.”

커질 수 있었다면 전투가 편했겠지만 싸우는 장면을 떠올리면 거대한 괴수의 싸움이 되어버린다. 무엇보다 곰돌이와 곰순이도 내가 지키니까.

곰돌이는 걷다가 T자 통로에 도착하자 멈췄다.

“곰돌아, 오른쪽이야.”

“크~응.”

곰돌이는 카리나의 지시를 따라 오른쪽으로 꺾었다.

“그러고 보니, 수정판의 지도를 잃어버렸는데 어떻게 돌아온 거야?”

이미 T자 통로와 사거리로 된 통로를 몇 번인가 지났다. 돌아갈 때도 지도가 없으면 곤란했을 거다. 틀린 길로 간다면 돌아가는 것도 불가능하다.

“그게, 그다지 나아가질 못했었거든요.”

카리나가 말하기를 바리마 씨에게 수정판을 받은 게 기뻐서 조금 나아간 곳에서 길을 틀려버렸다고 했다. 그래서 돌아오는 건 가능했다는 모양이다.

길을 틀린 카리나는 바닥에 함정이 나타나 떨어질 뻔했다고 했다. 거기서 바리마 씨가 카리나를 붙잡고 떨어지지 않도록 구했지만 그때 바리마 씨는 팔을 다쳤고, 카리나는 수정판을 손에서 놓쳐버렸다는 모양이다.

자신 때문에 아버지는 다치고 대대로 전해져 내려온 수정판을 구멍에 빠뜨려버렸다. 하지만 바리마 씨는 화내지 않았다고 했다.

"아버님은 제가 무사해서 다행이라고 하셨지만, 그때는 제가 아니라 수정판으로 손을 뻗으셨다면 어땠을까 생각했어요."

"그런 말 하면 안 돼. 바리마 씨는 수정판보다 카리나가 중요했던 거야. 그런 마음을 부정하면 바리마 씨가 가엽잖아. 분명, 카리나는 실수했을지도 몰라. 하지만 바리마 씨 덕분에 목숨을 구했지. 떨어진 수정판도 되찾았어. 아무 문제도 없다고 할 수는 없지만, 카리나는 힘을 내서 실패를 만회했잖아. 그러니 앞으로는 또다시 같은 실수를 하지 않으면 되는 거야."

"……네."

카리나는 매우 예쁜 미소를 보였다. 이건 무조건 무사히 마석을 교체해야겠는데.

활기를 되찾은 카리나는 길을 틀리는 일 없이 갈림길이 나오면 수정판으로 확인을 한 후 나아갔다. 사람은 실패에서 배우고 성장하는 것이다. 물론, 배우지 않는 사람도 있었다. 하지만 카리나는 틀림없이 전자다.

"카리나, 수정판을 잠시 보여줄래?"

"네, 여기요."

곰돌이에 탄 카리나는 곰순이의 옆에 나란히 서더니 손에 수정판을 든 채 옆에서 보여주듯 내밀어줬다. 수정판에는 현재 있는 장소가 중앙에 파란 점으로 표시되어 있었다.

지도는 전체를 보여주는 게 아닌 것 같다. 조금 앞의 길까지만 지도에 표시되어 있었다.

지나온 길과 나아갈 길은 노란색 길로 표시해줬다. 과연, 이렇게 가는 거군. 이거라면 돌아오는 것도 문제 없다.

다만 문제가 있다고 하면 지도는 확대되어 있어서 전체적인 상황을 알지 못하는 것 정도이다.

"이거는 전체를 보지는 못해?"

"네, 근처만 볼 수 있어요."

나는 곰 지도의 스킬을 사용했다.

응, 이건 확실히 지나온 길이 표시되어 있네. 그래도 며칠 후에 바뀌면 쓸 수 없게 되겠지.

"곰돌아, 직진이야."

사거리에서 곧바로 직진하는 카리나.

초등학생 시절에 딱 한 번 가본 적 있는 유원지의 미궁 같다.

그리고 몇 번인가 갈림길을 지나니 조금 넓은 공간이 나왔다. 정면에 계단이 보였지만 좌우에도 똑같이 계단이 있었다.

"카리나, 어느 쪽이야?"

"오른쪽이요."

카리나는 망설임 없이 오른쪽 계단을 선택했다.

나는 오른쪽에 있는 계단으로 걸어갔고 말문이 막혔다. 빙빙 비틀린 나선형 계단이 눈앞에 있었다.

"이걸 올라가니?"

"네, 이 계단을 올라갈 거예요."

곰돌이에 탄 카리나는 계단을 올라갔다.

곰 장비와 곰돌이와 곰순이가 없었더라면 절대로 오르고 싶지 않은 계단이다. 나의 빈약한 몸으로는 절대로 다 올라가지 못할 거다.

나는 곰순이에게 감사하며 나선형 계단을 올라갔다. 그리고 헷갈리게 만들기 위해 나선형 계단의 도중에 안으로 나아가는 통로가 있었다. 그때마다 카리나는 수정판으로 확인하며 「아니에요」라고 말하고 곰돌이에게 지시를 내리면서 위로 올라갔다. 그리고 계단을 올라가던 도중에 「여기예요」라고 말하더니 옆 통로로 들어갔다.

이건 수정판이 없었다면 분명히 미아가 되겠는걸.

아무도 도전을 하지 않는 이유다.

통로를 더욱 나아가자 또다시 갈림길이었다. 하지만 지금까지의 갈림길과는 모습이 다르다.

오른쪽이 밝게 빛나고 있고, 왼쪽은 암흑처럼 새까맣다. 사람의 심리로는 밝은 곳으로 가고 싶어진다. 왼쪽의 암흑으로는 가고 싶지 않다.

하지만 카리나는 「왼쪽이에요」라고 말했다.

"지금, 램프를 꺼낼 테니까 기다려주세요."

"괜찮아."

나는 곰 장갑에 마력을 모아 빛을 만들어 냈다. 눈앞에 곰 얼굴 모양을 한 빛이 떠올랐다.

"……곰이네요."

"자, 가자."

곰 빛을 보고 있는 카리나에게 말을 하고 암흑의 통로를 걸어갔다. 곰 얼굴을 한 빛이 암흑의 통로를 비춘다. 카리나는 그런 공중에 뜬 곰 얼굴의 빛을 가만히 바라보고 있었다. 그렇게 쳐다보면 눈이 나빠지니 주의를 줬다.

"카리나, 수정판을 잘 봐야지."

"아, 네, 죄송해요."

카리나는 곧장 시선을 수정판으로 돌렸다.

"저기, 어째서, 보통의 빛이 아닌 거예요?"

"곰인 편이 귀엽잖아?"

"네, 그렇네요."

카리나는 내 말을 듣고 이해했다. 물론, 보통 빛의 구슬도 만들 수 있다. 하지만 의식하지 않으면 곰 얼굴의 모양이 되어버린다. 왜 그럴까. 나는 곰 장갑을 뻐끔거렸다.

통로에서 꺾자 전방에 빛이 보였다. 작은 방으로 나왔다고 생각했는데 또다시 밝은 길과 어두운 길의 갈림길이 있었다.

"이번엔 밝은 쪽이에요."

카리나의 지시대로 밝은 길로 나아간다. 다음 갈림길은 아래로 향하는 통로와 위로 가는 통로로 나뉘어 있었다. 아래는 밝고, 위가 어둡다.

역시 밝은 쪽을 가고 싶어진단 말이지. 그래도 카리나가 지시한 곳은 위의 어두운 길이었다.

위로 올라가는 길을 걷는데 조금 넓은 방이 나왔다.

"혹시, 도착했니?"

"아직이에요."

아직이라니. 한 시간도 걷지 않았지만 이렇게 갈림길이 많으면 성가시다.

카리나는 수정판을 보더니 경계심 없이 방 안으로 들어갔다.

"유나 씨, 멈춰주세요."

나는 카리나가 말한 대로 멈췄다.

둘러보니 생각보다 방이 넓었고 눈앞에는 커다란 구멍이 뚫려 있었다. 그리고 반대쪽으로 향하는 다리가 3개 있었다.

"오른쪽 다리예요."

"설마, 다른 다리를 건너면 떨어지거나 하는 건가?"

"모르지만, 그럴 가능성이 클 거예요. 하지만 유나 씨의 마법이 있다면 반대편까지 다리를 만들 수 있잖아요."

원래는 지혜와 힘, 마법, 기술을 사용하여 돌파하는 거겠지. 하지만 카리나가 가진 수정판이 옳은 길을 알려줬다.

우리는 다리를 건너 앞으로 나아갔다.

미궁, 함정, 골렘의 반응도 있었다. 이외에도 우리가 지나오지 않은 함정과 복잡한 미궁도 있겠지.

이거라면 도전하려는 모험가 같은 건 없겠지.

카리나의 선조와 무무르트 씨는 잘도 사막에 있는 미궁에 도전을 했다. 당시엔 근처에 마을도 호수도 없었으니 지금보다도 도전하기 힘들었을 거다. 존경할 만하다.

그런 뒤에도 카리나는 수정판을 보고 막힘없이 나아갔다. 그러다 카리나가 멈췄다. 도착한 것이다.

우리의 앞에 문이 있었다.

"유나 씨, 도착했어요."

나는 곰순이의 등에서 내려와 문을 만졌다.

밀면 열리나?

"유나 씨, 잠시 기다려주세요. 지금부터 열게요."

카리나도 곰돌이의 등에서 내려와 문의 옆으로 이동했다. 그곳에는 움푹 파인 곳이 있었다. 카리나가 들고 있던 수정판을 그곳에 끼우자 천천히 문이 열렸다.

346 곰 씨, 마석을 교체하다

문이 열린다.

수정판은 문을 여는 열쇠 역할도 하는 모양이다.

"유나 씨, 수정판을 빼면 문이 닫히기 시작하니까 서둘러 들어와 주세요."

카리나는 충고하더니 수정판을 떼어냈다. 그리고 카리나를 선두로 우리는 문 안에 들어섰다. 우리가 방으로 들어온 뒤 조금 지나자 카리나가 말한 대로 뒷문이 천천히 닫혔다.

나는 방을 둘러봤다.

방에서 가장 눈길을 끌었던 건 중앙에 있는 은색 잔 같은 모양의 물체였다. 잔에서는 졸졸 물이 흘러내리고 있었다. 흘러내린 물이 분수지처럼 되어 있는 곳에 고여 있었다.

카리나는 방 중앙을 향해 걷기 시작했다.

잔 앞에는 계단이 있었고 그 계단 앞에는 1미터 정도 높이의 대좌(臺座) 같은 것이 있었다. 그 대좌를 보니 마석이 끼워져 있었다.

카리나는 계단을 올라가 잔 앞에 섰다. 나도 어떻게 되어 있는지 궁금해서 따라갔다. 잔의 크기는 직경 1미터 정도로, 잔의 안을 들여다보니 깨진 마석이 물 아래에 잠겨 있었다.

깨진 마석은 최후의 힘을 쥐어짜듯 물을 내보내는 것처럼 보였다.

"이 마석을 교체하면 되는 거지?"

그러기 위해 여기까지 온 것이다.

"네."

"그럼, 얼른 교체할까."

"그러면 물을 멈출 테니까 기다려주세요."

카리나는 계단을 내려가 계단 바로 앞에 있는 대좌 앞에 섰다. 그리고 대좌 위에 끼워져 있는 마석 위로 손을 올린 카리나가 손에 마력을 담자 마석이 창백하게 빛난 뒤 머지않아 빛이 사라졌다.

"이제 마석을 꺼낼 수 있을 거예요."

뒤돌아 잔을 보자 졸졸 흐르던 물이 멈춰 있었다.

"물을 멈출 수 있는 거야?"

"저도 해본 적은 처음이지만, 전에 어머님과 왔을 때 설명을 들었어요. 정말로 물이 멈춰서 다행이네요."

카리나는 다시 계단을 올라 잔 앞으로 돌아왔다. 카리나는 소매를 걷어 잔 바닥에 잠긴 깨진 마석을 꺼내려 했다. 나도 도우려고 했지만 카리나에게 저지당했다.

"제가 하게 해주세요. 지금까지 열심히 해주셨으니까 고마움을 담아 제가 주울게요. 그게 이슈리트 가문으로 태어난 저의 역할이라고 생각해요."

나는 카리나의 마음을 존중하여 지켜보기로 했다.

카리나는 물이 담긴 잔에 손을 넣었다. 그리고 깨진 마석의 파편을 하나씩 소중히 주웠다. 커다란 파편부터 작은 파편까지. 긴 세월 물을 공급해준 마석. 카리나는 감사의 마음을 담아 깨진 마석을 천 봉투에 담아갔다.

이 마석에서 물이 나와 호수를 만들어 낼 정도의 물을 생성하고 있던 거군. 판타지라는 한마디로 정리하는 건 간단하지만 대단한 일이다.

카리나가 마석을 줍는 동안 나는 방 안을 탐색하기로 했다.

바닥에는 마법진이라고 해야 할지, 도형 같은 홈이 전체적으로 새겨져 있었다. 이게 물의 양을 증폭시키는 마법진인가?

그 마법진은 벽에도 연결되어 있고, 천장에도 복잡한 도형의 마법진이 새겨져 있었다. 방 전체가 물의 양을 증폭시키는 마법진으로 되어 있는 것 같다.

만약 정규 루트가 아니라 벽을 뚫고 침입했다면 물의 양을 증폭시키는 마법진을 망가뜨리게 되어 있었다. 그렇게 하지 않아서 다행이다. 만약 그렇게 했다면 크라켄의 마석이 있어도 호수는 부활하지 못했을 거다.

그건 그렇고 대단한 마법진이네. 이걸 복사해서 다른 곳에서도 사용할 수 있다면 재미있겠지만 힘들겠지.

주위를 확인한 나는 중심에 있는 잔 주변을 한 바퀴 돌았다. 잔에서 떨어진 물은 투명해서 예쁘다. 이 물이 마을까지 흘러가는 건가? 거리가 있는데 어떻게 가는 걸까?

잔의 뒤로 가보니 이쪽에도 문이 있었다. 입구가 2개?

정답은 하나가 아니었다는 건가?

문의 옆에도 대좌가 놓여있었다. 대좌에는 수정판이 끼워질 법한 홈이 있었다. 수정판을 끼우면 입구처럼 문이 열리나?

"그곳은 출구예요."

내가 문 앞에서 어슬렁거리자 위에서 보고 있던 카리나가 알려줬다.

"출구?"

"네, 돌아가는 건 그곳을 통해 갈 거예요."

입구와 출구는 나뉘어 있구나. 무언가 이유가 있나?

나는 방을 한 바퀴 돌아 계단 앞으로 돌아왔다.

깨진 마석의 파편을 다 주운 카리나도 계단을 내려와 내가 있는 곳으로 다가왔다.

"기다리셨죠."

카리나를 보니 손과 옷이 젖어있어서 곰 박스에서 수건을 꺼내 카리나에게 건넸다.

"고마워요."

카리나는 수건으로 손과 팔, 옷들을 닦았다. 이럴 때 건조 마법 같은 게 있다면 편리할 텐데. 실제로 사용할 수 있다고 해도 방수가 되는 곰 인형 옷을 입은 나에게는 불필요한 마법이다.

그래도 긴 머리를 말릴 때는 편리하려나?

"유나 씨, 고마워요. 빨아서 돌려드릴게요."

"괜찮아, 더러워지지도 않았고 금방 마를 테니까."

카리나에게서 수건을 받아들고 곰돌이의 등 위에 올려놓았다.

"크~응."

곰돌이가 무언가 말하고 싶어 했다. 곰돌이의 등이라면 따뜻해서 금방 마를 거라고 생각했는데 아니었던 모양이다. 뭐, 말리는 건 언제든 할 수 있으니 수건을 곰 박스에 담았다.

"유나 씨, 마석을 주시겠어요?"

카리나는 진지한 눈으로 나에게 부탁을 했다. 긴장하고 있는 것처럼도 보인다.

나는 곰 박스에서 크라켄의 마석을 꺼내 카리나에게 건넸다. 카리나는 떨어뜨리지 않으려고 소중히 양손으로 받아들었다.

"이 마석에 마을의 운명이 걸려 있다고 생각하니 무겁네요. 만약 마석을 교환해도 물이 나오지 않으면 어떡하나 무서워요."

마석을 든 카리나의 손이 떨리고 있었다. 나는 마석을 들고 있는 카리나의 손을 잡았다.

"유나 씨……."

"괜찮아. 여기까지 잘했잖아. 교체하면 고쳐질 거야."

카리나는 고개를 끄덕이고는 천천히 계단을 올라갔다. 그리고 잔 앞에 멈춰서더니 작게 한숨을 내쉬고 잔 안으로 조심히 크라켄의 마석을 옮겼다. 카리나는 잔 안의 마석을 가만히 바라보고 있었다.

"카리나?"

"죄송해요."

내가 말을 걸자 카리나는 계단을 내려왔다.

"나머진 마법진을 기동시키면 될 거예요."

카리나는 대좌 앞으로 다가갔다. 그리고 긴장한 분위기로 대좌의 위에 있는 마석 위에 손을 올린다. 카리나는 숨을 들이쉬고 뱉었다. 손에 힘이 들어가고 대좌 위에 있는 마석에 마력을 보냈다.

그러자 대좌 위의 마석이 하얗게 빛나고 바닥의 마법진에서도 빛이 났다. 그 빛은 방 전체로 퍼져 눈부신 빛이 방을 감쌌다. 그 후에는 빛이 서서히 사라졌다.

카리나의 숨을 들이켜는 소리가 들린 그 순간, 잔에서 넘치듯 물이 뿜어져 나왔다.

물은 멈추는 일 없이 계속 뿜어져 나왔다.

성공이다.

나는 카리나에게 말을 걸려고 카리나를 봤다.

"……카리나."

카리나의 눈에서도 잔처럼 눈물이 흘러내리고 있었다.

"으으, 다행이다."

카리나는 흘러나오는 물을 보며 눈물을 흘렸다. 눈물을 훔치지도 않고 잔에서 넘쳐흐르는 물을 바라보고 있었다.

"이것으로, 마을이, 유나 씨, 고마, 워요."

카리나는 눈물을 흘리며 나에게 감사 인사를 했다. 나는 손수건으로 눈물을 닦아줬다.

"이런, 울지 마."

"유나 씨……."

젖은 얼굴을 닦아줬지만 눈물은 멈추지 않았다. 지금까지의 긴장의 끈이 풀린 거겠지. 물의 마석의 파손, 마을 호수의 고갈, 수정판 지도의 분실, 부친의 부상, 마물의 대량 발생, 주민이 마을을 빠져나간 것. 여러 불운이 겹쳤다.

카리나가 모든 것을 짊어져야 하는 건 아니지만 수정판을 잃어버린 카리나는 커다란 책임감을 느끼고 있었다.

하지만 수정판은 되찾았고 새로운 물의 마석으로 교체하는 것도 마쳤다. 물도 원래대로 돌아왔다. 모든 게 끝났다. 겸사겸사 마물도 무찔렀다. 떠나려는 주민도 사라질 것이다.

이것으로 카리나의 어깨의 짐도 가벼워졌을 거다.

나는 부드럽게 끌어안아 눈물이 멈출 때까지 마음껏 울도록 두었다.

"유나 씨, 고마웠어요. 곰돌이, 곰순이도 고마워."

카리나는 나에게서 떨어졌다.

"이제, 괜찮아?"

"네, 갑자기 울어서 죄송했어요."

빨개진 눈을 슥슥 문지른다. 하지만 그 얼굴에는 만면의 미소가 퍼져 있었다.

카리나는 흘러나오는 물을 기쁘게 보고 있었다. 그 광경은 카리나에게 있어서는 최고의 광경으로 비치는 것 같았다.

잠시 카리나는 물을 바라보고 있었다.

"괜찮아. 멈추지 않을 거야."

실제로는 그런 미래의 일은 알지 못하지만 카리나를 안심시키기 위해 말을 건넸다.

"네."

"그럼, 바리마 씨에게 보고하러 돌아가 볼까."

언제까지고 이곳에 있을 수는 없다. 바리마 씨도 걱정하고 있을 거다.

우리는 잔의 뒤에 있던 문 쪽으로 다가갔다. 이곳으로 나가면 되는 거지?

카리나는 문 쪽에 있는 마석을 만졌다. 그러자 문이 열렸고 나아가 문 너머에서도 똑같이 무언가가 열리는 소리가 들렸다. 그건 한두 개가 아니었다.

"유나 씨, 갈게요."

문 너머는 계단으로 되어 있었고 우리는 계단을 내려갔다.

머지않아 뒤에서 문이 닫히는 소리가 들렸다. 역시, 자동으로 닫히는 모양이다. 계단을 내려가서 통로를 조금 나아갔다. 또다시 계단을 살짝 내려갔다. 또다시 통로를 조금 지난다.

통로를 빠져나오자 그곳은 미궁의 입구였다.

"돌아왔어요."

"돌아오는 건 이렇게 간단해?"

"네."

"이상하지 않아? 갈 때도 이 길을 사용하면 되지 않나?"

"그건, 저도 처음 지나갔을 때 생각했어요. 그런데 들어갈 때는 이 통로를 사용할 수 없는 모양이에요."

우리가 통로 밖으로 나오자 뒤의 통로에서 벽이 움직이는 소리가 들렸다.

"아마도 길이 막혀 있는 것 같더라고요."

이 길을 사용하지 못하게 하기 위함인가.

하지만 이건 이해할 수 없어.

347 곰 씨, 데젤트 마을로 돌아오다

마석을 교환한 우리는 마을로 돌아왔다.

"카리나 님!"

마을 문지기가 카리나를 불렀다.

"왜 그러세요?"

"혹시 카리나 님이 뭔가를 하신 건가요?"

"무슨 일 있었어요? 설명해주시지 않으면 몰라요."

"죄송합니다. 조금 전 호수에서 물기둥이 솟아올랐거든요. 그 물이 마을로 흘러들어왔습니다."

"그게 정말인가요?"

"네, 그래서 마을 안이 소란스러워졌어요."

"안심하세요. 호수의 물은 원래대로 돌아온 거예요. 자세한 이야기는 아버님께서 하실 겁니다."

"그렇군요. 호수의 물이 나날이 줄어드는 걸 걱정했습니다. 하지만, 다행이네요."

남자는 카리나의 말에 안도한 표정을 보였다.

우리는 마을 안으로 들어갔다.

문지기가 말한 대로 솟아오른 물에 의해 지면이 젖어있었다.

그리고 마을의 분위기가 평소와 달랐다. 모두 기뻐하고 있었다.

우리가 호수의 상태를 보러 가니 호수 주변에는 인산인해를 이루고 있었다. 모두 호수를 보고 있었다.

"혹시 물기둥을 보러 왔나?"

"그럴지도 모르겠네요. 우선 서둘러 아버님께 돌아가죠."

우리는 호수를 보는 사람들의 뒤를 빠져나와 집으로 향했다.

저택으로 돌아오자 군중들이 모여있었다.

아마도 이곳에 있는 사람들은 호수에 솟아오른 물기둥에 관해 바리마 씨에게 물으러 모여든 것이겠지.

"이대로는 안으로 들어갈 수가 없어요."

우리가 어쩌면 좋을지 생각하고 있는데 귀에 익은 목소리가 저택에서 들려왔다.

"바리마 씨께서 조만간 이야기하신다고 하니 조금 더 기다려주세요."

"저건 멜 씨?"

멜 씨만이 아니다. 제이드 씨와 세니아 씨, 토우야도 있었다.

제이드 씨 일행은 모여든 주민들을 진정시키는 말을 했다.

큰 문제가 발생하진 않았지만 카리나를 발견하면 소란스러워질지도 모른다.

"유나 씨, 어떻게 하죠?"

그냥 간다면 둘러싸일 가능성이 있었다.

“이건 어쩔 수 없군.”

“유나 씨?”

나는 카리나의 뒤로 돌아가 공주님 안기를 했다.

“유나 씨, 무슨?!”

“꽉 잡고 있어.”

나는 카리나를 공주님 안기를 한 채로 달렸다. 그리고 도움단기를 해서 날았다.

“와아아아아아아아아아.”

카리나가 소리를 질렀다.

그 목소리를 들은 주민들이 위를 바라봤다.

“저건 뭐지?”

“새?”

“새다.”

“아니, 곰이야.”

“곰이다.”

“하늘을 나는 곰이다!”

주민이 소리치는 와중에 나는 주민들을 뛰어넘었고, 나아가 울타리까지 뛰어넘어 저택 안에 착지했다.

착지도 깔끔하게 성공해서 머리 속에 『10.0』이 나열되는 이미지가 떠올랐다. 곰 장비가 있었다면 올림픽에서 금메달도 꿈은 아니겠네. 뭐, 무조건 반칙이지만.

울타리 반대편에서는 「곰이 날았어」, 「곰은 날지 못해」, 「분명히 곰이었어」, 「그러니까, 곰은 날지 못했다고 했지?」 등, 나를 본 사람들과 보지 못한 사람들이 언쟁을 벌이고 있었다. 그리고 각도 때문에 알아차리지 못한 사람도 있을 것이다. 애초에 찰나의 순간에 내 모습이 곰이라는 걸 알아차렸다는 것에 감탄했다.

나는 카리나를 내려줬다.

"유나 씨, 날아오를 거면 그럴 거라고 말 좀 해주세요. 무서웠잖아요."

지면에 선 카리나는 다리를 떨고 있었다.

"혹시, 실례했니?"

"하지 않았어요!"

카리나는 툭툭 나를 때렸다. 괜찮은 모양이다.

"유나, 돌아왔나."

"어째서 이곳에 제이드 씨 일행이?"

"우리는 신경 쓰지 마. 얼른 바리마 씨에게 보고하러 가줘. 바리마 씨가 유나와 카리나를 기다리고 있어."

그렇다. 얼른 보고하러 가야 한다.

"유나 씨, 아버님께 보고하러 가요."

나와 카리나는 저택 안으로 들어갔다. 저택에 들어서자 라사 씨가 기다리고 있었고 곧바로 바리마 씨가 있는 곳까지 안내되었다.

"카리나! 그리고 유나 씨도."

바리마 씨와 리스틸 씨, 아들인 노리스까지 있었다.

“아버님, 어머님, 지금 돌아왔어요. 그래서, 여쭙고 싶은데, 물기둥이 솟았다는 건 정말인가요?”

“그래, 그 설명을 하기 전에 무슨 일이 있었는지 들려주겠니.”

“알겠어요.”

카리나는 물의 마석을 무사히 교환했다는 것과 물이 제대로 뿜어져 나와 원래대로 돌아갔다는 것을 이야기했다.

“그렇구나, 카리나. 이번엔 여러 가지로 고생이 많았구나.”

“아뇨, 원래는 제가 수정판을 잃어버린 게 원인인 걸요.”

“유나 씨도 고마워요. 유나 씨가 없었다면 이 마을은 끝났을지도 몰라요.”

바리마 씨는 깊숙이 고개를 숙였다.

“그래서, 아버님, 물기둥이 솟았다니 무슨 말이에요?”

나로서는 무슨 일인지 알 수 없지만 카리나는 알고 있던 모양이다.

“카리나도 알고 있겠지만, 일 년에 한 번 축제가 열리잖니.”

“네, 호수가 분수처럼 솟아올라서 마을 전체에 물이 비처럼 내리죠.”

“그렇단다. 그 현상이 조금 전에 일어나서 마을에 소란이 났어.”

“그렇지만, 축제날이 아닌데…….”

“그렇게 되는 이유가 있단다.”

바리마 씨가 말하기를 이 마을에는 1년에 한 번 축제가 있었다고 했다. 그때는 반드시 호수에서 간헐천처럼 물이 뿜어져 올라와 마을 전체에 비처럼 내린다고 했다.

옛날에는 감사의 마음을 담아 잔을 청소하는 것이 목적이었다. 잔을 청소하려면 마법진을 한 번 멈춘다. 그리고 다시 마법진을 기동시키면 간헐천처럼 물이 솟아오르는 현상이 일어난다고 했다.

그게 훗날 마을의 축제로 자리 잡았고 그와 동시에 영주인 이슈리트 가문의 힘을 과시하기 위한 상징이 되었다고 했다.

이번에는 마석을 교체하기 위해 마법진을 멈춘 뒤 재가동시킨 것 때문에 물이 분출했고, 그것을 본 주민들이 호수로 몰려들었다. 그리고 이유를 묻기 위해 바리마 씨의 집으로 모였다는 모양이다.

그중에는 제이드 씨도 있었고, 우리가 오기 전까지 소동이 일어나지 않도록 사람들을 진정시켜 달라는 부탁을 했다고 한다.

그리고 바리마 씨 일행은 우리의 보고를 듣기 위해 기다리고 있던 것이다.

"그럼, 제이드 씨 일행이 진땀빼고 있었으니까 얼른 주민들에게 이야기하러 가주세요."

"그러죠."

바리마 씨는 이번 일을 주민들에게 설명하러 가기 위해 자리에서 일어섰다. 그와 동시에 모친인 리스틸 씨도 일어났다.

"나도 같이 갈게요."

"그렇지만, 배가……."

"괜찮아요. 게다가 당신도 다쳤잖아요. 이번엔 좋은 보고를 하러 가는 거니까 위험하지는 않을 거예요."

"그런 거라면 저도 갈게요."

"나도……."

"카리나, 노리스……, 알겠어. 다 같이 가자."

모두 같이 저택 밖으로 나와 호수가 원래대로 돌아왔다는 사실을 설명했다. 바리마 씨는 불안하게 만든 점을 사과하고 안심해 달라고 전했다.

바리마 씨의 말은 마을 안에 퍼졌고 마을은 활기를 되찾았다. 호수 앞에는 노점이 세워지고 모든 곳이 축제처럼 북적거렸다.

나와 카리나가 활기를 되찾은 마을을 걷고 있는데 이전에 방문했던 향신료 가게 근처를 지나게 됐다.

"카리나 님."

가게에서 아저씨가 나왔다.

"정말로 호수가 원래대로 돌아왔나요?"

"사실이에요. 이제 괜찮을 거예요. 그러니 마을을 떠나지 말아 주세요."

"네, 그건 당연하죠. 아내와도 의논해서 남을 생각이에요."

그 말에 카리나는 정말로 기뻐하는 표정을 지었다. 고생한 보람이 있는 순간이다.

그날 밤, 정신적으로 지친 나는 잘 준비를 했다. 몸은 그다지 지치지 않았지만 카리나에게 이끌려 다녔다. 곰 옷차림은 주목을 받았고, 제이드 씨 일행에게는 이런저런 이야기를 들어서 정말로 지쳤다.

흰 곰으로 갈아입고 꼬맹이화 된 곰돌이와 곰순이를 소환했다. 여전히 폭신폭신해서 마음이 편안해진다. 곰돌이와 곰순이를 안고 있는 것만으로도 피로가 풀리는 느낌이다.

곰돌이와 곰순이에게서 힘을 받은 내가 이불 속으로 들어가려는데 누군가 문을 두드렸다.

"유나 씨, 깨어 있으세요?"

"카리나? 일어나 있어."

문을 향해 말을 하자 카리나가 베개를 들고 들어왔다.

"무슨 일이야?"

"그게…… 같이 자도 돼요?"

"상관없는데."

베개까지 지참했는데 거절할 수는 없다. 카리나는 기뻐하며 침대로 다가왔다.

"유나 씨, 하얗네요."

카리나에게 흰 곰 버전을 들켰다.

“잘 때는 그래.”

평소에 입어도 되지만 피로를 풀어주는 흰 곰은 잠옷 대신이 되어 있었다.

“흰 곰 차림도 귀엽네요.”

“카리나의 옷차림도 귀여워.”

카리나도 흰색의 귀여운 잠옷을 입고 있었다.

나보다 훨씬 귀엽다.

“유나 씨, 돌아가시는 거죠? 그렇게 되면 곰돌이랑 곰순이랑도 작별이네요.”

카리나는 꼬맹이화 된 곰돌이와 곰순이를 쓰다듬었다.

거기에 나는 안 들어가 있는 거야?

곰 씨 울어버린다.

“유나 씨와 만날 수 없게 된다고 생각하니 슬퍼요.”

나도 제대로 들어가 있어서 다행이다.

“또 올게.”

“정말요?”

“응, 향신료도 사러 오고 싶고, 무엇보다 카리나를 또 만나고 싶으니까.”

곰 이동문을 설치하면 한순간에 올 수 있다. 그러려면 설치할 장소를 생각해야 한다.

“정말이죠. 약속한 거예요. 저 기다릴 테니까요.”

"약속할게."

내 말을 듣고 조금 전까지 어두운 표정을 하고 있던 카리나가 꽃이 핀 것 같은 미소를 지었다.

"곰돌아, 곰순아, 또 만나자."

""크~응.""

"으으, 그래도 역시 헤어지는 건 쓸쓸해요."

곰돌이와 곰순이를 끌어안는 카리나.

"그럼, 좋은 걸 줄게."

"좋은 거요?"

나는 곰 박스에서 곰돌이와 곰순이 인형을 꺼냈다. 그것을 본 카리나는 눈을 크게 뜨고 인형을 쳐다봤다.

"곰돌이랑 곰순이 인형이야. 이게 있으면 쓸쓸하지 않겠지?"

카리나는 곰돌이 인형을 집어들었다.

"저에게 주시는 거예요?"

"소중히 다뤄줘야 해."

"고마워요."

카리나는 곰돌이 인형과 곰순이 인형을 끌어안았다. 그 옆에는 내팽개쳐진 곰돌이와 곰순이가 있었다. 인형에게 져서 슬퍼하고 있었다.

"그래도 어쩌죠. 인형을 안으면 곰돌이랑 곰순이를 안을 수 없어요."

“그러면 오늘은 진짜 곰돌이랑 곰순이를 안으면 되지 않을까?”

“네, 그럴게요.”

카리나는 침대에서 내려가 인형을 테이블 위에 올려뒀다. 그리고 돌아오더니 곰돌이와 곰순이를 안고 침대에 누웠다.

“유나 씨, 이야기를 들려주세요.”

“이야기?”

“내, 유나 씨가 사는 마을이나 어떤 곳에 갔었는지, 어떤 마물과 싸웠는지, 이런저런 이야기를 들려주세요.”

“으음~ 그러면 말이지…….”

나는 간단한 이야기를 시작했다.

그리고 한동안 이야기를 하고 있는데 옆에서 조용히 잠자는 소리가 들려왔다. 아무래도 잠이 든 모양이다. 그리고 카리나가 무의식적으로 끌어당긴 건 곰돌이였다. 나는 외로워하는 곰순이를 불러와 품에 안았다.

“잘 자.”

나도 오늘의 피로를 풀기 위해 잠이 들었다.

348 곰 씨, 바리마 씨에게 감사 인사를 받다

아침에 일어나자 카리나는 내게 안겨 잠들어 있었다. 자기 전에 안았던 곰돌이는 카리나의 옆에서 몸을 둥글게 말고 자고 있었다. 해방되어 기뻐하는 것인지 슬퍼하는 것인지는 곰돌이만 알겠지. 그래도 기분 좋게 자고 있었다.

참고로 곰순이는 내 품 안에서 기분 좋게 자고 있었다. 일단 기분 좋게 자는 모두를 깨웠다.

그리고 아침 식사를 마친 뒤 바리마 씨에게 집무실로 와 달라는 말을 들었다. 아무래도 이번 건으로 하고 싶은 말이 있는 모양이다.

"유나 씨, 다시 한 번, 고마워요. 말로는 다 표현 못 하겠네요. 카리나도 미소를 되찾았어요. 이것도 모두 유나 씨 덕분이죠. 요 며칠간 카리나는 자신을 책망하고 있었거든요. 우리가 아무리 말을 해도 자신의 잘못이라며 방에서 울기도 했었답니다. 부모로서 자신의 딸을 위로하는 것도 마음을 풀어주는 것도 하지 못했어요. 하지만, 그런 카리나를 유나 씨가 구해줬어요. 정말로 고맙습니다."

처음 만났을 때의 카리나는 다급해 보였다. 하지만 카리나는 힘을 내려 애썼다. 그리고 작은 몸으로 열심히 최선을 다했다고 생각한다.

마물을 앞에 두고도 도망치지 않았고 징징거리지도 않았다. 어린아이라면 무서워서 가고 싶지 않다고 했을지도 모른다. 제멋대로인 행동을 했을지도 모른다. 하지만 카리나는 그런 행동은 하지 않았다. 자신의 역할을 제대로 이해하고 있었고 우리를 방해하지도 않았다.

그 사실을 바리마 씨에게 전하자 매우 기뻐 보였다.

"그러면 유나 씨, 길드 카드를 잠시 받아도 될까요? 이번 건을 길드 카드에 기입하게 해주세요."

의뢰인은 국왕으로 되어 있을 텐데…… 제이드 씨 일행과 갔던 의뢰를 말하는 건가?

나는 바리마 씨에게 길드 카드를 건넸다. 받아든 바리마 씨는 길드 카드를 수정판 위에 올리고 수정판을 조작했다. 조작은 금방 끝나서 길드 카드는 내 곰 장갑의 입으로 되돌아왔다.

"유나 씨가 스콜피온의 건은 알리고 싶지 않다고 하시니 크라켄과 동일하게 처리했습니다."

"그 말씀은 길드 마스터나 대단한 사람만 알 수 있다는 건가요?"

"네, 만약 토벌 기록의 증명을 묻는 경우가 생긴다면 저나 폴오트 님이 해주실 겁니다. 이 편지를 폴오트 님에게 전달해주세요. 이번 일이 적혀 있습니다. 어쩌면 스콜피온을 보고 싶다고 하실지도 모르겠네요."

즉, 편지에는 스콜피온의 일이 적혀 있다는 게 된다. 바리마 씨에게 거짓 보고를 적어달라고 할 수는 없으니 이번엔 어쩔 도리가 없다.

그러나 그 국왕이니까 분명히 보여달라고 하겠지. 국왕은 떠벌리고 다니지는 않을 테니 그 부분은 안심할 수 있다. 지금 상황에선 왕도에서 내가 만 마리의 마물을 토벌한 이야기도 크라켄을 토벌했다는 이야기도 알려지지 않았다. 하지만 엘레로라 씨에게는 틀림없이 알려지겠지. 그렇게 되면 클리프에게도 알려지는 것을 의미한다.

또 클리프에게 한 소리 들으려나?

"그리고, 유나 씨에게 폴오트 님과는 별개로 보답을 하고 싶은데요."

"보답이라면 국왕 폐하께 받을 테니까 괜찮아요."

국왕에게는 돈을 받을 예정이다. 그것에는 크라켄 마석의 대금도 포함되어 있었다. 어차피 나라가 내는 돈이다. 국왕은 아무렇지 않을 거다.

"아뇨, 이번 의뢰의 내용은 분명 마석을 운반해주는 것이었죠. 수정판을 찾는 일과 마석 교환은 별개의 건입니다. 게다가 유나 씨는 거대한 스콜피온을 무찔렀어요. 이대로 보답도 하지 않고 돌려보낼 수는 없습니다."

"딱히 마음 쓰지 않아도 돼요. 스콜피온이 있던 건 바리마 씨도 몰랐던 거고, 소재를 팔면 돈이 될 테니까. 마석 교환은 카리나를 따라가기만 했을 뿐인데요."

마석 교환 때는 거의 아무것도 하지 않았다. 곰돌이와 곰순이 위에 올라타서 카리나의 지시대로 따라갔을 뿐이다.

"유나 씨는 자신이 대단한 것을 했다는 걸 자각하시는 편이 좋아요."

무슨 말인지는 알지만 은혜를 베풀었다는 식으로 내세우는 것은 좋아하지 않는다. 그러나 내가 아무리 거절해도 바리마 씨는 이야기를 들어주지 않았다. 보답을 하고 싶다고 했다.

그때 한 가지 부탁하고 싶은 게 떠올랐다.

오늘은 상업 길드로 가서 곰 이동문을 설치할 집을 구매할 생각이었다.

곰 이동문을 설치할 장소를 생각한 결과, 마을 안에 있는 집을 구입하기로 했다. 피라미드 안이나 사막도 생각했지만 마물이나 사람의 눈을 생각하니 만들 수 없었다. 그렇게 되니 마을 안에 작은 집을 사들여서 그 안에 곰 이동문을 설치하는 편이 좋다고 생각했다.

그래서 나는 바리마 씨에게 부탁했다.

"그럼, 상업 길드에 소개장을 적어주실래요?"

"상업 길드에 소개장이요?"

"그게, 이 마을에 집을 살까 해서요. 봐요, 저는, 그, 이런 옷차림이잖아요."

나는 자신의 옷차림을 새삼 바리마 씨에게 보여줬다.

"곰이죠."

"그러니까 숙소에 머무를 때도 이상한 눈으로 쳐다보고 그래서, 마을에 왔을 때 머무를 수 있는 집이라도 살까 싶어서요."

"저기, 평범한 옷차림을 하는 건—."

보통은 그렇게 생각하겠지. 하지만 나는 그 질문에 즉시 대답했다.

"안 입어요."

그러고 싶지만 숙소에 평범한 옷차림으로 머물 용기는 없다. 곰옷을 벗으면 보통의 여자아이보다 약한 존재다. 자택이라면 괜찮을지 몰라도 숙소에서 평범한 옷차림을 하는 건 무섭다. 게다가 숙소라면 곰 이동문을 설치할 수도 없으니까.

"게다가 집을 가지고 싶다고 해도 이 옷차림과 나이 때문에 믿어주지 않을지도 모르고, 이상한 곳이나 이상한 집을 팔아버리면 곤란하잖아요."

이동문을 설치하기 위해 변명을 해봤다.

게다가 지금까지 크리모니아 이외에는 다른 사람의 힘을 빌려 집을 사고 있었다. 왕도에서는 그란 할아버지와 엘레로라 씨. 미릴러 마을에서는 아트라 씨. 랄즈 마을에서는 레트벨 씨에게 집을 받았다. 엘프 마을에서는 무무르트 씨의 허락을 받았다. 그랬기 때문에 문제없이 곰 하우스를 세우거나 집을 살 수가 있었다.

그러니 이 마을은 바리마 씨의 소개장만 있으면 문제를 일으키지 않고 집을 구입할 수 있다.

“살 것도 아닌데 그것만을 위해서 집을 산다고요?”

“작은 집인걸요. 카리나에게도 또 만나러 오겠다고 약속하기도 했고요.”

“그러면 마을에 왔을 땐 우리 집에 머물러 주셔도 괜찮습니다. 그러면 딸도 기뻐할 겁니다.”

그렇게 되면 숙소와 똑같이 곰 이동문의 설치를 할 수가 없어진다.

“마을에 도착하는 시간도 불규칙하고, 폐를 끼칠 수도 있으니까…….”

이런, 다른 변명을…….

“폐라뇨. ……그렇네요. 알겠습니다. 집요하게 권하는 것도 죄송하니 상업 길드에 보낼 소개장을 준비할게요. 그게 유나 씨에게 도움이 된다면 기꺼이 쓰겠습니다.”

바리마 씨는 그렇게 말하고 상업 길드 앞으로 소개장을 적어줬다.

“고마워요.”

“아뇨, 조금이라도 보답을 할 수 있어서 다행입니다.”

바리마 씨는 손을 뻗더니 악수했다. 나는 이곳에서의 마지막 일을 하기로 했다.

"바리마 씨, 아픈 팔을 잠깐 보여주실 수 있나요?"

"팔이요?"

바리마 씨는 옷을 걷어 팔을 보여줬다. 빨갛게 부어있었다. 아마도 카리나가 함정에 빠질뻔한 것을 붙잡았을 때 다쳤겠지.

"이 일은 비밀로 해주셔야 해요."

나는 곰 장갑을 부은 팔에 대고 치료 마법을 사용했다. 낫는 이미지와 붓기가 빠지는 이미지를 떠올렸다. 그러자 빨갛던 팔이 보통의 색으로 돌아갔다.

"이제 괜찮을 거예요."

바리마 씨는 팔을 움직였다.

"아프지 않아요."

"무리하시면 또 아파질지도 모르지만. 평소처럼 지내시면 괜찮을 거예요."

"유나 씨, 당신은 정체가 뭐죠?"

"그냥 모험가인데요. 지금 일은 아무에게도 알리지 마세요."

나는 곰 장갑을 입에 댔다.

"알겠습니다. 아무에게도 말하지 않을게요. 고마워요."

바리마 씨가 고통으로 얼굴을 일그러뜨릴 때마다 카리나가 슬퍼했었다. 이것으로 카리나의 걱정거리도 사라졌다.

"나중에 카리나를 안아주세요."

"감사의 말로는 다 표현할 수 없네요."

바리마 씨에게 몇 번째인지 모를 감사 인사를 받았다.

그리고 나는 바리마 씨에게 상업 길드의 위치를 듣고 방을 나섰다. 곧바로 상업 길드로 향하려는데 카리나가 복도에서 서 있었다.

"유나 씨, 이제 어디로 가시나요?"

"응, 잠깐, 살 게 있어서."

"뭐를 사는데요?"

"그게, 집을 살까 해서 말이지."

"집을 사신다고요?!"

"다음에 왔을 때 머물려고. 숙소에 묵으면 이런 옷차림이라 여러 가지로 귀찮거든."

바리마 씨에게 한 것과 똑같은 변명을 카리나에게도 했다. 카리나에게도 마을로 왔을 때는 집에 머무르라고 했지만 실례라는 이유로 거절했다.

그리고 나는 카리나와 함께 상업 길드에 갔다.

"여기가 상업 길드예요."

카리나에게 안내를 받아 찾아온 상업 길드는 모험가 길드와 가까운 곳에 있었다.

"좋은 집을 소개해주면 좋겠네."

아무래도 곰 옷차림을 한 여자아이가 집을 사려고 하는 거다. 적당한 응대를 받을 가능성도 있었다. 원래의 세계라면 내가 부동산에 혼자 가서 집을 살 수는 없다.

그러니 바리마 씨에게 소개장을 부탁했다. 아무리 그래도 이 마을의 영주인 바리마 씨의 소개장이 있다면 제대로 대응을 해 줄 것이다.

"무슨 일 있을 땐 제가 거들게요."

"카리나는 아무 말 안 해도 돼."

"어, 왜죠?!"

카리나는 조금 화난 느낌으로 항의를 했다. 나는 그 이유를 설명했다.

"카리나는 부모의 권력을 이용하는 어린아이가 되지 않길 바라기 때문이야."

힘을 사용하는 건 어렵다. 제멋대로 사용한다면 주변이 불행해진다.

"바리마 씨는 영주이지만, 카리나가 똑같이 행동한다면 불쾌하게 생각하는 사람도 생길 거야."

카리나가 됐든, 노아가 됐든, 부모의 권력은 사용하지 않고 자라주길 바란다. 어른이 되면 부모의 힘과 같은 힘을 얻을 거다. 그 전까지지는 지위를 사용해 남에게 명령하는 것을 익히지 않는 편이 좋다. 어른이 되었을 때, 타인을 생각하는 마음이 사라지게 될 거다.

"카리나는 영주의 딸이지만, 자신에게 아버지와 같은 힘이 있다고는 생각하지 않았으면 좋겠어. 카리나가 위에서 명령만 하는 어른이 아니라, 제대로 생각하고 사람들에게 도움이 되는 지시를 내릴 수 있는 어른이 되었으면 좋겠거든."

하지만 지금의 카리나를 보면 괜찮을 것 같다.

이대로 올곧게 자라주길 바란다.

카리나는 내 말을 받아들이고 「네」라고 대답을 해주었다.

349 곰 씨, 집을 구매하다

나와 카리나는 상업 길드 안으로 들어갔다. 타이밍 좋게 접수대가 비어 있었다.

"유나 씨, 비어 있네요."

카리나는 나의 곰 장갑을 잡고 함께 접수대로 향했다. 20살 전후로 보이는 접수대 아가씨는 내가 온 것도 알아차리지 못하고 아래를 응시하며 일을 하고 있었다.

"저기……."

"앗, 네, 죄송해요. ……곰?! 그리고 카리나 님?"

접수대 아가씨는 누가 갑자기 말을 걸어와 놀라더니, 내 모습을 보고 다시 놀랐고, 옆에 있는 카리나를 보고 또 한 번 놀랐다. 보기 좋은 3단 놀람이다.

접수대 아가씨는 내 얼굴과 카리나를 번갈아 봤다. 접수대 아가씨의 머리 위에는 대량의 『?』 표시가 떠 있는 것처럼 보였다.

무슨 말을 하고 싶은지는 안다. 하지만 나에게 대답할 필요는 없으므로 상업 길드에 온 목적을 이루기로 했다.

"물어보고 싶은 게 있는데, 괜찮나요?"

"그게, 네. 뭐죠?"

접수대 아가씨는 혼란스러워하면서 고개를 끄덕였다.

나는 작은 빈집이 필요하다는 것을 말하고 바리마 씨가 적어준 소개장을 건넸다. 접수대 아가씨는 건네받은 소개장을 본 후, 나와 편지와 카리나를 몇 번이나 돌아가면서 봤다.

"카리나 님, 이건……."

"죄송해요. 저는 따라오기만 했을 뿐이라 아버님의 편지 내용은 몰라요."

카리나는 영주의 딸답게 정중하게 대답했다.

"저기, 유나 씨라 부르면 되나요?"

접수대 아가씨는 나의 이름을 불렀다. 편지에 이름이라도 적혀 있던 건가?

"네. 그래서, 작아도 좋으니까 빈집이 필요한데, 있을까요? 조금 정도는 비싸도 살 수 있는데."

곰 이동문을 두기만 할 거라서 작아도 문제는 없다. 하지만, 접수대 아가씨로부터 돌아온 대답은 예상 밖의 말이었다.

"아뇨, 비용은 필요 없어요."

"……?"

이번엔 내 얼굴에 『?』 표시가 떠올랐다. 의미를 모르겠네. 그러나 접수대 아가씨는 곧바로 내 의문에 대답해주었다.

"편지에는 곰 옷차림을 한 여자아이가 집을 살 거니까 알선해 주길 원한다고 적혀 있어요. 그리고 비용은 이슈리트 가문이 내겠다고 적혀 있네요."

뭐지, 그거? 바리마 씨로부터 그런 이야기는 듣지 못했다.

하지만 바리마 씨의 얼굴과 말을 떠올리자 있을 법했다. 처음에는 집에 머물러 달라고 했는데 나중에는 생각에 잠기더니 집을 사겠다는 말에 납득을 하고 소개장도 적어주었다.

어쩌면 내가 이번 일의 보답을 거절해서 이런 무시무시한 행동을 한 건가? 그래서 집에 머물러도 된다고 했다가 물러선 것일지도 모른다.

"저기, 카리나 님에게 확인하겠는데요. 이쪽의 곰……, 유나 씨는 이슈리트 가문의 관계자가 맞나요?"

"유나 씨는 이슈리트 가문의 소중한 손님이에요. 제가 보증하죠."

역시 소개장이 있어도 나만으로는 신용할 수 없나? 곰이기도 하니.

"알겠습니다. 그러면 원하시는 집의 조건을 알려주시겠어요?"

접수대 아가씨는 내 복장에 관해 물어보고 싶은 것을 참고 사무적으로 대응했다. 조금 전부터 눈이 내 이곳저곳을 보고 있었다. 주위에서도 「곰이다」, 「곰」, 「귀여워」 등의 말이 들려왔다. 그것을 카리나가 시선을 보내 조용히 시켰다.

권력을 사용하지 말라고 했지만 이런 때는 카리나의 존재에 감사해야겠네.

나는 접수대 아가씨에게 작은 집이고 근처에 향신료를 파는 가게가 있으면 좋다고 설명했다. 가게가 가까우면 물건을 사러 잠깐

오고 싶을 때 편리하다.

내가 그렇게 전하자 카리나가 옆에서 끼어들었다.

"유나 씨의 집은 우리 집 근처로 부탁해요."

"이런, 어째서?"

"가까운 편이 좋잖아요."

카리나가 강력하게 말했다. 나는 카리나에게 떠밀리듯 「그, 그렇지」라고 대답했다.

그것을 본 접수대 아가씨는 웃고 있었다.

"그러면 잠시 기다려주세요. 알아보겠습니다."

접수대 아가씨는 자료를 살펴보더니 「카리나 님의 집은 이곳이고」, 「가게는 여기」, 「그렇게 되면 이 부분이」, 「그리고 이쪽도인가?」, 「이건 크니까」, 「……」라는 말이 입에서 흘러나왔다.

"기다리셨습니다."

접수대 아가씨는 마을 지도를 펼쳐 카리나의 집과 가게가 있는 거리의 위치를 알려줬다. 이 거리에는 향신료를 구입했던 가게도 있을 거다. 마을에 남겠다고 했으니 괜찮겠지. 그런 뒤에 후보지인 집의 위치를 알려줬다. 그건 모두 상점가와 카리나의 집 사이에 있는 곳이었다. 나는 몇 채 중에 상점가와 가까운 집을 곰 장갑으로 가리켰다.

"이곳이 좋을까?"

"그럼, 이쪽이요."

카리나는 나와는 반대로 자신의 집에 가까운 집을 가리켰다. 카리나와 보기 좋게 의견이 갈렸다.

"어째서 그쪽이에요?"

"가게가 가까우니까?"

"그런 거라면 이 집도 많이 떨어져 있지 않으니까 문제될 건 없죠."

"그래도 물건을 사려면 이쪽이 편하잖아."

나와 카리나는 서로의 눈을 가만히 쳐다봤다. 어느 쪽도 물러서지 않았다.

물러서도 상관없지만 어쩐지 겨루게 되었다.

"저기, 그러면 이쪽은 어떠신가요?"

서로에게 물러서지 않는 우리를 보며 접수대 아가씨가 새로운 제안을 해왔다. 접수대 아가씨가 가리킨 장소는 나와 카리나가 고른 곳의 가운데에 있는 집이었다.

"이쪽 집은 비교적 신축이고, 카리나 님의 댁과 가까우면서 상점가랑도 가까워요. 두 분의 의견에 맞을 겁니다."

나와 카리나는 다시 한 번 서로의 얼굴을 바라봤다. 서로에게 「어쩔 수 없지」라는 얼굴을 보이고 작게 고개를 끄덕였다. 나와 카리나는 접수대 아가씨의 제안을 받아들였다. 그것을 보고 접수대 아가씨는 안도한 표정을 지었다. 과연 상업 길드의 직원이라 그런지 중재가 능숙하군.

뭐, 나머진 집의 실제 모습을 보고 구매를 할지 정하기만 하면 된다. 만약 별로라면 또 카리나와 승부다.

접수대 아가씨와 함께 구매할 집으로 찾아갔다. 위치는 지도대로 카리나의 집과 상점가 중간에 있었다. 나는 집을 봤다.

"응, 좋네요."

작은 집이지만 2층집이다.

"작지 않나요?"

"잠깐 머무르기만 할 거니까 충분해."

많은 인원으로 올 예정은 없다. 함께 온다고 해도 곰 이동문에 관해 아는 피나 정도이다. 딱히 머물지 않고 돌아가도 된다. 그러니 큰 집은 필요 없다.

"안에도 확인할까요?"

"부탁할게요."

집은 비교적 새 건물이라 깔끔했다. 하지만 조금 먼지가 쌓여서 청소는 필요했다.

1층에는 부엌과 식당, 욕실, 화장실이 있었고, 작지만 창고도 있었다. 2층은 방이 두 개 있었다. 아무래도 신혼부부가 사는 집인 것 같다.

"응, 이곳으로 할게요."

"고, 고맙습니다. 그러면 다시 길드로 돌아가서 계약을 부탁드릴게요."

우리는 상업 길드로 돌아왔다.

"그러면 길드 카드를 주시겠어요?"

이름 : 유나

나이 : 15살

직업 : 곰

모험가 랭크 C

상업 랭크 E

그렇게 적혀 있는 길드 카드를 꺼냈다.

"직업 곰?"

그러니까 왜 다들 그 부분을 보는 거야?

"그래서, 집의 비용에 관한 건데, 반은 제가 내고 싶은데요."

집의 구매 비용에 관해 들었을 때부터 바리마 씨에게 모두 내게 할 생각은 없었다. 하지만 내가 모두 내면 바리마 씨의 호의를 무시하는 게 된다. 그러니 절충안으로 비용의 절반은 내가 내기로 결정했다.

"그건……."

접수대 아가씨는 내 말에 곤란한 표정을 보였다.

"유나 씨, 아버님이 드리는 보답인 거죠? 그런 거라면 받으셔도……."

"아무리 그래도 전부는 받을 수 없지. 하지만, 바리마 씨의 마음을 무시할 수는 없으니까 절반이란 거야. 이 부분은 카리나랑 바리마 씨의 말이라도 양보할 수 없어."

"그렇지만……."

"바리마 씨에게는 내가 말할 테니까."

"……알았어요."

카리나는 입을 다물었다.

나는 재차 접수대 아가씨에게 집의 구매 비용을 물었다.

접수대 아가씨는 카리나를 확인하듯 봤다. 카리나가 작게 끄덕이자 접수대 아가씨는 집의 금액을 알려줬다.

나는 절반 가격을 지불하고 집을 구매했다.

아무리 그래도 보답으로 집은 받을 수 없잖아.

아, 전에는 그림책과 인형으로 집을 받았었나?

뭐, 시간이 지나고 받아도 괜찮았던 걸까, 라고 느꼈으니 이번엔 절반으로 했다.

무사히 집을 산 나와 카리나는 집을 청소하기 위해 한 번 더 집으로 찾아갔다. 관리되고 있었다고 해도 조금은 어지럽혀 있었다.

집 안으로 들어서자 나는 청소를 돕기 위해 꼬맹이화 시킨 곰돌이와 곰순이를 소환했다. 청소할 때는 매우 바빠서 곰의 손을 빌리기로 했다. 청소를 돕는다고는 해도 노는 느낌으로 도와주는 정도이다.

뭐, 사실은 카리나와 함께 있을 수 있는 시간이 얼마 안 남아서 조금이라도 곰돌이와 곰순이랑 함께 보낼 수 있게 하기 위함이었다.

"자, 카리나도 청소를 도와줄 거지?"

"네, 물론이죠. 곰돌이랑 곰순이에게는 지지 않을 거예요."

집을 청소할 거라 카리나와 헤어지려고 했지만 카리나가 청소를 도와주겠다고 했다. 카리나가 지내는 곳은 메이드가 있는 환경이다. 그런 곳의 아가씨가 청소를 할 수 있을지 걱정이 되지만, 아무리 아가씨라도 청소 정도는 한 적이 있겠지.

"……."

내 희망은 산산조각이 났다.

"카리나, 밑에 곰돌이가!"

카리나는 곰돌이를 밟을 뻔했다.

"카리나, 위험해!."

카리나는 열려 있던 문에 머리를 찧었다.

"카리나, 발!"

카리나는 곰돌이와 곰순이가 청소하는 모습에 정신이 팔려 바닥에 있던 걸레를 밟고 말았다.

"카리나, 양동이가—."

이번엔 물이 든 양동이를 뒤집어 엎어버리고, 기세 좋게 날아든 물이 근처에 있던 곰순이에게 직격해버렸다.

"으으, 곰순아, 미안해……."

걸레를 빤 양동이의 물을 뒤덮어 쓴 곰순이는 보기 좋게 더러워져 버렸다. 하얀 곰순이가 조금 거무튀튀해졌다.

곰순이는 속상한 듯「크~응」하고 울었다. 카리나가 당황해서 손에 들고 있던 더러운 걸레로 곰순이를 닦으려 하길래 이쪽도 황급히 막았다.

"곰순이는 괜찮으니까, 카리나는 바닥을 닦아줘."

나는 곰순이를 송환하고 다시 한 번 소환했다. 깨끗해진 곰순이가 나타난다.

"곰순이가 깨끗해졌어요."

"카리나는 곰돌이와 곰순이랑 같이 청소하는 건 금지야!"

"으으으, 그럴 수가~"

추욱, 하고 낙담하는 카리나.

지금은 마음을 단단히 먹고 말하지 않으면 피해가 커질 거다.

청소가 끝나고 무지막지하게 지친 건 말할 것도 없었다.

350 곰 씨, 작별하다

청소를 마치고 돌아온 나는 바리마 씨에게 감사 인사를 하면서 절반은 스스로 냈다는 것을 전했다. 바리마 씨는 조금 아쉬워했지만 「알았어요」라고 말해주었다.

그리고 나는 이틀 후에 돌아가겠다고 말했다.

내일이라도 상관없지만 곰 이동문을 생각하면 시간 조절은 필요하다. 편지와 길드 카드에 날짜가 적혀 있을 가능성이 있었다. 국왕도 출발한 날은 모를 테니 넘어갈 수 있을 거다.

다음 날, 나와 카리나는 커다란 알을 구하기 위해 새가 있는 곳으로 향했다.

어제, 새가 알을 낳았다고 라사 씨가 있는 곳으로 연락이 왔다. 내가 갖고 싶다고 말해뒀기 때문에 부탁해주었다고 한다. 부탁하면 새알을 저택까지 가져다준다고 했지만 나는 새를 보고 싶었기 때문에 가지러 가기로 했다.

새를 기르는 곳은 바리마 씨의 저택에서 호수 반대쪽에 있는 농업 지대라고 했다. 그곳으로 향하기 위해 호수를 바라보며 걸었다. 호수 주변에는 아직 많은 노점이 서 있었다.

"모두, 즐거워 보이네."

"이것도 유나 씨 덕분이에요."

물 때문에 불안해하던 주민들이 많았다고 한다. 하지만 바리마 씨의 선언으로 인해 마을은 활기를 되찾고 있다고 했다. 이것으로 또 물의 마석에서 물이 나오지 않게 된다면 폭동이 일어날지도 모르겠네.

괜찮겠지?

조금 걱정이 되지만 괜찮을 거라고 믿는다. 할 수 있는 건 했다.

마을의 풍경을 바라보며 걷고 있는데 농업 지대가 시야에 들어왔다.

"유나 씨, 저기예요."

카리나가 가리키는 곳에는 작은 오두막이 서 있었고, 그 옆에 있는 호수에는 커다란 새가 헤엄치고 있었다. 혹시, 커다란 새라는 건 저거인가?

나는 커다란 알이라고 들었을 때 멋대로 타조인 건 아닌가 생각했는데, 아니었다. 눈앞의 호수에서 헤엄치고 있는 건 카루가모[#1]였다.

하지만 내가 알고 있는 카루가모의 크기가 아니었다. 크기는 타조 정도였고 아이들이 등 위에 올라탈 수 있을 것 같다. 역시 이 세계, 새도 판타지다.

"저 정도 사이즈면 카리나 정도는 탈 수 있겠는데?"

#1 카루가모 오리의 한 종류.

"네, 타본 적은 있어요."

"그래?"

"사육하는 분에게 부탁하니까 등에 태워주셨어요."

다음에 피나를 데리고 오는 것도 좋을 것 같다.

"그런데, 수영을 할 수 있는 게 조건이에요. 호수에 떨어질 때도 있어서 스스로 헤엄쳐서 돌아올 수 없는 아이는 태워주지 않아요."

그건 그렇겠군. 카루가모에서 떨어졌을 때 헤엄치지 못하면 빠져버릴 거다. 그렇게 되면, 수영을 해 본 적 없는 피나가 탈 수는 없으려나. 하지만 바다에서 수영 연습을 하면 괜찮을까?

나는 아쉽게도 어른이라서 탈 수 없다.

아~ 어른이라서 아쉽네.

"다음에 유나 씨도 타보실래요?"

아니, 그건 무슨 의미지? 분명, 잘못 들은 거겠지.

"유나 씨라면 탈 수 있을 거예요."

"그, 런, 가."

나는 그렇게 말하고 마음속으로 슬퍼했다. 나는 어른이 아닐지 몰라도 어린아이도 아닌걸.

카루가모를 돌보고 있는 작은 오두막으로 찾아가자 몇 명의 남자가 일하고 있었다. 우리를 발견하더니 우선 내 복장에 놀랐다.

"곰? ……카리나 님?"

첫 시선은 꼭 나한테 보내진단 말이지. 곰이라서 당연하겠지만.

이상하다는 듯 서 있는 남자에게 카리나가 말했다.

"새알이 있다고 들어서 받으러 왔는데, 있나요?"

카리나가 이곳에 온 이유를 설명했다. 나보다 카리나 쪽이 이야기가 통하므로 맡기기로 했다.

"네, 있습니다."

남자가 정중하게 카리나에게 말했다.

역시 영주의 딸이라서 모두가 정중하게 대하는구나.

남자는 우리를 작은 오두막 안으로 데려가 새알이 있는 곳으로 안내해줬다.

"어제 낳은 알입니다."

오두막 구석으로 가자 TV에서나 본 적 있는 타조알 크기의 물체가 두 개 있었다.

꼬끼오 알의 몇 배일까? 맛은 어떠려나?

조금 기대된다.

"정말로 2개 모두 내가 받아도 되니?"

"네, 받아주세요."

"고마워."

나는 새알의 비용을 남자에게 지불하고 카루가모의 커다란 알을 손에 넣었다.

카리나는 「아버님이 돈을 지불하겠다고 하셨으니까 괜찮아요」라고 했지만, 여기선 스스로 돈을 냈다. 기념품이라면 자신의 돈으로 사야 하니까.

이것으로 고아원 아이들과 피나 애들에게 좋은 선물이 생겼다. 모두가 놀라는 얼굴이 기대된다.

거대한 알 후라이를 할까? 아니면 푸딩? 무슨 요리에 쓰면 맛있을까?

나는 남자에게 감사 인사를 하고 오두막에서 나왔다.

그런데 커다란 카루가모라……. 조금 전에는 어른이라서 탈 수 없을 거라고 생각했지만 가까이서 보니 타보고 싶어지네.

꼬끼오 알을 얻은 우리가 저택으로 돌아가자 바리마 씨는 일을 하느라 바빴다. 몸을 회복했지만 갑자기 그렇게 움직이면 걱정이 된다.

원래는 몸을 쉬는 게 가장 좋은데……. 라사 씨에게 신성수의 차를 건네주고 하루에 한 잔씩 드리라고 부탁했다.

신성수 차의 효과는 클리프로 확인했다. 무리는 하지 않으면 좋겠다. 내 주변에 있는 사람들은 일을 좋아하는 사람이 많다.

은둔형 외톨이었던 나로서는 이해가 되지 않는다.

그리고 밤엔 어제와 같이 카리나와 함께 잤다. 물론 곰돌이와 곰순이도 소환했다. 내일은 왕도로 돌아갈 거라서 카리나와도 한동안 만날 수 없다.

곰 이동문이 있다고 해도 몇 번이나 만나러 오면 이상하다고 여겨질 테니 오는 것은 조금 나중의 일이 될 거다.

"유나 씨, 내일 돌아가시는 거죠?"

"또, 올게."

"약속이에요."

"모처럼 집도 샀으니까 반드시 올 거야."

"곰돌이, 곰순이도 건강히 잘 지내."

""크~응.""

카리나는 꼬맹이화 한 곰돌이와 곰순이를 끌어안았다.

"오늘은 같이 자줘."

"그래도 돼요?"

"그러니까, 울면 안 돼."

"안 울어요!"

쓸쓸해 하던 표정에서 화난 듯 볼을 부풀렸다. 쓸쓸해하는 얼굴보다 이쪽이 귀여워서 좋다.

우리는 침대에 들어갔다. 커다란 침대에 나와 카리나가 조금 사이를 두고 누웠고 곰돌이와 곰순이는 카리나의 좌우로 들어갔다.

방은 적막이 흘렀다. 그러다 카리나가 말을 걸어왔다.

"유나 씨, 정말로 고마웠어요. 유나 씨가 없었더라면 저는 지금도 울고 있었을 거예요."

"……."

"그보다 먼저 스스로가 저지른 실패의 무게에 짓눌려버렸을 거예요. 아버님과 어머님은 상냥하신 분이지만, 저 때문에 마을이 사라져버릴 거라고 생각하니 가슴이 괴로워서…… 밤에도 잠들 수 없었어요."

"……"

"저, 정말로, 고마워요."

훌쩍이는 소리가 들려왔다.

나는 카리나를 부드럽게 안았다. 그러고 잠시 있자 울다 지쳤는지, 안심이 되었는지 조용히 숨소리를 내며 자고 있었다.

정말로 카리나는 최선을 다했다.

카리나를 도울 수 있어서 다행이다.

다음 날 아침, 식사를 마치고 작별 인사를 했다.

"유나 씨, 또 와주세요."

"꼭 올게."

카리나의 머리를 쓰다듬었다.

"유나, 정말로 고마워요. 유나 덕분에 마을을 구할 수 있었어요. 이 배 속 아이의 미래를 구해줘서 고마워요."

리스틸 씨는 자신의 배를 어루만진다.

"무사히 낳으셔야 해요."

"셋째니까 문제없어요."

태어나면 축하의 의미로 무언가 가지고 와야겠다.

"곰 님, 가는 거야?"

"어머니랑 누나 말 잘 들어야 해."

"응!"

리스틸 씨의 손을 잡은 노리스가 활기차게 대답했다.

어머니인 리스틸 씨를 많이 좋아하는 모양인데, 남동생이나 여동생이 태어나도 괜찮을까?

동생이 태어나면 엄마는 그 아이에게 신경을 빼앗기니까 그 위의 아이에게 소홀해진다고 한다. 뭐, 형제라면 누구나 겪는 일이다. 괜찮을 거라고 믿자.

마지막으로 바리마 씨가 다가왔다.

"이번 일은 신세를 졌어요. 차도 고맙습니다. 덕분에 몸이 좋아졌어요."

바리마 씨의 안색이 좋았다. 부상이 나았다고는 해도 정신적으로도 지쳐 있었을 테고, 일이 쌓여있었을 거다. 신성수의 차가 효과가 있는 모양이라 다행이다.

"아이도 태어날 테니까 일도 적당히 하시는 게 좋아요."

"네, 제가 쓰러질 수는 없죠. 그리고, 폴오트 님에게 잘 전해주세요."

나는 약속했다.

마지막으로 가장 끝에 있는 라사 씨를 바라봤다.

"유나 씨, 또 새로운 레시피 가르쳐 주세요. 저도 요리 공부를 더 할 테니까요."

"네, 맛있는 요리를 가지고 와서, 라사 씨에게도 배울게요."

나는 모두의 배웅을 받으며 저택을 나섰다.

카리나가 마을 문까지 배웅을 나오려 했지만 곰 이동문을 쓸 수 없게 되므로 정중하게 거절했다.

"유나 씨! 고마웠어요!"

마지막으로 카리나가 힘껏 목소리를 냈다.

나는 손을 흔들며 구매한 집으로 향했다.

그리고 주변을 신경 쓰면서 집 안으로 들어가 가장 구석진 방에 곰 이동문을 설치한 뒤 문을 열어 왕도로 돌아갔다.

곰곰곰베어 13

번외편

카리나의 실패

제가 사는 마을은 모래로 뒤덮인 사막 가운데 있는 마을이에요. 처음에 이 땅에는 아무도 살지 않았지만 호수에 사람이 모여들고 머지않아 마을이 생겼죠. 이 마을을 만든 건 저의 선조예요.

그리고 제 일족에게 대대로 전해 내려오는 임무가 있어요. 그건 호수의 관리죠.

1년에 몇 번인가 근처에 있는 피라미드로 가요. 그 안쪽에는 호수의 물을 생성하는 마법 도구가 있어요. 커다란 물의 마석을 증폭시켜서 많은 물을 나오게 하죠.

최근에 호수의 물이 줄어들기 시작했다는 것을 안 아버님은 어머님과 함께 피라미드로 확인하러 갔어요. 그리고 확인을 하러 갔던 아버님과 어머님이 돌아왔는데 그 표정은 어두웠어요.

알고 보니 물의 마석이 깨져 있었다고 해요. 아직은 깨진 마석에서 물이 나오고 있지만 멈추는 것도 시간문제라고 하셨어요.

아버님은 두 개의 인접 국가에 편지를 보내 대체할 수 있는 물의 마석을 구해달라고 부탁했답니다. 그러나 아버님은 커다란 마석은 손쉽게 얻을 수 있는 게 아니라고 말씀하셨어요. 커다란 마석. 게다가 물의 마석이라면 더욱 어려워 보여요.

아버님은 작은 물의 마석을 모아서 가기로 했어요. 물론, 그건 도움이 안 될 가능성도 있었죠.

“대체가 되지 않더라도 물의 양이 조금은 늘어나 주면 좋겠는데.”

시험해 보지 않으면 알 수 없으니 아버님과 어머님이 한 번 더 피라미드로 가게 되었어요. 하지만 어머님의 배 속에는 아기가 있어서 무리하게 만들 순 없죠.

그렇지만 피라미드 안으로 가려면 어머님이 필요해요. 물의 마석이 있는 곳으로 가려면 피라미드의 미궁을 통과해야 합니다. 길은 복잡하게 뒤얽혀 있고 위험한 함정도 있어요. 하지만 그 위험을 피해 지나갈 방법이 있습니다. 그게 집안에 대대로 전해 내려오는 수정판 지도예요. 그 수정판 지도가 있으면 미궁도 헤매지 않고 나아갈 수가 있죠.

그러나 그 수정판 지도는 아무나 사용할 수는 없어요. 수정판 지도는 이 마을을 만든 선조의 피를 잇는 자만이 다룰 수 있어요.

현 상황에서 다룰 수 있는 건 어머님과 저, 그리고 남동생인 노리스예요. 배 속에 아기가 있는 어머님에게 무리를 시킬 수는 없어요. 그리고 노리스는 저보다도 어리죠. 어머님을 대신할 수 있는 건 저뿐이에요.

“제가 어머님 대신 갈게요.”

제 말에 아버님과 어머님이 놀라시네요.

저는 몇 번인가 피라미드에 따라간 적이 있어요. 지도도 몇 번인가 들어본 적이 있어서 사용 방법은 알고 있죠.

“어머님을 대신해서 지도를 들고 길을 안내하는 것 정도는 할 수 있어요. 게다가 어머님이 무리하게 둘 수는 없어요.”

마을 안은 호수 덕분에 시원해요. 그렇지만, 마을 밖은 더워서 배 속에 아이가 있는 어머님이 몇 번이나 마을 밖으로 나가는 건 좋지 않아요.

이전에 피라미드에서 돌아왔을 때도 지친 얼굴을 하고 계셨어요.

아버님은 어머님의 배를 보고 다정하게 웃더니 「그럼, 카리나에게 부탁하도록 하지」라고 말해주셨습니다.

그 말을 들은 저는 기뻤어요. 한 사람으로서 인정을 받은 것 같았거든요.

다음 날, 저와 아버님은 라가르트를 타고 피라미드로 향했어요.

그리고 피라미드 안으로 들어가 미궁 입구에 도착했죠. 수많은 입구가 있어서 틀리면 큰일이 날 거예요.

과거에 도전했던 모험가들 말로는 함정이 수없이 많았다고 해요. 그렇지만 제가 들고 있는 수정판 지도가 있다면 함정이 없는 길로 갈 수 있으니 안심입니다.

“카리나, 어느 입구니?”

제가 수정판에 가볍게 마력을 보내자 나아가야 할 길을 알려주었습니다.

“이쪽이에요.”

수많은 입구에서 한 곳을 골라 안으로 들어갔습니다. 그 뒤를 아버님이 뒤따라오셨어요.

그리고 저는 수정판을 보면서 오른쪽으로 전진하고, 왼쪽으로 전진하고, 헤매지 않고 나아갔습니다.

“카리나가 있어서 다행이구나.”

아버님이 미소를 지으셨어요. 아버님이 부탁하시는 게 무척 기뻤죠.

“아버님, 이쪽이에요.”

“카리나, 앞을 잘 봐야지, 위험해.”

저는 임무를 맡은 게 기뻐서 빙글빙글 돌다가 사거리가 있는 것을 알아차리지 못하고 직진을 해버렸어요. 그 순간 오른쪽 발이 허공을 밟았죠. 지면에는 구멍이 뚫려 있던 거예요.

구멍에 떨어진다. 그렇게 생각한 순간, 오른팔에 충격이 전해졌습니다.

“카리나!”

아버님이 저의 팔을 잡고 계셨어요.

“카리나, 괜찮니?”

품에 안고 있던 수정판이 떨어질 것 같아요. 이 수정판은 소중한 거예요.

“미안하구나, 너를 잡아서 더 이상 움직이지 못해.”

아버님이 고통스럽게 저의 오른팔을 붙잡고 있어요.

“저를 놓고, 수정판을…….”

어떻게든 왼팔로 들고 있는 수정판을 조금이라도 아버님이 잡을 수 있도록 움직였어요.

“바보 같은 소리 마라.”

아버님이 저를 끌어 올리려 하자 품에서 수정판이 떨어지려고 했어요.

“아버님, 부탁이에요. 제가 아니라, 수정판을…….”

“딸의 손을 놓는 부모가 어디 있겠니.”

아버님이 힘껏 저를 끌어올린 순간, 제 품에 있던 수정판은 구멍 안으로 떨어져버렸습니다.

“카리나, 괜찮니?”

“괜찮아요. 하지만…… 수정판이.”

수정판이 떨어진 구멍을 바라봤습니다. 깊어서 바닥이 보이지 않네요.

“지금은 됐다.”

“그렇지만…….”

아버님은 팔을 잡고 고통스러워했어요. 구멍에 떨어질 뻔한 저를 붙잡을 때 다치신 모양이에요.

“아버님, 괜찮으세요?”

“괜찮아. 우선 온 길을 기억하는 동안에 돌아가자꾸나.”

“……네.”

수정판 지도가 없어서 앞으로 나아갈 수는 없어요. 무리해서 전진한다면 돌아갈 수도 없을 겁니다. 그렇지만 지금이라면 기억을 거슬러 돌아갈 수 있어요.

저와 아버님은 말없이 왔던 길을 돌아갔어요.

그다지 나아가지 않았기 때문에 무사히 미궁을 나올 수 있었습니다.

"……아버님, 죄송해요."

"네가 무사해서 다행이구나."

아버님이 다정하게 저를 끌어안았습니다. 그렇지만 그게 괴로워요.

저는 혼나길 바랐어요.

집으로 돌아온 아버님은 굳은 얼굴로 고민하고 계셨어요. 호수의 물을 만들어 내는 물의 마석은 깨졌고, 보강이나 교환을 하려 해도 지도가 없어서 갈 수 없습니다. 날이 지나면 지날수록 호수의 물이 줄어들 겁니다. 주민들이 소란스러워지기 시작해서 아버님은 그 대응을 하느라 바빠졌어요.

아버님은 피라미드 구멍에 빠뜨린 수정판 지도를 찾으러 가기 위해 모험가 길드에 의뢰를 했습니다.

처음에 몇 명의 모험가들이 의뢰를 받아서 찾으러 가줬지만 넓은 피라미드 안에서는 찾을 수 없었습니다.

그렇다면 저도 함께 가면 어떨까, 라는 생각이 들었어요.

저는 수정판이 있는 곳을 대충 알 수 있어요. 수정판과 저의 마력이 연결되어 있어서 어느 방향에 있는지 느낄 수 있죠.

저는 모험가 길드로 찾아가 아버님에게는 비밀로 한 뒤, 저도 함께 데리고 가도록 의뢰 내용을 바꿨어요.

이번 일은 저의 책임이니까요.

그렇지만 그걸 저지하듯 피라미드 주변에 마물이 모여들기 시작했어요. 커다란 마물의 목격 정보도 나오기 시작했고 피라미드 주변은 완전히 마물로 둘러싸이고 말았죠.

그런 상태에서 저를 데리고 피라미드로 가주는 모험가는 없었어요.

그런데도 저는 포기할 수는 없습니다.

"부탁드릴게요."

오늘도 모험가 길드로 찾아가 부탁을 합니다.

누구라도 좋으니, 도와주세요…….

곰 씨가 구한 소녀 카리나 편

이 짧은 기간에 여러 일이 있었어요. 호수의 물을 만들어 내던 물의 마석이 깨지고 대대로 전해져 내려오던 수정판 지도를 피라미드에서 잃어버렸죠. 그것이 원인으로 아버님은 다치셨고, 어떻게든 해야 했다고 생각하며 모험가 길드에 부탁하고……. 하지만 마물이 나타나서 피라미드에 가주는 사람은 아무도 없었어요.

저는 마물을 한 마리도 쓰러뜨리지 못하는 무력한 꼬마예요. 고개를 숙이며 부탁하는 것밖에 할 수 없죠. 그런 무력한 저를 도와준 건 유나 씨였어요. 유나 씨는 모든 것을 해결해 주었답니다.

호수의 물은 서서히 늘어나 원래대로 돌아가고 있다는 것을 알 수 있어요. 호수에서 노는 건 금지되어 있었는데 최근에 해제되어서 어린아이들이 즐겁게 호수에서 노는 모습이 보입니다. 이 아이들의 미소도 유나 씨가 지켜준 거라고 생각하니 유나 씨가 한 일의 크기가 실감이 나네요.

마을을 걸을 때도 불안해 보이던 주민들은 모두 미소를 짓게 되었습니다.

이 미소를 되돌려 놓은 것이 곰 옷차림을 한 여성이라고는 아무도 생각하지 않겠죠.

유나 씨는 곰 옷차림을 한 여성이에요. 겉모습으로는 상상도 할 수 없는 힘을 가졌고 그 힘을 과시하지 않는 상냥한 사람이었죠.

처음 만났을 때의 일을 떠올리니 꽤 실례되는 말을 해버렸던 것을 후회하고 있어요.

그렇지만 곰 옷차림을 하고 있어서 이상한 사람이라고 생각했어요. 유나 씨를 처음 보고 우수한 모험가라고 생각하는 사람은 없을 겁니다.

그렇지만 그런 태도를 보였던 저에게도 화를 내지 않고 친절하게 대해줬어요.

저는 유나 씨에게 받은 곰 인형을 끌어안았어요. 검은 곰 인형이 곰돌이, 하얀 곰이 곰순이에요.

곰돌이와 곰순이가 지켜줬던 일이 떠오르네요. 특히 곰순이는 저와 함께 있어줘서 안심을 시켜줬죠.

곰에 관해서는 책에 적혀 있는 지식밖에 없었어요. 책에서는 흉폭하다고 적혀 있었는데 틀린 것일지도 모르겠네요. 유나 씨의 곰은 매우 귀여운 곰이었거든요. 등에 태워주기도 하고 함께 자기도 했어요. 도저히 흉폭한 생물로는 보이지 않았어요.

방에서 유나 씨에 관해 생각하고 있는데 누군가 노크를 했고 아버님이 방으로 들어왔습니다.

"괜찮니."

"괜찮냐뇨? 아버님과 달리 다치지도 않았는걸요."

아버님은 함정에 빠진 저를 구하기 위해 팔을 다치셨어요.

"라사에게 유나 씨가 돌아가서 쓸쓸해 한다고 들었단다."

라사에게는 걱정을 끼친 모양이에요.

"확실히 조금 쓸쓸하긴 하지만, 아버님이 걱정하실 정도는 아니에요."

게다가 유나 씨는 마을에 집을 구매하고 만나러 와주겠다고 했습니다. 쉽게 올 수는 없겠지만 분명 유나 씨는 와줄 거예요.

"그렇지. 다음에 유나 씨가 오면 구해준 마을을 안내해주면 되겠네."

저는 유나 씨에게 많은 것을 받았어요. 그렇지만 저는 유나 씨에게 아무것도 돌려주지 못했죠.

다음에 유나 씨가 오면 예쁜 마을을 안내해주고 싶어요.

"카리나, 이쪽으로 오렴."

"무슨 일이세요?"

불려서 아버님 쪽으로 갔습니다. 아버님은 가까이 온 저를 갑자기 끌어안아 들어 올렸어요.

"아, 아버님! 팔은 괜찮으세요?!"

저를 들어 올린 아버지의 얼굴은 웃고 있었고 아파 보이지 않았어요.

"부상은 다 나았단다."

"어떻게요?! 그렇게 아파하셨는데."

아버님은 구멍에 빠지려는 저를 구하기 위해 팔을 다치셨어요.

"자세한 이야기는 할 수 없지만, 이것도 유나 씨 덕분이란다."

그렇게 말하고 한 번 더 높이 들어 올립니다.

"유나 씨요?"

"그러니까 나의 부상은 걱정하지 않아도 괜찮아. 수정판도 있고 호수의 물도 돌아왔지 않니. 카리나는 이제 아무것도 신경 쓰지 않아도 돼. 너를 힘들게 하는 건 아무것도 없단다."

"아버님……."

"지금까지 힘들게 만들어서 미안했구나."

아버님은 저를 내려주고 사과를 하셨습니다.

"아버님이 사과하실 일이 아닌걸요. 제가 들뜨지 않았다면 수정판을 떨어뜨리는 일도, 아버님이 다치시는 일도 없었을 거예요. 제 잘못이에요."

"그랬을 수도 있지만 앞으로는 리스틸 대신에 열심히 해주길 바라니까, 조심하면 된단다."

"네."

유나 씨는 아버님의 부상도 치료해주셨나 봐요.

정말로 유나 씨에겐 놀랄 일밖에 없네요.

오늘은 피라미드에 가서 물을 확인할 거예요. 지금으로선 물이 멈출 낌새가 없지만 마석을 막 교체한 후라서 아직 불안해요. 그래서 한동안은 정기적으로 확인하려고 합니다. 만약 문제가 생긴다면 곧바로 대응하기 위해서죠. 아버님은 앞으로의 일도 생각해서 예비 마석을 구매하는 것도 고려하고 있다고 해요.

이번에는 유나 씨 덕분에 얻었지만 원래는 이렇게 간단하게 얻을 수 있는 물건이 아니라고 하셨어요. 유나 씨가 크라켄을 무찌르지 않았다면 얻지 못했을지도 모르죠.

그만큼 커다란 물의 마석은 귀중한 물건이에요. 국왕 폐하의 부탁이었다고는 해도 양보를 해준 유나 씨에게는 감사할 따름입니다.

피라미드에 가기로 했지만 어머님의 배에는 아기가 있어서 제가 어머님을 대신해서 아버님과 함께 피라미드로 가게 되었습니다.

저는 아버님과 라가르트를 타고 피라미드로 향했습니다.

지금까지 신경 쓴 적 없었지만 라가르트는 곰돌이와 곰순이에 비해 탑승감이 안 좋네요. 어릴 적부터 라가르트를 탔기 때문에 딱히 라가르트가 싫은 건 아니에요. 하지만 곰돌이와 곰순이의 탑승감을 경험하면 비교를 할 수 밖에 없죠. 곰돌이와 곰순이는 폭신폭신해서 매우 기분이 좋았어요.

또 곰돌이와 곰순이를 타고 싶네요.

라가르트는 피라미드를 향해 달립니다. 마물은 한 마리도 없어요.

아버님의 말에 의하면 마을과 피라미드 사이의 지하에는 물의 마석에서 흘러나온 물이 흐르고 있다고 해요. 그게 마물을 퇴치하게끔 되어있다고 했어요. 그렇지만 물의 마석에서 물이 흐르지 않게 되면서 마물이 모여들었던 것 같다고 하셨어요.

옛날 책에 적혀 있던 내용이라 진짜인지는 알 수 없어요. 그렇지만 이전까지는 마물이 없었는데 물의 마석이 깨지고 얼마 지나지 않아 마물이 모여들기 시작했죠. 그러니 아버님이 하시는 말씀이 맞으실 거예요.

게다가 샌드 웜을 유나 씨가 무찔러 준 덕분이라고 생각해요.

저와 아버님은 피라미드 안으로 들어갔어요. 그리고 미궁의 입구에 다다랐죠.

"카리나, 조심해야 한다."

"네, 알고 있어요. 같은 실수는 하지 않을 거예요."

유나 씨가 되찾아준 수정판 지도를 확실하게 잡고 떨어뜨리지 않도록 합니다. 그리고 길모퉁이에서는 확실하게 주변을 확인합니다.

"이쪽이에요."

두 번 다시 같은 실수는 하면 안 돼요.

"후후."

진지하게 지도를 보고 있는 저를 보고 아버님이 웃습니다.

"어째서 웃으시는 거예요?"

"딸의 성장이 기쁘니까 그렇지. 사람은 실수로부터 배운단다. 실수에서 배우지 않는 건 좋지 않은 것이지. 그러니 자신의 행동이 잘못됐었다는 것을 알고 올바르게 행동하는 딸의 모습이 기쁘구나."

"이건, 유나 씨가 목숨을 걸고 되찾아 준 거예요. 같은 실수를 할 수는 없죠."

제 말에 아버님이 기뻐하며 저의 머리 위에 손을 올렸습니다.

"그럼, 제대로 길 안내를 부탁하마."

"네!"

저는 수정판을 잡고 아버님을 안내했습니다.

다시는 같은 실수를 반복하지 않을 거예요.

■작가 후기

쿠마나노입니다. 『곰 곰 곰 베어』 13권을 구입해 주셔서 감사드립니다.

『곰』 코믹을 포함하면 17권 째가 되겠네요.

이번 권에서는 유나는 사막 마을, 데젤트에 도착해서 자신의 실수로 주눅이 든 소녀, 카리나를 만나게 됩니다.

카리나는 자신의 부주의로 인하여 소중한 물건을 잃어버리고 당장에라도 마음이 짓눌릴 것 같았죠. 그런 카리나의 마음을 구하기 위해 유나는 곰의 손을 빌리기로 했습니다.

오랜만에 만나는 제이드 씨의 파티와 유나가 가는 곳마다 블러디 베어의 공포에서 도망치는 모험가와의 재회도 나오죠.

번외편에서는 유나가 오기 전과 돌아간 후의 카리나의 이야기를 적었습니다.

그리고 다음 권인 14권에서는 유나는 피나와 노아, 그리고 고아원 아이들과 바다에 가게 됩니다. 새로운 유나의 이야기를 기대하며 기다려주시면 감사드리겠습니다.

마지막으로 책을 내기 위해 전력을 다해주신 모든 분께 감사의 인사를.

029 선생님, 항상 멋진 일러스트를 그려주셔서 감사드립니다.

편집자님께는 항상 민폐를 끼치고 있습니다. 그리고 『곰 곰 곰 베어』 13권을 출판하는데 관련된 많은 분, 감사드립니다.

여기까지 책을 읽어주신 독자 여러분께는 감사의 마음을 보냅니다.

그러면 14권에서 만날 날을 마음속 깊이 기다리겠습니다.

2019년 8월 좋은 날 쿠마나노

■역자 후기

안녕하세요. 이번 권도 흥미진진한 이야기로 재미있게 번역 작업을 할 수 있었습니다. 여러분은 어떠셨나요?

이번엔 카리나가 나오면서 어린 나이지만 자신의 실수를 책임지려는 모습이 중점적으로 담겨 있었는데, 많은 생각을 하게 하는 13권이었던 것 같습니다.

다음 권에선 무려 유나와 아이들이 바다에 놀러 간다는데 벌써 흥미진진해지네요. 여러분도 그런가요?(웃음) 그럼, 다음 권에서도 만나 뵐 수 있길 기대하며 기다리고 있겠습니다. 항상 고생해 주시는 편집자님께 감사 인사드립니다. 다음 권도 잘 부탁드리겠습니다.

2020년 8월 좋은 날

역자 김보라 올림

곰 곰 곰 베어 13

초판 1쇄 발행 2021년 3월 10일

지은이_ Kumanano
일러스트_ 029
옮긴이_ 김보라

발행인_ 신현호
편집부장_ 윤영천
편집진행_ 김기준 · 김승신 · 원현선 · 권세라 · 유재슬
편집디자인_ 양우연
관리 · 영업_ 김민원 · 조인희

펴낸곳_ (주)디앤씨미디어
등록_ 2002년 4월 25일 제20-260호
주소_ 서울시 구로구 디지털로 26길 111 JnK디지털타워 503호
전화_ 02-333-2513(대표)
팩시밀리_ 02-333-2514
이메일_ lnovelpiya@naver.com
L노벨 공식 카페_ http://cafe.naver.com/lnovel11

ISBN 979-11-278-5876-6 04830
ISBN 979-11-278-3067-0 (세트)

값 9,500원